U0845552

小满

马晓平 著

华龄出版社
HUALING PRESS

有 态 度 的 阅 读

小马过河（天津）文化传播有限公司

一个女人的奋斗

目 录

第一章

那是二十世纪八十年代末某个八月的一天下午，王诗敏坐在窗边遥望着远方的天空。她的心情极度低落，洁白的脸上布满了忧愁，她不知道如何对父母说：大学没考上，只差一分。

王诗敏已经两天没有出门了，突然听到母亲的声音，那声音里透露出气愤。

该来的总归要来，看来是躲不过了。

“老公，这怎么办呀？女儿差一分，没考上。”刘玉娟回到家里，见老公正在做那土不拉几的沙发，她心里的火烧得更旺。

她老公没有回话，犹自不紧不慢地做着手中的木工活儿，用锤子重重地敲打着木头上的钉子，生着闷气。

刘玉娟见老公不理睬，又对着楼上喊："诗敏，诗敏，你还不起床呀？整天就是窝在楼上，什么事儿也不做，大学都没考上，看你以后怎么办？"

王诗敏轻轻地走到桌子旁边，拿起那些复习资料，心里想重新来过，明年继续考。

刘玉娟大声骂道："喂，你们是聋了还是哑了？！没一个回话。"

房间里顿时弥漫着浓浓的火药味儿，眼看一场战争就要拉开序幕。

"我有什么办法，她读书那么久，连个中专都没有考上，白白养了这么个傻丫头。"

"王忠成，你总是这样骂女儿，女儿生在你这样的家庭真可怜！"

"她不想待可以走呀！"

王诗敏听到这一句，泪水淌在了书上。

"你怎么这么不负责任，我们做父母的不能给小孩儿好的生活，自己也过意不去呀。"

"我这个家不好吗？有吃、有穿，我哪儿对不起你们！"王忠成用木板重重地敲打出一阵刺耳的响声。

“唉——”刘玉娟沉重地叹了一口气，接着不停地数落着王忠成的不是。

王忠成听着不耐烦，就停下手里的活儿，指着妻子的鼻子气愤地大骂：“都是你没有教育好小孩儿，整天叫女儿帮你去马路上敲石子，赚那么一点点钱，把学习都耽误了。我早就说你别总是想着钱，你看看，害了女儿了吧！”

刘玉娟也不示弱，提着高嗓门质问：“不赚点儿钱补贴家用，你的钱够用吗？一家子喝西北风啊。”

刘玉娟的心里憋了一股火，这一下全倒出来了，她接着质问：“你有本事吗？人家老李家的大女儿还没有毕业就走后门进了商业部门。”

王忠成收拾着工具，同时嘴里不停地骂着不争气的女儿。

王诗敏听着父母为她的事儿争吵，担心他们吵架后还会打起来，她从阁楼上下来，走到父母跟前，怯怯地说了声：“对不起！都是我的错，求你们别吵了。”

刘玉娟咬牙切齿地道：“没工作就早点儿嫁人。”接着又继续数落她的老公。王忠成则用仇恨的眼神望着他的妻子。

刘玉娟吓得不敢作声了。

战火停了一会儿，王忠成走入厨房自言自语：“我可没那本事。谁叫她不努力读书，我养她十八年了，要找她自己去找，大不了找个人嫁了。”

“你，你不为女儿想一想，女儿没有工作，哪会嫁好人家？”刘玉娟的口气温和了一些。

“那就看她的命了。”王忠成去倒开水，一端热水瓶，又把它放在桌子上，眼睛一瞪，“开水也没有，你整天干什么去了，水也不烧。”

刘玉娟赶紧去烧水。她默默地流着泪，想着自己没有正式工作，每天就靠打散工赚点儿钱，家里就靠老公那一点儿死工资，想叫女儿去赚点儿钱补贴家用，这有什么错？

她环视着房间，一厅两室，不过六十多平方米，没有像样的家具，厅里也摆放着一张床，一家五口就挤在这小房子里。幸好楼层高，搭了一间小阁楼，孩子们才有地方可以学习。

刘玉娟在屋子里扫地，突然想起前不久有一个朋友说她女儿生得漂亮，想帮她介绍嫁给某商业局领导的小孩儿，结了婚还可以安排工作。

这真是一个绝好的办法！女人总是要嫁人的，嫁一个好人家又可以安排工作，真是一举两得。

她兴奋起来，竟然忘了刚才的刀光剑影，主动搬了一张小凳子坐在老公旁边，神神秘秘地说起了这件事。

王忠成听后脸上也露出了笑容：“这真是一个好主意！”

于是，两人就轻言细语商量起女儿的婚姻大事来了。

此时，王诗敏正在阁楼里想着自己的烦心事，不知道未来的路该如何走。

刚才父母为她的事儿还吵得不可开交，此时楼下却静悄悄的，她好奇战火停止得如此快，难道他们在想别的花样？

这时候，小莉来到她家门口敲着门：“王诗敏，王诗敏在家吗？”

“诗敏，小莉来了。”她妈妈开门后对着楼上喊。

她爸爸只是笑了笑。

诗敏听出是小莉的声音，从楼上冲了下来，不敢看她爸妈，抓起小莉的手就冲出门：“我们去外面聊。”

“死丫头，你还没吃中午饭，怪不得这两天不出门。”刘玉娟口气里有强烈的指责。

“我不饿！”诗敏不敢抬头。她拖着小莉向外面走去。

“阿姨，我们出去了。”

“小莉刚来就走。”刘玉娟见她们两人出去了。

“我下次再来，阿姨。”

她们俩来到走廊过道，隔壁邻居坐在各自的门口聊着天。

“我真待不住了，幸好你来，刚才我爸妈在生我的气。”

小莉轻轻地牵着诗敏的手，给了她一点点温暖。

她们路过走廊时，爱管闲事的张婶说：“小莉好厉害，听说你考上大学了。”

“敏子你考到哪儿了？”周奶奶靠在门口问。

小莉拖着诗敏的手臂快速地离开那些热心人："你们这里的邻居好八卦。"

"唉！"诗敏眼睛里噙着泪水，默默地跟着小莉。

"你有什么打算？"

"准备复读。"

"你父母会同意吗？"

"可能不同意。"诗敏挽着小莉的手臂，两人沿着装煤的小火车轨道旁行走。

这时，一辆装着煤炭的小火车从远处开了过来，她们两人站在旁边等待火车驶过去。火车上有人在喊她们的名字，她们循着声音抬头望去。

原来是她们的同学小胖子在火车上，他满脸都是煤灰，一身衣服也被染得黑漆漆的，笑开的脸上只露出了大白牙。

"喂，小胖子，你上班了。"小莉挥着手大声喊道，火车刷的一下子就跑远了。

"我们有的同学已经找到工作了，真羡慕你们呀！我的未来不知道会是什么样的？"

"你要尽快振作起来，一切都会好起来的！你的成绩那么好，这次是发挥失常。"

"是呀，我明年再考。"

她们两人走在马路上，想着自己的心事。路过矿里的篮球场时，看见汪建等几个同学正在打篮球，王诗敏的脸上泛起了红晕，默默地跟着小莉来到球场的第一排中间，两人静静地望着球场上几个男生追得满头大汗，汪建正好投进了一个球，小莉大笑并拍手喊道："汪建，好球。"

汪建见到诗敏，便跑到她们面前，他邀请小莉："你们也来打球吧！"

"不打了，天气这么热。"

汪建傻笑着，用上衣擦着脸上的汗水，凝视着诗敏，见她的脸上有淡淡的忧愁。

他问小莉："大北考到哪里了？"

诗敏听着他们俩的谈话，羡慕极了，羡慕他们随随便便说笑，而她却不敢正眼望他。今天这么近距离地对视，她惊慌得不知所措，听着汪建的声音，她的心怦怦地仿佛漏跳了半拍。她低头望着地面，感觉双耳灼热，脸颊绯红，这些全被小莉看在眼里。

球场上的同学喊汪建过去继续打球。汪建转身跑进球场，继续投入运动中。小莉就轻轻地问："你喜欢上了汪建？"

"没有。"诗敏不承认，瞬间满脸通红。

"你的脸这么红，一定是，一定是！"

"唉，我要是有你这样的家境就好了。"

"什么呀？大家都是平等的呀。"

"不一样。你爸是矿长，你妈在劳资科工作。"

“诗敏，你有没有发现汪建刚才看你的眼神发着绿光呢。”

“哪有呀。”她嘴里说着，心里却甜丝丝的，刚才见到汪建，从他的眼神里她也读到了一丝异样。

黄昏已至，晚霞绚丽多彩。球场上的人群渐渐散去，汪建站在篮球栏架下对她们说：“我回家了，你们也早点儿回。”

“我们再坐一会儿吧！”诗敏的情绪低落。

小莉望着汪建远去的背影和诗敏眼里的不舍，就安慰诗敏：“只要我们心中有梦想，不轻言放弃，一定可以如愿的。”

“谢谢你！小莉，你对我真好，陪我这么久。”

“我们是好姐妹。”

她们静静地坐在那儿，不知过了多久，小莉感叹：“好宁静的夜晚呀！”

“是呀，天都黑了，我们该回家吃饭了。”

王诗敏凝望着天空，满天的繁星闪烁着，有一颗星是那么的耀眼、那么的明亮。她在心底呐喊：我心中的那颗星在哪里？

第二章

秋天来了，四处开始弥漫着秋的气息。秋，像一个身着白衣裙的女子，踩着轻盈的步履，缓缓而来。一阵轻柔的风吹来，枝叶哗哗作响，几片枯黄的树叶随风而落，在半空中划下优美的弧线。空气中的热意慢慢地抽离而去，那股凉意弥散开来，熨帖着人的身心。

这天早上，王忠成醒来，忽然想起妻子说的那个一举两得的好事，他心里百分之百地赞成。他想，女儿要是真的能够嫁过去还可以安排工作，自然可以了却自己的一块心病。但关键不知道女儿喜不喜欢、乐不乐意。他这样想着，便催促着妻子赶紧起来去矿里打听打听。

矿里的女人一早有喜欢逛菜市场的习惯。说是菜市场，其实十分简陋，就是在矿部的马路边摆了几个猪肉摊位，附近农民把平日自家种的小菜，自家养的猪、鸡、鸭，水田里抓的鱼等，摆在这里卖，换几个生活零用钱。

在老公王忠成的催促下，刘玉娟早早起床，吃完早餐，就去商店买了礼物，往王婆家的方向走去。她边走边想，这会是谁家的儿子？身体上不知是否有什么毛病？说起身体不好，她就想起旧时一些富裕人家为了给病人冲喜，特意安排婚娶的喜事，以驱除霉气。无数不妙的想法从她的脑海里冒了出来，她想女儿要是嫁过去没有多久就成了寡妇，那可如何是好。“呸、呸，怎么会这样想！”她忍不住在心底暗暗扇了自己两巴掌，又马上朝马路边吐了吐口水。

刘玉娟走到茶山岭家属区的一栋平房里，看见矿里好几个家属坐在那门口悠闲地聊天，女人们手里都拿着五颜六色的毛衣半成品，一边十分娴熟地织着，一边唠叨着家常。房屋里传来男人们打扑克时发出的响声。

“大妹子，你这是去哪家呀？”一个中年妇女很热情地跟刘玉娟打招呼，她坐在那儿绕着毛线球。

刘玉娟看到这么多人都坐在这儿闲聊着，就想到矿里的男人和女人都很纯朴、善良，见到谁都像是亲人一样热情，他们特别好客。只是矿工的工作既辛苦又很危险，他们的生命随时都受到威胁。就因为这样，国家有政策照顾这些矿工，把他们的家属从农村迁入矿里吃商品粮，让他们一家团聚。这些矿工的生活比附近农民的生活好很多，每月有固定收入，保证了一日三餐，这就是吃商品粮的优越性。

刘玉娟就属于这类群体，她来到矿里已经十几年了，早已融入这个圈子了。她性格开朗活泼，为人热情，做事又十分麻利。她能烧得一手好菜，为此她的那些朋友喜欢去她家里打扑克，有时开一桌,有时开两桌,房间又小,却一点儿也不妨碍他们的热情。打扑克既是脑力活，又是体力活，刘玉娟为人热情，打扑克打得晚了，就会张罗着炒菜、做饭。虽然无形之中增加了她家里的开支，不过她倒也认识了不少朋友。

刘玉娟走近她们，见她们都停下手上的针线活望着她，笑了笑说："是去王婆家。"话一出口，她就有点儿后悔了，这下子暴露了自己的目的。

"大妹子你的女儿多大了？"一个胖女人问。

"十八岁了。"刘玉娟不好意思地说着。

"你家诗敏去哪儿工作了？我家贞昨天去部队做临时工了。"女儿同学的母亲说。

"你的女儿有工作了？"刘玉娟惊讶地问。

“没办法，读书没读好，只有去做临时工。”

“嗯！这工作实在太难找了，我家老头子又没有退休，顶不到职。”

这时，一个短头发的中年妇女一脸笑容地走过来：“哟，这是玉娟吧，你找王婆？你的女儿还要媒婆介绍？”

“田主任，你就别笑我了，我是想给女儿找一份工作。”刘玉娟和她们聊了一下家长里短就走开了。

刘玉娟离开矿区宿舍，大步地跨越台阶上了一个大坡来到第八栋平房区，远远地，她看见王婆跷着二郎腿正剥着瓜子。

走近了，刘玉娟的心倒有些拘谨起来。王婆抬头一看见来者是刘玉娟，不禁一阵高兴，像是守株待兔很久，终于逮到了一只送上门来的猎物一般。王婆暗想，如果能做成这媒，自己又可以不愁吃穿一阵子了。

“妹子来了，坐！”王婆十分热情地喊着，站起身来，迎了上去。王婆做了一辈子媒婆，身上的热情与游说能力自然没得说。

刘玉娟一边把买来的一些礼品递给王婆，一边说；“王婆婆，你这里好清静，前面那栋楼可是热闹得很。”

“妹子来就来，还买什么东西。”王婆口里唠叨着，一番推辞，最终还是把礼物接了。收了礼物，王婆变得更热情了。她直奔主题：“妹子是不是考虑好了，我上一次对你说的那件事？”

“大姐，我就想知道那是什么样的人家？”刘玉娟笑了笑，轻轻地问道。

“镇上永村供销社肖主任的第二个儿子。”

“肖主任第二个儿子不是去坐牢了吗？”

“早就出来了，他现在在镇上粮站工作。”王婆很神秘地说着，说到“粮站”二字时，故意提高了嗓门，看见刘玉娟惊讶的样子，马上又补充道，“肖主任老婆说事成后可以弄到招工的指标。”

刘玉娟听后沉默不语，心情顿时变得复杂起来，有招工指标自然十分诱人，只是男孩儿的条件不是那么让人满意。

“大妹子呀！”见刘玉娟没了心思，王婆在刘玉娟肩上拍了拍，大声喊道，“别想那么多了，女孩儿迟早要嫁。肖家不错，有家底，好多女孩儿都等着嫁入他家呢。你都知道考大学那么难，矿里的女孩儿又多，这又可以安排工作，谁不想呀！”王婆继续说道。

王婆这么一安慰，刘玉娟心底的那个结好像又打开了一些。这确实是一个安排工作的好机会，可女儿那么好强的性格，她肯定不愿意嫁给一个只有初中文化又坐过牢的男人。为了找份工作凑合着结婚，到时候不幸福怎么办，那不是又要闹着离婚？这样转念一想，刘玉娟的心又顿时拧在了一起。

“这事儿我得回去和她爸爸商量商量。”刘玉娟边说边起身准备离开。

“妹子，我等你的好消息。”王婆起身准备送刘玉娟一段。

从王婆家出来，刘玉娟心里有点儿失落，男方坐过牢这事让她顿时像是吃了只苍蝇一般。

王诗敏在屋顶的小阁楼里，静静地整理着书本。她从一堆灰旧的书中翻出一本记录本，打开一看，是自己以前写的日记。她坐在窗前不由自主地翻起来，从那些稚嫩的文字里，看见自己刚上高中时是如此充满激情、充满理想。想想现在大学都没考上，她不由得轻轻地叹了口气。

诗敏放下这本记录本，又拿起另一本很精致的红色日记本，这是她大舅去年送给她的生日礼物。大舅有一个养子，已经二十好几了，去年大舅对她妈说，想要她做他的儿媳，她妈妈竟然同意了。诗敏为这事要离家出走，他们才放过了她。

诗敏不明白，她还在读书，她的父母为什么总是想把她早早地嫁出去，自家的表哥也要去嫁，诗敏时常怀疑自己不是他们亲生的。

王诗敏捧着那本红色的日记本，一页一页地翻看着，少女情窦初开时那些细腻的情感如此详细地记录在上面。她安静地看着，当看到汪建这个名字时，顿时面红耳赤，心跳加速。日记里写满了关于汪建的点点滴滴。有一天下雨时，汪建把雨伞借给她，而他自己却在雨中冲回家。还写到有一次要考试，她忘记给钢笔加墨水，他见了马上把他的笔借给她。还有她的数学成绩不是那么好，他总是很有耐心地辅导她，还帮她整理读书笔记。她揪着一颗心紧张地看完日记本上写下的点点滴滴，像是身临其境一般，整个人感觉快要窒息了。

王诗敏顿时恍惚起来，日记本上爱的点点滴滴暂时把她带进一个温暖甜蜜的世界。原来爱的种子早已在心里萌发了。可从日记本中回过神来，想起自己就是因这些少女的情愫，影响了学习，导致落榜，想到这儿，王诗敏又有点儿失落和难过。眼下有个更糟糕的事儿，汪建就要去广州读大学，两人之间的差距更大了。这事儿看来是不可能的了。这样想着，她的眼里顿时泛起了泪花。

王诗敏把摊开的日记本盖上，放在桌子上，深深地叹了口气，仿佛被一块大石头压住了心口。此刻她忽然有点儿想他了。汪建又浮现在她的眼前：高高的个子，短短的头发，浑身满是书生气，那双眼睛透露出聪明机智，他的声音很好听，充满了磁性。

想到这儿，王诗敏不好意思了。谁会想到同学中最老实本分、性情温柔的她也会早恋。还想起班上有好几对男女同学配对，真真假假。不过，学生时代有这种朦胧的情愫，总会给日后的人生带来美好的回忆。王诗敏眯起眼睛陶醉在甜蜜中。

一瞬间，她想起小莉约她下午一起去看高老师，急忙把桌子上的书本快快地整理好放在柜子里，心里充满了喜悦和美好的憧憬。她心底鼓着劲儿，想着明年一定要考上，只为能和他在一起。

当她站起来无意中朝窗外一望，看见父亲顶着烈日在菜地里浇水，她顿时感到一阵心酸。父母为了生活、为了她们操碎了心，她理解母亲为了这个家很节省，每天还要变着花样让她们吃好点儿，父亲为了这个家不辞劳苦，一下班就是挖土、种菜，还编织铁笼卖钱。父母就这样供她读完了高中，如今自己没考上大学，一阵沉重的内疚感涌上心头。

“姐，听妈说，她帮你找到工作了。”妹妹王诗书的喊声惊吓到了诗敏，“你还想去复读呀，肯定不行了。”

“为啥？难道妈妈又想把我嫁掉？”王诗敏感到莫名其妙，立即下楼去找妈妈了。

王诗敏感到自己走到了人生中的第一个十字路口，将面临人生的第一个艰难选择，无数的思绪在她脑海里翻滚着，像细小的绳索一般，把她捆绑起来，勒得紧紧的。家里负担太重，她父母亲想着让她早点儿参加工作，而她自己却想着能再复读一年，明年考大学。

第三章

诗敏快步从阁楼上跑了下来，叫了两声妈妈，却不见回音。她跑到厨房里，依然不见妈妈的身影。怪了，到底去哪儿了？难道真的帮我找对象去了？诗敏心底不禁一阵恐慌。

她嘴里唠叨着，走到门口刚想开门，就听到一阵急促的敲门声。

“谁呀？”

“你说是谁呀？快开门。”外面传来嘻哈的笑声。

诗敏听出是小莉的声音。她一开门，见

小莉和王芳两个人站在门口，手里提着两袋大白馒头。

“哇，有大馒头吃。”小莉和王芳的出现，让诗敏的心情顿时好了许多。

“知道你喜欢吃，我们两人特意去买的。”小莉快人快语，她们两人提着馒头还傻傻地站在门口。

“进来呀。”

“我们也要吃！”王芳兴奋地说道。她们三人站在门口，大口地干嚼着大馒头。

“诗敏，端杯水来喝。”小莉啃着馒头，觉得都吞不下去了。

诗敏起身去端了三杯水来。

“矿里的大馒头真好吃！”

“菜市场那个肉包子更好吃呢。”她们三人齐声说道，“想起那味道就流口水。”

“唉，就是没钱，好多好吃的东西等着我们去吃呢。”三个女孩笑成一团。

“诗敏，你们这栋楼真有意思，经常吵架，我们住在甲区都听得到。”王芳端着杯子喝了一口水接着说，“你家这一排左边第二家现在正在吵架，我看见你妈妈正在那里劝架。”

“啊，我妈在那儿呀，我正想找她呢。”

“走，吃完去学校看老师。”小莉收好了另一袋馒头，她们准备送这袋大馒头给老师吃。

她们三人嬉笑着走出门口。刚走出去不远，远远地，一阵激烈的吵闹声传进耳中。经过第二家门口时，诗敏看见过道里围着好多看热闹的人。张妈、周奶奶也夹杂在人群里，七嘴八舌地说着什么。

诗敏看见妈妈扶着李阿姨。李阿姨不顾别人的劝解，正唾沫横飞地骂着自己的老公，骂那个骚货勾引她老公，她不顾自己的形象，什么难听的话都骂出来了。

她们在那儿听了一会儿，诗敏就明白了。

“走，我们出去。”诗敏拉着小莉和王芳就往外走，她已见怪不怪了。

“我还想听一会儿，看看是怎么回事呢。”王芳说着还回头望。

“看路呀，别管闲事，小心掉进田里去。”小莉跟在后面提醒着。

她们三人走在田间的小路上，路面宽度只有四十厘米左右，一双脚不能随意踩上去，要慢慢地看着路才能往前走。就是这样的田间小路，两边种了水稻，这本不是路，只是田与田之间相隔的栏，是一些人为了方便抄近路去对面而走出了一条路，就是这条小路见证了诗敏从小学到高中的成长历程。

诗敏走在她们两人的后面，她接着也八卦起来了：

“李阿姨她老公是塘角上工区车间主任，长得一表人才，还会写一手好字，画儿又画得好，颇有文化和气质。李阿姨总是怀疑她老公和仓库里一个女职工有暧昧关系，又没抓到证据，天天在家哭闹，要死要活的。经常还当着这么多人的面骂自己的老公，本来知道的人不多，现在这么一闹，全矿的人都知道了。你们说这样的女人真是没一点儿智慧，一点儿也不聪明。”

“是呀，你说她老公还怎么做人呀。”小莉接着说道，“女人呀，应该把自己打扮得漂亮些，你看她那身材，臃肿得很，一张乌七八黑的脸，像是没有洗干净似的，头发也乱七八糟的，她老公不嫌弃她才怪呢。”

“对呀，我们女人首先要把自己打扮得漂漂亮亮才行，你看小莉的妈妈那么漂亮、得体，知书达理的。她妈才懂得如何拴住一个男人的心，这样一来她爸就不会变心。”王芳趁机说出自己的观点。

“开玩笑，我妈可是读了书的知识女性。记得我小时候，都是我外婆带我们的，我妈整天就是去上扫盲班，后来她考上了白沙矿务局煤炭系统财务培训班。”

“你妈真厉害，怪不得你读书那么厉害，原来像你妈。”王芳只顾着说话，一不小心，一只脚踏空，差一点儿摔跤。小莉见了，急忙扶住她。

“诗敏，你每天走这条小路去上学，有没有摔过跤呀！”小莉问诗敏。

“当然有。有一次，我不小心一滑掉进田里，弄得浑身是泥，幸亏是夏天，田里没水，不然就难堪了。等好不容易爬上来时，学校上课的铃声响了，我来不及回去换衣服，直接往学校飞奔而去。高老师见我一脸难堪的样子，叫我赶紧换好衣服再来，她帮我请假。”

“哎呀，终于走过了这条小路。”小莉见快到马路上了，就加快步伐，一大步跳到宽阔的柏油马路上。

她们兴奋地走在大马路上，不由得松了一口气，往前继续走了两百米左右跨入一座拱桥。一位上了年纪的大伯在桥下悠闲地钓鱼。小莉眼尖，有礼貌地喊道：“汪伯伯，钓了好多鱼吧！”

“小莉，放假了还去学校。”钓鱼的男人叫汪大庆，听见有人跟他打招呼，抬头一看，原来是刘矿长的女儿小莉。

诗敏见是汪建的爸爸，紧张得只是傻笑。

“这个妹子是谁的女儿？”他指着诗敏说。王诗敏像是提前见到了未来的家公一样害羞。

“她是王忠成的女儿王诗敏。”王芳告诉他。

“噢，王芳你们是去看老师吗？”

“是的，汪伯伯。汪建呢？”

“他去学校了。”

“他去看老师了。”小莉得意地望着诗敏。诗敏不好意思地急忙往前走。

小莉故意喊：“诗敏，别走那么快。”

诗敏就小跑了起来，三人在宽阔的马路上欢歌笑语地追逐着，异口同声地哼唱起了欢快的歌谣：“马儿，你慢些跑，慢些跑……”时间仿佛又回到了童年欢快的时光。

她们彼此嬉戏追逐着，诗敏高考落榜的坏情绪顿时被抛到了九霄云外。

秋风拂面，午后的太阳特别暖和，风吹着田间里的稻谷熟了，像波浪似的跳着欢快的华尔兹，诗敏被那情景触动了内心的忧伤，情不自禁地哭了起来。她想起自己没有认真对待高考，考试之前还偷看小说，作业也没有认真去完成，还和班上调皮的同学一起去捉弄数学老师，等等，她越想越后悔。如今已经离开学校，竟那么留恋失去的美好时光，她对未来充满迷茫：如果不再复读，不能考上大学，自己与同学，特别是与汪建的距离会越来越远，那将是两个世界，简直有天壤之别。

看着诗敏伤心的样子，小莉有些不知所措，试探着轻轻地拍了拍她的肩膀说：“诗敏，明年还可以考。”

王芳对小莉轻声说道：“诗敏这段时间内心很压抑。”

“诗敏，别哭了，有人朝我们这边走过来，被人看见了不太好。”

诗敏抬头凝望天空，她理了理头发，往前后看了看，是有人跟在后面。

“走吧！快到高老师家了。我们班上肯定有同学来跟老师告别。”小莉牵着诗敏的手往高老师家的那条路上走。

她们经过学校旁边的那座山时，许多旧日欢快的时光浮现在眼前。王芳指着那个凸起的小山坡说：“这是我们课休时最喜欢来的地方。这座山绿树成荫，春天桃花、李花尽情绽放，三四月份姹紫嫣红的映山红漫山遍野。夏天，中午休息时我们喜欢躺在这山坡茂盛的树叶下，聊些少女的心事，谈远大的理想。唉，好留恋这儿呀！今日一别，何时再来！”听着王芳的话，诗敏没吭声，朝山的方向望去，看见青色的山峦之间已经开始弥漫着秋天收获的气息。看到这一切，她又想起自己在本该收获的季节却是两手空空，内心不免再度激荡起伤感的涟漪。

“哎呀，王芳说得好像要永远离开似的。”小莉对诗敏说。

诗敏突然笑起来：“是啊，是啊，我们应该积极乐观一些，这么年轻，以后想念这里了，就经常过来看看。”

“对呀，你看诗敏想得开，一下子就破涕为笑了。”小莉把诗敏的手抓得更紧，鼓励她一切都会好起来的。

“一切都会好起来的！”诗敏重复着。

第四章

小莉远远地瞧见有同学从高老师家走了出来，她兴高采烈地说道：“我们来得正是时候，他们走，我们来。”小莉像唱着歌似的说起这句玩笑话。小莉的内心是愉悦的，还夹杂着一丝兴奋，以及对未来的憧憬。

快到高老师家了，诗敏的心跳忽然加速起来，她的脸一阵红一阵白，汪建也来看老师了，不知他走了没？

王芳正准备敲门，门忽然打开了。“这么巧，你们也来了。”汪建朝房里大声喊道，“田大北，小莉她们来了。”

诗敏一看眼前开门的是汪建，一阵害羞，忙低下头，那抹少女独有的羞涩迅速在脸上蔓延开来。

田大北听到喊声，一脸兴奋地从里屋跑了出来，他的脸上挂着胜利在望时那种无忧无虑、信心十足的神态。他见到小莉就用英语说：Nice to meet you“（见到你真高兴）！”

“哪来的一股酸味儿，你们两个肯定有秘密。”王芳揶揄道。

“王芳，你是猪脑袋呀，全世界都知道。”同时赶到的文雅丽挽着诗敏的手站在小莉旁边说。

“雅丽，你乱说，敲死你。”小莉撒着娇，有点儿害羞地伸手打过来。雅丽一闪，大家都笑了。

“你们还站在门外干吗？准备罚站吗？走，进去看老师呀。”田大北很风趣地说着，他看小莉的眼神显得十分炙热。

“高老师好！”他们异口同声地喊道，喊完忽然又扑哧笑了起来。高老师见她们来了，一脸热情地招呼着。

高老师是几年前从省师范学院毕业分配到矿里当语文老师的。她的到来，像一块巨大的石头砸入湖泊之中，激荡起阵阵涟漪，矿里还是单身的男老师都蠢蠢欲动，想摘下这朵鲜花。

高老师身材颀长，一头浓密的亮发总是随意地盘起来，她仪态朴实，举止优雅，举手投足间、一颦一笑间都弥漫着一股浓郁的女人味。像一块巨大的磁铁一般，她的出现，深深地吸引着男老师和男生的心。以至于每次站在讲台上上课，她都能感觉到那一双双求知欲望的眼神，也能感觉到这些眼神背后的火辣。

男老师都喜欢去她的办公室谈工作，个别调皮的男生为了能去见高老师一面，也会想方设法地借机会去高老师办公室请教作业。

然而漂亮优雅的高老师，最终却嫁给了一个性格有点儿古怪的工人。他抽烟、喝酒，样样都行，不过倒挺幽默的，或许是这一点吸引了她。

一个美貌如花又有才华的老师为何会嫁给一个工人，真是一朵鲜花插在牛粪上，两人差距也太大了。在众人的嘲讽和质疑声中，高老师却和这个工人走过了“七年之痒”。如今他们的儿子也读小学一年级了，他调皮而又可爱，喜欢和这些哥哥、姐姐一起玩儿。

诗敏喜欢高老师，平时她跟高老师走得比较近，高老师开心不开心她都看在眼里，她发现，最近高老师的声音有时会很沙哑，人也变得忧郁，脸上愁云密布的。

有一次，高老师的半边脸青瘀肿了一大块，同学们看了都十分心疼，高老师却一脸苦笑地解释说是不小心被木门撞击了一下。懂事的诗敏从家里拿来药酒给高老师，诗敏的举动让高老师十分感动。

高老师从初二就开始做他们的班主任，带领这一届高中毕业生，已经有五年了。五年的朝夕相处，让他们彼此怀有很深的情感。高老师熟悉她班上每一个同学的性格、能力和素质。她总是以自己亲身的体会告诉她的学生，一定要用知识改变自己的命运。

高老师循声往门口望去，见诗敏、雅丽和王芳她们来了，就迅速起身迎了上去，她问了问雅丽的分数，又接着问班上还有哪几个考上了。

“汪建、田大北、周子洲、小莉，还有我。”雅丽晃着脑袋扳着手指头数着。她还想说下去，高老师见诗敏不太高兴的样子，就转到别的话题上了。

“我们这批应届生，只有十几个考上，唉！我对不起你们，我这个做老师的失职了。”她亲切地说，“诗敏，你太可惜了，校长也说我们班有两个同学，只差一点点，特别说到你，平时成绩不错，预考的分数那么高，关键的时候却发挥失常。”

其他同学静静地听着，有的同学没考上无所谓，因为他们压根儿就不打算考大学。

“诗敏，别灰心，明年再考，老师相信你一定可以考上的。”高老师温柔地鼓励、安慰着诗敏。

“诗敏，我们明年再考！”站在一旁的几个同学一起说着。

“对了，复读班开始报名了，要读的抓紧去报名。学校可能办一个班，听说复读费要增加。”高老师望着诗敏说道。

诗敏沉思着，学费增加，不知道妈妈同意不。

“汪建，你报考的是哪所大学？”高老师接着说，“汪建的性格开朗，脾气又好，像他爸爸一样，为人随和，到了大学继续加油，会大有出息的。”

“老师，我报的是广东财经学院。”汪建说完，含情脉脉地望着诗敏。四目相视，她的脸唰地就红了，羞涩地低下了头。

“汪建这一次发挥得特别好，如愿上了自己喜欢的专业。雅丽考得也很不错，分数远远高出她报读的那所学校。”高老师高兴地边说边打量着这两个她平时比较看重的学生。

“早知道我也报广东财经学院了。”雅丽口气中有傲慢。有的同学心有不服：有什么了不起的，未来的命运会如何，谁能预测。

诗敏走到窗边凝望着窗外湛蓝的天空，白云悠悠地飘浮着，轻盈无比。远处有几个女孩儿在那片草坪上采摘着野花，她们在追逐嬉笑着。

诗敏的心情莫名地好了起来，默默地听着老师和同学们的聊天，暗暗下定决心，一定要超越他们，将来一定要拿最高的工资。

她决定努力复读，把迷茫和彷徨化为前进的动力。

诗敏又轻轻地走到高老师身边，此时她的眼神里已经充满了希望，久违的笑容终于重现在她的脸上了。

“王芳是没用心读书，一早就打算顶她爸爸的职参加工作了。”高老师开玩笑地说。王芳点头，其他同学羡慕她的运气好，一毕业就有工作了。

高老师看着她的学生，她当了他们多年的班主任，和他们已经建立了深厚的感情，见他们就要离开自己各奔东西，内心倏然有一番孤寂和不舍。眼前的这些学生又让她想起了自己的青春时光，那么远，那么近，却只是在一个转身之间。

从高老师家出来，汪建他们一起去看教数学的张老师。

“那你们去和其他老师告别吧！”

汪建对诗敏说：“你去不去看张老师？”

诗敏还没有回答，小莉快人快语：“去，诗敏，我们一起去。”

小莉拉着诗敏、王芳和雅丽。

“小莉等等，我们也去。”田大北等同学异口同声地高喊着。

她们出了高老师家的门，走出好远，再回头时，依然看见高老师站在门口目送她们。

第五章

小莉长得不是很漂亮，但身材高挑匀称，整个人洋溢着青春的气息。她性格活泼开朗，人很可爱，能歌善舞，个性很强，在同学中很有号召力。

小莉一出生，外祖母就把她的玉佩锁送给了她，在一声又一声的祈福里渴望上天保佑她一生平安。小莉虽然不是含着金汤匙出生的，可也是在浓郁的爱的氛围中成长起来的。

上学时，小莉的学习成绩一直相当好，而且她从小学到高中都是班长。每到学校开运动会或文艺晚会时，她就是节目的主持人之一，有时和田大北两人一起主持。

田大北出生在书香门第，他个子很高，人也聪明，琴棋书画样样都懂。他的父亲是矿里的党委书记，母亲是位医生。他温文尔雅，很讨女孩儿喜欢。

田大北的父母是从部队转业到矿里，他和小莉从上幼儿园时就在一起了，青梅竹马，两小无猜。有一段时间，高老师怕他们早恋，会影响高考，特意找他们两人谈话，父母苦口婆心地劝他们二人，一定不许早恋。他们暗暗下决心，互相鼓励。

好在他们不负众望，如愿考到各自喜欢的学校，田大北考到中央美术学院，小莉考到广东轻工业学校，两家父母皆大欢喜。

八月下旬的一天，那天刚好是栖凤镇上的赶墟日，小莉邀请了几个同学去镇上赶墟拍照留影，去吃特色鱼粉、米粑子等。

他们约好在矿里的电影院门口集合，然后一起乘车去。

诗敏把她长长的头发剪成短发了，这样看起来更有精神。她的瓜子脸精致耐看，皮肤白皙，个子不是很高，但很苗条。

她穿着一套军服，背着一个黄色的挎包，这是她哥哥从部队寄来的，这样打扮，她有一种略带稚气的清纯。诗敏的性格婉约温柔，脾气又好，她从不和邻居家的小孩儿发生什么争吵，有什么事儿总是会让着，在大人眼里她是又听话又爱学习的乖乖女。

落榜的阴影渐渐地远去了，从她那双大眼睛里已经看不到迷茫和无助了。

早上八点多，诗敏就来到电影院门口，站在那里东张西望。

今天的天气真不错！昨夜一场秋雨洗净了空气中的灰尘，眼前的一切显得空灵轻盈，电影院门口的一棵大树的叶子在雨水的冲刷下仿佛换上了新的衣裳，弥漫着一股别样的秋的韵味。

路上的行人比往日多，成群结队的妇女提着菜篮子去赶墟。

一会儿，小莉、汪建和周子洲他们几人都站在电影院门前的树下了。

“诗敏，他们都没到吗？”小莉不见他们，就踮起脚往人群里寻找，“哎，他们不守规矩，待会儿罚他们请我们吃鱼粉。”

周子洲呆呆地望着诗敏傻笑，小莉笑盈盈地凝视着诗敏：“我说诗敏今天变化这么大，原来是把那一缕忧伤随发而逝，精神面貌焕然一新。”

汪建抬眼瞥了她一眼。

“诗敏，你今天穿得很特别呀！”周子洲笑了笑，露出了他整齐洁白的牙齿。

诗敏点了点头，朝汪建望去，他好像有意避开自己。他的眼神避开又迅速落在小莉的身上。诗敏心里有点儿失落，低着头轻轻地踢地上的石子。

此时，她的耳边传来小莉的声音。

“诗敏，我好喜欢你这套军衣，是你哥哥寄来的吧，叫你哥也帮我弄一套。”

“好吧！我下次写信告诉他。”

过了一会儿，王芳和雅丽也到了。

小莉问大伙：“我们走大路还是走小路？刚才那辆面包车已经走了，下一趟车还得等半个小时。”

“哎呀，还要等这么久，半小时，走路的话也差不多到了。”雅丽说完就走到汪建身边，两人亲热地说着。诗敏看到小莉和雅丽都是很随意地和汪建说笑，一种自卑感陡然而生。她又想起自己落榜的事情，感觉和他们已经不是一个世界的人。她跟在他们后面，沉默不语，那块前不久刚消失的巨石仿佛再次压在了心口上。

周子洲见诗敏忧心忡忡，忙跨步走上前，和诗敏并肩走着。王芳感觉不妙，见他们好像都是一对一对的，她急忙挽着诗敏的手。

“我们走小路快点儿！到镇上，我请大家吃本地特色鱼粉。”田大北说起鱼粉，大家便想起那鲜美奇特的鱼香味，那辣中带鲜的美味，还有粉汤上漂着一层红彤彤的辣椒油，想到这儿，他们不禁加快了脚步。

“大北，你现在请我们吃鱼粉，将来成了大画家，一定要请我们吃大餐。”王芳开着玩笑说。

“那是肯定的。”大北领着他们抄近路，他们沿着河边经过一座村庄时，一阵激烈的犬吠声从不远处传来。诗敏很怕狗，她小时候被狗咬过，不敢往前走。周子洲看出她惊慌的样子，立即抓住诗敏往前面绕过，叫她不要害怕。

诗敏急忙不动声色地抽回了自己的手，无意中看见雅丽抓着汪建的手臂也在躲避那条大黑狗，她有点儿失落地把头转向别处，假装抬头仰望天空，心里深深地吐了一口气。她轻轻地抿着嘴唇，装作若无其事地和周子洲、王芳说话，心里却十分失落。

“刚才那条大黑狗多么吓人呀，我生怕它咬我们。”小莉惊恐地说着，但她眼睛里闪着光，声音比平时要温柔多了。

雅丽听到小莉的话，就松开了抓住汪建的手。汪建回头望了一眼诗敏。诗敏假装没看见，故意和周子洲开心地聊着天。

“诗敏，你们说什么呀，这么开心。”小莉听到诗敏她们聊得哈哈大笑，也跟着笑起来，其实她们自己都不知为何而笑。

一路上欢歌笑语。

他们走过村庄，穿过田间的一条小路，再翻过一座平缓的山坡，终于来到大马路上。只见车水马龙、人来人往的，热闹的场景让他们备感兴奋。

“我们快到了，看到了那座大桥，看到了那繁华的菜市场，就快到了。”雅丽和王芳一起说道。

“我们来个约定，二十年后我们再相会。”小莉突然转到这个话题上，勾起了他们的兴趣。

“二十年那么遥远，不过那时我们已经三十八岁了，心中的愿望一定能实现吧！我想能坐在办公室里上班，雨淋不着，日晒不着，上班可以穿上漂亮的衣服，有好的福利，多爽呀！”诗敏把心中的愿望一口气全说出来了，想象着那时幸福的样子。

“那时小莉一定是几个孩子的妈妈，最好是我们的孩子。”田大北说完又去牵小莉的手。小莉顺手在他肩上拍了一下。

“是呀，小莉这建议不错。我们来唱一首歌吧！”王芳提议。

马路两边有一大片稻田，小莉就唱了起来：

我们的家乡在希望的田野上
炊烟在新建的住房上飘荡
小河在美丽的村庄旁流淌
一片冬麦（那个）一片高粱
十里（哟） 荷塘 十里果香
……

在欢快的歌声中，他们来到了小镇上，镇上人来人往的，一改往日的宁静。偌大的供销社只有赶墟时才会热闹非凡，供销社里的商品只有赶墟时才会琳琅满目。

他们几人来到墟上，一股浓郁的市井气息迎面而来。从市场中穿过，雅丽捂着鼻子。她柳眉斜挑，那双妩媚的大眼睛里闪过毫不掩饰的嘲讽与厌恶。一位穿得脏兮兮的大爷，挑着满满一担的猪食，不小心撞了她一下，她的脸色立即变了，气愤地说：“大爷，你走路怎么没长眼睛，弄脏我的裤子。”田大北见了，立刻跑过来圆场。要不是大北对那个大爷道歉，那个大爷的坏脾气爆发出来，不知道会怎么样。

市场上摆放着各种摊位，看了让人眼花缭乱。他们看到一排排的摊位售卖着猪肉和牛肉等食材，以及五花八门的日常用品，应有尽有。

从桥底下穿过，远远就望见那一排房子的匾上写着“栖凤照相馆”，他们加快步伐来到照相馆门口。

“终于到了，我们可能花了一小时，累死了。”小莉嘟起了嘴，有一点儿撒娇道。

他们几人走进照相馆，很是惊讶。雅丽就说：“赶墟日人怎么这么少？奇怪，照相馆的光线也好暗。”

“有人在吗？师傅，照相。”小莉大声地喊了几声。

诗敏和王芳两人走到办公桌边，诗敏见桌子上摆放着一个本子，她顺手翻了一下，见里面写了很多英语单词，像女孩儿的笔迹，她对王芳说：“这女孩还学英语。”

这时，一个女孩从房间里走了出来，她看来了这么多人，一阵欢喜，定神一看：“喂，周子洲、小莉，是你们呀！”

“李可儿，你在这儿上班呀。”小莉说道。

诗敏顺着声音，看见是李可儿，兴奋地跑过去，和她抱在一起。

“毕业了，没想到在这儿能遇到你，真好！”

“你们来照相，正好我也和你们一起。”李可儿转身走到里面那个房间门口喊道，“罗师傅，我的同学来照相。”

李可儿特别高兴，说毕业了都不知道同学们去哪儿了，她从小莉处知道同学们的情况，拉住诗敏的手：“等照完相，我请你们吃这里的特色菜，一定要吃栖凤渡鱼粉，小镇上的这道特色小吃已经名声在外了，很多人特意从外地赶来品尝这正宗的栖凤渡鱼粉，那个味道会让你们终生难忘。”

第六章

“好，左边短发的女孩你往中间这个男孩靠近一点儿，最右边那个漂亮的女孩你别扭着头往那边看，你朝我这边看过来。”罗师傅帮他们拍照时，见诗敏和汪建站立的位置中间隔了太远，雅丽的头总是朝汪建那边瞧。

“好，就这样，大家喊 1，2，3……”罗师傅严肃的脸上露出一丝职业性的微笑，耐心地给他们拍照。

照完相，大家嬉笑着从照相馆里出来，沿着一条小巷子深处走去。诗敏见小莉不像刚来时那么多话，突然沉默起来，脸上有淡淡的忧愁，猜想着一定是因为雅丽和大北两人刚才略显亲密的合影，让她吃醋了。

刚才照相时，诗敏和汪建两人在照相师傅的轻声吩咐下，才稍微靠近一点儿。其实，别看诗敏表面上装出一副若无其事的样子，其实心里还是挺在乎的。

不过也的确如此，雅丽今天和往日不同，她主动要求和男同学合影，平时的她特别不近人情，总是一副傲慢无比的样子。

诗敏见雅丽满面春风，一颦一笑间弥漫着一股青春的气息，像是换了个人一般。青春靓丽的她，确实很讨男同学喜欢。

雅丽聪明漂亮，家境优越，她的父亲是矿里机修厂的厂长，母亲是学校的音乐教师，有两个哥哥，家里人都像宝贝一样把她捧在手心里，况且她姑父是学校的校长。平时雅丽冷若冰霜，拒人于千里之外，班里的同学暗暗地给她取了个绰号——“冰美人”。

雅丽和汪建走得很亲近，小莉实在看不下去，就拉住诗敏的手故意走在最后面，轻声地对诗敏说：“你不是很喜欢汪建吗？为何不主动和他说话？我都看出来了，汪建其实是很喜欢你的。”

诗敏听后脸颊绯红，她条件反射似的摇了摇头，低声说道：“我配不上他，你看他们俩多配。”诗敏说着指了指前面，雅丽和汪建正津津有味地聊着什么。

小莉还想继续说下去，诗敏立即制止：“快去追你的大北吧！他在等你。”

小莉朝前面一望，大北正好喊她，刚才的不悦随风而逝。但小莉还是故意拉长着脸："不想理他。"

大北转身过来牵着她的手，小莉撒娇嘟着嘴站在原地不动。大北在她耳边说了一句什么，小莉甜甜一笑，就乖乖地跟着他走。

这时，一个头发花白、脏兮兮的乞丐走到诗敏面前，在岁月的侵袭下，他的身体弯成了一张弓。乞丐拄着拐棍，脸上流露出可怜的神情，很艰难地伸出手来向诗敏乞讨。诗敏有些惊慌失措，她停下脚步，迅速从包里拿出钱递给他。只见他把头低到尘埃里去，口里默默念叨着："保佑……保佑……好人一生平安！"

诗敏望着这个老人，顿生一阵心酸，他的年龄这么大，身体这么差，还要自己出来，难道他家里没有人养他吗？

眼前这个年迈的乞丐，让诗敏想到了外婆，自己从小是外婆带大的。在模糊的记忆里，外婆总是怕她吃不饱，因为舅舅家有好几个小孩，生活比较贫穷，煮米饭必须加红薯才够一家人吃。那些表哥吃得又多又快，专门挑米饭吃，外婆就会先把她的米饭装好，这样她才能吃得饱，顿时在外婆家的点点滴滴涌上了心头。

时光飞逝，备觉恍惚，此时此刻，她特别想念外婆，不知外婆现在过得如何？

诗敏沉浸在自己的思绪里，直至墟上喧嚣的叫卖声在耳畔响起，她才从中回过神来。墟上人声鼎沸，各种叫卖声夹杂在一起，像是有无数只蜜蜂盘旋在头顶，嗡嗡直响。卖猪仔的摊位上，很多小猪仔被装在笼子里，有黑色的，也有白色的，还有黑白相间的，五只小猪仔挤在逼仄狭小的笼子里，嗷嗷地嘶吼着。

这时，一阵尖锐的哭声从不远处传来，诗敏他们循声望去，只见一个妇女坐在地上一把鼻涕一把泪地哭泣着。围观的人群中，有人摇头说："这没良心的小偷太坏了，人家买猪仔的钱也偷。可怜呀！"人们七嘴八舌地痛骂那些好吃懒做的小偷。

一个中年妇女扶着坐在地上哭泣的女人说："妹子，钱丢了也是没有办法的事儿，我们回家吧！"

她坐着不起，一脸绝望地说道："哎！我那买猪仔的钱还是借来的，现在猪仔没有买到，钱又没有了，这该如何是好呀！"

围观的人安慰她："别哭了，别把自己的身体急坏了。"

这时，一个敦厚朴实模样的中年男子走上前，安慰道："大妹子，我这里只有一点点钱，你先收下吧！"中年男子的这一举动，让女人颇为感动，只见她爬起来就对他鞠躬。

诗敏见这情景，很受触动，她想起母亲有一次领到工资，一脸幸福地回到家里，心里正盘算着如何使用这笔钱时，一摸口袋却发现钱不见了。那么一点血汗钱不翼而飞，让母亲一下子憔悴了很多，她连续两天不吃不喝。后来还是在舅舅的开导下，母亲才恢复了精神。那时家里穷，一份工资对于他们这样贫寒的家庭至为重要。

"诗敏，我们走快点儿，去吃鱼粉！墟上有很多小偷，你们小心自己的钱包！”可儿催促他们并提醒着。

于是，他们几人议论纷纷着继续往前走。走出一段距离后，诗敏突然对小莉说：“等下我。”只见她几下快步重新走到那个妇女面前，把手里的那点儿钱全部给了她，接着说，“你快去买猪仔，现在的钱够了吧！”

那妇女脸上挂着泪，一个劲地点头：“谢谢！谢谢！”

小莉见诗敏陡然间跑向那个哭泣的妇女，就知道诗敏要干什么了，她转身对一旁的汪建说道：“诗敏很善良，心肠又好，刚才见到乞丐也很同情。”

“诗敏她人真是不错，性格温柔、乐于助人，热情大方，只是高考失利对她的打击很大。”汪建这样说着，一边温柔地看着诗敏跑过来。

诗敏笑着追上他们。他们问她去干啥了。

“她呀，又是去学雷锋了。”小莉笑了笑。

他们看见几个小混混在市场里游来荡去，可儿细声告诉他们要小心那班人。刚说完没多久，就看到一个小混混把手伸向一个妇女的背包里。可儿叫他们不要作声，这班人身上有刀。

可儿带着他们赶紧离开了，怕那帮人发疯时惹祸上身。

市场上有刚刚出笼的热气腾腾的白面肉包子、酸菜馅包子、饺子等。不远处一阵浓郁的鱼香味飘来，他们闻到，迫不及待地来到好吃的鱼粉摊位前。

“老板，来十碗鱼粉。”可儿喊着带他们进入一间房里。老板见一下子来了这么多人，热情地招呼他们坐下。

“我们只要八碗就够了。”周子洲说。

“来十碗吧！男同学多吃点儿，今天我请客。”看可儿如此豪爽，他们也就不客气了。

“可儿，你是怎么来到这儿上班的呀？”王芳好奇地问，其实他们都想知道。

“我听说你是找了婆家才安排了工作，是吗？”雅丽单刀直入，一旁的同学听了都捂着嘴笑。

“我才不是。但我同事肖静华就是这样的，她也是矿上子弟，高我们一届的。”李可儿说的肖静华，他们都认识。可儿气愤地说：“矿里那些人乱传，说我是找对象换取工作。其实是我舅舅帮我弄到招工指标的。”

诗敏听她这么一说，想起自己家也有一个远房亲戚是当官的，只是世事苍凉，穷居闹市无人问，富在深山有远亲。

他们正听得津津有味时，老板娘将煮好的鱼粉端上桌，只见汤粉上漂着一层红彤彤的辣椒油。他们几个见了，不由得异口同声地喊道：“哇！一定很好吃，鱼香味儿很浓！”

“你们来对了，我这里的鱼粉，都是用鲜活的鲢鱼加冷水熬一整夜，把鱼的鲜味、营养全部熬出来，直到香味阵阵飘出来，然后加入油炸辣椒粉、姜末、豆油搅拌，小火温煮至少一小时，再加入食盐、味精、葱花末，最后倒入适量的茶油，这鱼粉汤就制成了。这是不是美味呀！”

“是呀，真是秀色可餐！”田大北忍不住吞口水，急不可耐地端起一碗粉说，“我先吃。”

他夹了一口放进嘴里，他们目不转睛地看着他。他连续吃了好几口，一副沉醉其中的神情。“好吃！进口觉辣，辣中有甜，鲜香扑鼻，沁人心田，真是不可多得的乡间美味！”田大北吃着鱼粉，赞不绝口。

他们几个也快速地吃着，鱼粉辣得他们直呼气，却又十分爽快。

“哎！这鱼香味儿仿佛从我毛孔里渗进身体，这鱼汤香辣，你看这米粉晶莹透亮、滑嫩爽口，鱼粉上还漂浮着几块儿鲜嫩鱼肉和坛子菜，真是太好吃了，它辣嘴不辣心，让人还想吃。”大北又赞不绝口地道。

“你们三个男生把那两碗鱼粉也吃完。”雅丽叫周子洲他们吃。

不一会儿工夫，叠整十碗鱼粉连粉带汤就被一行人吃了个精光。

他们吃完不舍得走，还坐在那里聊天，外面的客人不耐烦地进来望着他们。

“走吧，外面还有人在等位！真的好好吃。”小莉见外面站着好几个人，她要去结账。可儿不让，说来到她这儿，肯定是她请客。

诗敏的心情很好，她感觉汪建在关心她，她吃鱼粉时，他会提醒她喝开水，还叫她吃慢点儿，别烫着。他们虽然不怎么说话，但诗敏感觉到温暖。

雅丽有点儿吃醋，她又瞟了一眼周子洲，见他双眼盯着诗敏，她脸上阴沉沉的。

下午，他们在墟上转了一圈，走进了一家书店。

诗敏看到了一本她很喜欢的小说《简·爱》，她翻了翻，爱不释手，可刚才把钱都给妇女了，只能下次再来买。

看到小莉和大北这对小情侣，他们门当户对，双方父母又很满意，真是一对幸运儿，让所有人都羡慕。

诗敏每每想起自己的处境，就暗暗下定决心，一定要努力，只有改变现状，变得更好，自己才有资格去和喜欢的人在一起。

第七章

补习班开学已有一个多月了，诗敏始终进入不了最佳状态。她怕回家，怕回到家里看妈妈那张变化无常的脸和喋喋不休的责骂声。

明天又是周末了，诗敏想着能去哪儿看书就好。自高中毕业以来，她就没有过过一天安宁的日子。

诗敏的妈妈在家总是看她不顺眼似的，怪她没有出去找工作，天天就是待在家里看那些没有用的书，妈妈一门心思就是想把她快快嫁出去。

为此，诗敏和父母的关系极度紧张。他们一点儿都不理解她，只是一味地想把她嫁出去，哪管什么爱不爱的。父母无知地认为，女人不一定要读很多书，能嫁一个男人、生小孩儿就行了。

面对这些，诗敏一次又一次地抗争，感觉活着很累，对未来逐渐失去了信心。

快到家门口了，诗敏就听到她妈妈的骂声，她整个人颤抖着，她的心揪着疼痛，恐惧又心慌：“死了，不知道又是谁得罪妈妈了，怎么办？补习班的学费还没交，老师已经是第三次催促了，她承诺过下星期交。”

诗敏站在门口听到她妈妈的骂声：“没良心的，平时对你那么好，把你当亲姐姐那样看，有什么好处都想到你，如今竟做出这样的事儿，这对得起我呀？”

“当亲姐姐？难道是说胡阿姨？她做了什么事儿，把妈气成这样？”诗敏想起她妈妈和胡阿姨的关系特别好，她们还以姊妹相称呢。

“还好，不是骂我。”诗敏暗自庆幸。她鼓着勇气推开门，喊了一声：“妈妈，我回来了。”她拿起书转身准备上楼，她妈气冲冲地盯着她。诗敏一阵心慌，惨了，一场暴风雨就要来临了。

“你补什么鬼课呀？你看楚楚顶替你去上班了。她妈真是两面三刀、口是心非的东西，对我说肖主任的儿子不好，要我不要强迫你，她自己倒好，却偷偷地把女儿顶上去参加工作。”她妈气得脸色都变了，边做家务边骂人。

“原来是这样，谢天谢地，这件事儿不会困扰我啦。”诗敏长长地松了一口气，准备上楼。这时她妈却发疯似的拖着她，接着朝她背上打了几巴掌。诗敏被打得莫名其妙，眼泪顺着脸颊流了下来。

“你干吗打我呀！”诗敏大声质问。

她妈妈不解恨似的，还抢去她的书丢在地上，又顺手捡起一本书边骂边拼命地把书撕烂：“叫你嫁又不嫁，整天就是坐在楼上，又不做家务。养你这么大都不去做工，明天不许去补课了。你给我乖乖地嫁给大海，这样我们借你舅的钱就不用还了，他们也说好了会给你安排工作。”

“你太过分了，为什么把我的书撕烂？”诗敏从地上捡起书，然后站起来对她妈喊，“我不嫁，我就是不嫁！我死都不嫁！我要考大学！”诗敏哭着，愤怒地反抗着。

“你趁早死了这条心吧！我们已经同你舅舅商量好了。”她妈妈说话很绝情。诗敏绝望地回到楼上哭泣，她妈甚至还骂了一些更难听的话。

诗敏坐在桌子边，环视着拥挤的小房间，窗外的微风轻轻吹来，她感觉有一股燥热从心头涌入，任凭泪水滴落在手背上。

她想起自己的命运这么悲惨，生在这样的家庭里，父母一点儿都不支持她，她想考大学，他们都不同意，总想她早早嫁为人妇。

诗敏心中有喜欢的人，如果不去考大学，心中那一点点爱的火苗就会熄灭的。她是那么不舍、那么无奈，但她也无力去抗争了。

他们是矿山子弟，吃的是商品粮，没田没地，要有工作才能过上好的生活。幸好他们高中毕业，不用到农村下乡。

可是面对着大批的知青返城，一时间，小小的矿山，待业的知青和高考落榜的毕业生压力陡增，要想找到工作就只有靠考上大学、顶替父母的职位、参军、找关系招工这些法子。如今这几条路都没有，那只能嫁人得到招工指标，用婚姻来换取工作。

诗敏泪流满面，想起那些考上大学的同学，他们逃脱了她这样的命运。内心的孤独和寂寞让她陷入深深的沉思中。

记忆回到了一个月前，桌子上的这本高考复习资料是汪建送给自己的。他的那一席话还在耳边回荡，他希望她努力考上大学，明年他们能在广州相聚。他说会在那儿等她。现在看来所有的梦想就要破灭了，她心灰意冷。

这本《简·爱》，是周子洲送她的，他希望她像简·爱那样坚强，那样独立自主，勇敢地去追求爱情，不向命运低头。

此时，诗敏已经失去信心了，曾经充满信心和希望的她，被近来的烦恼折磨得透不过气，感觉就要窒息了。

一会儿，诗敏听见大舅和表哥说话的声音，她的妈妈好像很高兴似的，故意大声说着话。

他们来干吗？诗敏不喜欢她表哥，虽然他长得高大威猛，诗敏和她妹妹曾经戏称表哥是四肢发达、头脑简单，中看不中用，初中毕业就参加工作了。心想："他们有什么能力拿到招工指标？"

听到他们说话，诗敏的心里很不爽，他们不是来提亲的吧！诗敏很无奈父母决定了她的婚姻，她反正是不嫁的。有这样的父母已经没有未来了。猛然间她不想活了，想逃脱这一切。

于是，诗敏从衣柜里拿出一瓶安眠药。她前些时候在杨姐家睡觉时，见杨姐每天吃一粒才能睡着。那时，她正好压力过大，也常常难以入睡，就吃了一粒。感觉吃后就能好好睡觉，她就要来了这瓶安眠药。

此时此刻，诗敏已经失去理智了。她见桌子上有一杯水，就把药瓶盖子打开，把药全倒在手上，含着泪，双眼发呆，慢慢地把药送入口里，喝一大口水，把药分三次全吞下去了，然后她就躺在床上渐渐进入睡眠中。

她的妈妈和舅舅聊得正欢，全然不知家里就要大难临头了。她的妈妈还谈到刚才生气打了诗敏。舅舅说："真不应该这样，诗敏这孩子爱学习，性情柔和，她想读书就让她读吧！"

这时，门外传来一阵敲门声。诗敏的妈妈开门一看，原来是诗敏的同学黄一凡。她惊讶地问道："好久不见！黄一凡，你去哪儿了？"

“我去部队做临时工了。”

“不错呀，你有工作啦！”她妈接着大声喊，“诗敏，黄一凡来了。”一连喊了三声都没有听到回答，然后骂了句，“这死丫头。”

“阿姨，不用喊了，我上去。”

黄一凡已经有三个多月没有见到诗敏了，她们两人从小学到高中都是在一个班，黄一凡性情随和、喜欢运动。她很有号召力，总是逼着诗敏和她一起去打篮球。

黄一凡长得娇小玲珑，但是在球场上非常勇猛，打篮球时，她投篮非常准，动作又十分优美。男同学喜欢邀请她一起打球，称她为勇将。

黄一凡穿了一条红色连衣裙，烫了一头微卷的披肩长发，一张圆圆的脸红扑扑的，长长的睫毛下闪着一双会说话的眼睛，流露出妩媚的眼神，让男的不敢直视她的眼睛。她笔挺的鼻子下，镶着两片不薄不厚的嘴唇，显得极其妩媚。

黄一凡的父母很宠她。为这，诗敏很羡慕她，家里条件虽没有那么好，可她家里的气氛却非常和谐，她的妈妈非常爱她。黄一凡就是在这样浓浓的爱中长大的。

黄一凡的父母工作很忙，没有时间管她的学习，上学期间，黄一凡常常叫诗敏帮她抄听课笔记。考试时，她抱着能及格就行了的态度。聪明的她不怎么努力也能顺利读到高中毕业。

黄一凡高中毕业就去做临时工，其他同学都准备复读，她却调侃自己不是读书的料。好在她会为人处世，书虽读得不怎么样，但做事能力特强。

今天她休息，特意来看诗敏。

“诗敏，诗敏。”黄一凡喊了两声，不见回音，她就上了阁楼。以前也遇到过，诗敏的妈妈骂她之后，谁喊她，她都不搭理。

黄一凡见诗敏在床上睡着了，她就坐在桌子旁边，拿起《简·爱》翻看。无意中见到桌子上有一个小瓶子，没盖上，黄一凡拿起来瞧见里面是空的，桌子上有一粒白色的西药。

黄一凡好奇怎么会有一粒药，这个有点儿像安眠药，因为她曾经失眠严重，医生建议她睡前吃过。她一阵惊慌，望着床上睡得那么沉的诗敏，又叫了几声，诗敏没有回话，难道她吃了安眠药。

黄一凡走到床前，摇着诗敏的手臂，大声喊道:“诗敏，诗敏。”诗敏依然没有反应。诗敏的妈妈在楼下听到喊叫声后急忙问:“黄一凡，诗敏怎么啦？”

“刘阿姨，你快来看呀，诗敏可能吃了安眠药，我叫不醒她。”

楼下一阵慌乱，诗敏的妈妈、舅舅、表哥急忙冲上楼，他们一齐喊着诗敏。黄一凡说她可能吃了很多安眠药，这样大声喊她都没有半点儿反应。

诗敏的妈妈大哭起来，还是她舅舅清醒，说赶快送医院。诗敏的表哥背着她拼命地朝医院奔去，她妈却哭喊着，刚好诗敏的爸爸也回家了。

他们来到医院急诊室，医生问清楚情况。好在黄一凡把空瓶子和那一粒白色的西药交给医生。医生看了就说，可能是吃了安眠药，得马上洗胃。

诗敏被推着进了抢救室，她的妈妈在走廊里来回踱着步，一个劲儿地自责，流下了后悔的泪水。

这时他们夫妇互相责怪对方，她爸指责他们联合起来逼迫诗敏嫁人，真是太不应该了。

诗敏的大舅也很自责，他是喜欢诗敏，想让她做自己的儿媳，但从没有站在她的角度考虑。他站在门口扶着他的姐姐，他姐哭喊着说对不起女儿，是自己错了。

他们一家人继续在抢救室门口吵闹着，相互责怪。诗敏的妈妈哭泣着，说不该逼诗敏嫁人，说以后诗敏想干什么就让她干什么，想去复读就让她去复读吧。

“如果诗敏有事儿，我不会原谅你们的。”诗敏的爸爸突然愤怒地说道。

诗敏的妈妈哭得更厉害了：“敏敏，妈妈求求你，你一定要活过来。”

不一会儿，一个护士开门出来了，他们紧张地问道：“护士，我女儿她怎么样了？”

“已经洗完胃了，一会儿就推出来了，但她还在昏迷中。”

“护士，她什么时候会醒呀？”

“二十四小时后应该就没事儿了，好在送来的及时。”护士说完，诗敏的妈妈终于松了一口气，这才想到黄一凡。她抓住黄一凡的手：“谢谢你，多亏你来看她，否则我一辈子都不能原谅自己。”

这时，诗敏家的邻居也来了，矿里好多人都知道这件事了，大家纷纷谴责诗敏的父母不应该这样对待孩子，特别是学校的校长和老师，个个都说诗敏是很乖的孩子，她想复读考大学是好事，父母应该大力支持，而不是逼她嫁人，不读书哪会有出息呀。

护士把诗敏送到病房，转身就走了。妈妈看着诗敏脸上没有一点儿血色，心疼地说：“女儿，我们对不起你呀！等你好了，你想读书就读书，我们给你交补习费。”

“黄一凡，谢谢你！你们去吃饭吧！”诗敏的爸爸说。

“还是你带他们去吧！我也吃不下。”诗敏的妈妈望着女儿还处在昏迷中，她哪有心思吃饭，她真的从来没有像现在这样担心过女儿。

第八章

汪建来到大学已经一个多月了，他还沉浸在对象牙塔的新鲜和喜悦中。学院环境优美，宽敞而又设施齐全的图书馆，宽敞的篮球场、足球场、网球场，等等，让他情不自禁地想写信告诉他的同学，赞美他的学校。

汪建庆幸自己那么努力，上了省城重点大学，所有这一切让他无比舒心，他憧憬着美好的未来。

这个周末，他和雅丽约好一起去看电影，他们两人的学校相隔不远。在异乡见到老乡格外亲切，何况他们还是来自一个地方又是同学，感情自然更亲近些。

他们在一起无话不谈，雅丽对汪建渐渐产生了依赖感，也许是因为刚刚离开父母、离开家乡。

周末凌晨，汪建被一场奇怪的梦惊醒了，他在床上坐了起来，望了望窗外，天空雾蒙蒙一片。

他百思不得其解，为何会梦见诗敏掉进河里去了，梦里他是那么紧张、那么焦急？

汪建定了定神，这才觉察到自己出了一身冷汗。难道诗敏有事儿？

也许是太挂念诗敏了，她时常来到他的梦里。

真是日有所思，夜有所梦，一种淡淡的相思涌上心头。

此时，他的心情极度不安，诗敏会发生什么事儿呢？

近来，汪建给诗敏写信，只想告诉她大学生活的点点滴滴。每天他都在等待她的回信，不知为何都未回复，失落之后期待明天，他就是这样安慰着自己。

汪建看了一下时间，是凌晨四点半。他在床上理了理头绪，想起诗敏，他的嘴角微微翘起，内心有一种幸福感，心中有爱的人不孤独。

喜悦的心情让他静静地躺在床上，回味那美好的中学时代。诗敏那甜甜的笑颜、忧郁的眼神清晰地出现在眼前。他一直没有读懂她，一直没有认真去读她。思绪万千，搅得他的睡眠无影无踪。

过了一会儿，汪建听到外面有说话声和阵阵“嗒嗒”的脚步声，他透过小小的窗户又朝天空望去，天已经亮了。

今天是周末，他却醒来那么早，平时想睡懒觉，每次去跑步，还要经过一番思想斗争。此时，他已睡意全无了。他起床穿好衣服，准备去跑步。同一宿舍有四个人，汪建轻轻的动作还是吵醒了室友肖俊锋，他也要一起去跑步。

跑步的时候，汪建的脑海里浮现出诗敏的样子，他遗憾诗敏没能和他一样考上大学，他想下午还是再给她写封信。

他们围着操场跑了三圈，太阳已经露出了笑脸。跑步的人渐渐多了起来，篮球场上有五六个男生正在打篮球，网球场上一对男女正打得欢。

汪建看着肖俊锋那张帅气而充满朝气的脸庞，心想：“他今天干吗跟我来跑步，是不是想让我帮什么忙？”

汪建带着疑惑的眼神望着俊锋，俊锋笑意盎然：“汪建，你那个女同学什么时候来看你？”

“哪个女同学？”汪建猜到是说雅丽，就故意问。

“就是上一次来看你的那个眼睛大大的美女。”肖俊锋放慢脚步和汪建并排跑着。

“你不是看上她了吧？”

“帮我介绍一下呗，我请你吃饭。”俊锋一连说了两次，汪建都没有反应，俊锋又提高嗓门再说了一次。

“你真的喜欢上她，那你自己就去追吧！”

“她没有男朋友吗？”

“这个我就不知道了，我那女同学很不错，就看你有没有本事了！”

汪建说完，一个加速在跑道上飞奔起来。俊锋对雅丽一见钟情，他笑了笑，追着汪建说道：“我要追她！我要追她！”

俊锋的喊声很快被操场上的脚步声淹没了。

次日下午，汪建带着肖俊锋去华南师大找文雅丽。雅丽和肖俊锋见过一次面，没什么印象，只是感觉有点儿面熟，像是在哪儿见过。

肖俊锋激动得脸都红了，在她面前竟然说不出话来。汪建告诉雅丽，俊锋家在省政府大楼的家属区，这才让他们找到话题。

文雅丽仔细地打量着肖俊锋，他穿着一套蓝色的运动装，高高的身材，深邃、充满自信的眼神，有几分凌人的气势。他的眉宇中透出精明，但说话的声音很有磁性，雅丽听到他说起他的家庭时就对他有一种好感。

原来他是高干子弟，他的父亲曾经被打成“右派”，坐过牢，现在在省政府工作；他的母亲是大学教授。一瞬间，雅丽看他的眼神都不一样了。雅丽带着他们在学校四周围走走。然后他们一起去看了场电影。俊锋的心情特别好，他终于可以近距离接触喜欢的人了。

汪建送雅丽回到学校，他不好意思，轻轻地问道：“雅丽，你和诗敏最近通信没？”

“怎么，她又没有回你的信？”

汪建点了点头，说了声：“不知道她发生什么事儿了。”

他们两人谈论着诗敏，却不知远方的诗敏正经历惊心动魄的一幕，她正躺在矿区医院的病床上，正在抢救中。

矿区医院虽然没有县城的医院那么大，但科室分得还挺全的，还有两栋五层楼的住院部。医生的水平也很高，医院设备齐全，因为常常要紧急抢救遭遇各种意外的矿工。

矿工在井下的工作是非常辛苦和危险的，他们随时都会有生命危险。因为是特殊的工种，矿里有很多妇女失去丈夫，她们的后半生都很凄凉，好在如今还能过上平静的生活，她们都希望自己的小孩考上大学去外地工作。

诗敏昏睡了两天两夜，早已超过了二十四小时。刘玉娟非常担心，她跑去问张医生为何女儿还没醒。

张医生叫护士给诗敏做了全身检查，她的各项指标都正常，可她为何不醒？张医生了解了详细情况，想到她内心很苦，估计是她不愿意睁开眼面对现实。

张医生告诉刘玉娟，她的女儿已经没有生命危险了，只是还在昏睡，要她对女儿多说说话，温暖她的心，开导她，也许她就会醒来。

张医生的这一席话，敲醒了刘玉娟。她来到诗敏的病床旁，见她老公焦急得在病房里不停地踱着步：“诗敏都睡了这么久了，为何还不醒，她会不会有危险呀！”

刘玉娟望着老公的背影，内疚和惭愧一起涌入。她守着心中的秘密已经十八年，她既对不起老公，又对不起诗敏，她没有好好爱她，没有像妈妈那样去关心诗敏。

记忆把刘玉娟带回到十八年前的十一月十日，那一天，是她这一生最痛苦的日子，她老公因为工作忙，在她怀孕八个月时就送她回娘家待产，由她姐姐照顾。刘玉娟身体不太好，就提前住进医院了。

同一间病房有一个女人，她的预产期快到了，照顾女人的像是她的妈妈，两人好像心事很重，女人的妈妈总是唉声叹气。刘玉娟的姐姐挺爱管闲事，人也热情，和女人的妈妈有一句没一句地聊着天。

刘玉娟的姐姐把了解到的情况全部告诉了她，原来那个女人怀了双胞胎，家里已经有一个三岁的女儿，她的丈夫又被判了刑。她们母女收入也不多，这下子又要多两个小孩，她们都愁死了，小孩生下来不知如何养。

刘玉娟听到这些，心里也为她们难过。她们在一起住了两天，说来奇怪，两人同一天进产房，刘玉娟因胎儿在肚子里没有发育了，只得引产。

当时她是那么痛苦和绝望，她睡在床上哭了一天，同房的那对母女也安慰她，叫她别太伤心，反正年轻还可以再生。

那个女人生了一对龙凤胎，她和母亲忧心忡忡，又因奶水不够，两个小孩哭个不停。她把奶水给男孩吃，那个小女孩儿饿得哇哇大哭，哭得刘玉娟心揪着痛，刚刚失女的悲伤让她泪流满面。

刘玉娟的姐姐就说："玉娟，你看这小女孩没有奶吃，哭得面红耳赤，太可怜了，你的奶水还有，不如你喂她两口奶。"

那对母女听后，一阵惊喜，她的妈妈也请求刘玉娟帮忙。

刚好，刘玉娟的奶胀得厉害，她看着那个女孩儿不停地哭闹，就坐起来，叫她姐姐把小孩抱过来。

说来简直就是奇迹，刘玉娟一抱着小女孩儿，她的哭声就止住了，陡然间她睁开双眼望着刘玉娟。刘玉娟凝视着小女孩，一股暖流涌上心头，她仿佛是抱着自己的小孩子，她的眉头舒展了，她的脸上显露出一丝笑容，这几天忧郁的心情一扫而光。

她们都十分惊讶，小女孩刚才哭得歇斯底里，可一到她手上，突然乖乖地躺在她怀里，好像知道有奶吃似的。

刘玉娟把衣服往上掀开，把奶头放在这个小女孩的嘴里。她安静地吸着奶水，全然没有陌生的感觉。充足的奶水呛着她，刘玉娟心疼地说："你慢慢吃，慢慢吃，还有。"

屋里的几个女人都很兴奋。刘玉娟的姐姐突然想到，妹妹的小孩没了，如果能留下这个女孩，也许能减轻妹妹的痛苦。

刘玉娟在医院里喂了两天奶水，小女孩吃饱就睡。醒来时那对母女自然把小女孩送到刘玉娟那里，刘玉娟也习惯了。

那对母女看到这一幕，非常感激刘玉娟的帮助。她的妈妈也在想，自己女儿的奶水也不够，一下子养三个小孩，家里条件也不好，如果刘玉娟能够收养小女孩，该是很好的办法。

刘玉娟的姐姐和她们私下商量好了，她就劝刘玉娟领养这个小女孩。反正她们单位的人都知道她是回老家生小孩，现在抱个孩子回家也是自然的事，她姐姐要她不要告诉她的老公。

于是，刘玉娟一直带着这个秘密守了十八年。她最初对诗敏还不错，可是等她自己的女儿诗书出生了，她就偏心了，不能一视同仁了。

诗敏做什么，她都看不惯，她十八年来没有给她好脸色和母爱，直到今天，见到她自杀，才唤起了她的良心。

此时，刘玉娟也流下了后悔的泪水。养她这么大了，有一天，假如她的生母来找她，自己没有好好照顾她，如何对得起人家呀？她坐在诗敏身边，望着她的脸，她长得很像那个女人。

刘玉娟曾经也想过，诗敏的生母在哪儿呢？她的姐姐早就去世了，只有她一个人知道这件事，她想，只要自己永远不说，是没有人知道的。

诗敏的爸爸也站在床边，他用手摸了摸她的额头，说了一句：

“乖女儿，快点儿醒来吧！爸爸送你去读书。”

刘玉娟收回了思绪，握着诗敏的手轻轻地诉说着这十八年来极少出口的爱语，母爱在那一刻突然喷涌而出，她请求诗敏原谅没有尽到一个妈妈的职责。

这时，病房里来了一个探望诗敏的人……

第九章

“阿姨，我是诗敏的同学。”刘玉娟见一个文质彬彬、书生气很浓的白净小伙子走到她面前，他的脸颊涨得绯红。

诗敏的爸爸热情地招呼着，问他是谁家的儿子。

“叔叔，我是周老师的儿子，叫周子洲。”

“哪个周老师？”诗敏的妈妈问道。

当他们得知他是周文斌老师的儿子时，刘玉娟特别热情，把诗敏的情况一五一十地全告诉了他。

周子洲听了，望着躺在床上的诗敏那苍

白的面容，他心痛不已：她一定是深深地陷入疲倦的睡眠中，不久就会醒来的。

周子洲安慰着诗敏的父母，感到从未有过的心痛，好像胸口有一块儿沉重的大石压着，他的眼泪夺眶而出：“诗敏，你一定要醒来，我们都等着你！”

诗敏的妈妈看出小伙子对诗敏有意思，他们夫妻俩就托词出去打开水了。

周子洲坐在诗敏的身边，默默地注视着她，眼里充满了怜爱。然后他轻轻地抓住她的手说：“诗敏，其实你不必用这种方法来对抗父母的不公平和不理解，你可以学张海迪自学成才，坚强地面对生活中的各种磨难，只要我们不放弃心中的梦想，努力追求，都会有美好的未来。”接着他又说道，“我给你买了几本书，不能复读我们可以自学，条条大路通罗马。”

周子洲从包里把书一本一本地拿出来，尽管诗敏的眼睛闭着，他仍然一个劲儿地对诗敏讲着书里的内容，他想用自己的坦诚来唤醒沉睡中的诗敏，尽量给她多点儿温暖和爱。

过了一会儿，诗敏的小手在周子洲手里轻轻地动了一下。周子洲心里一阵惊喜，急忙喊道：“诗敏，诗敏。”

诗敏轻轻地睁开了眼睛，又闭上。

这时，诗敏的父母从外面走了进来。

周子洲迫不及待地说：“我刚才见到诗敏睁开了眼睛，可能是光线太亮了，她不适应。”

也许是听到周子洲的声音，也许是她想通了，诗敏睁开了双眼，望着周子洲：“谢谢你！你刚才说的话我都听到了，谢谢你买的那些书。”

“刘阿姨，刘阿姨，诗敏醒来了。”周子洲激动得对诗敏的父母喊道。

刘玉娟听到喊声，急忙冲过来，周子洲站在一边。刘玉娟心痛地说道：“诗敏，你终于醒来了！吓死我们了。”她爸爸把张医生叫了过来。张医生听了听她的心脏，量了量血压，说了声：“一切正常！”

张医生笑了笑走了出去。

诗敏的妈妈又开始半严肃半疼惜地骂道：“你这个死丫头，怎么这么狠心呀，你这不是要急死我们呀。”刘玉娟含着眼泪心疼地骂着女儿，诗敏用死来抗议使她清醒了。

“好了，好了。别骂了，多亏周子洲来了。”诗敏的爸爸终于吐了一口气，“醒来就好，你想读书就读书。”

诗敏听到她们的呼喊声和哭泣声，想起了那天下午发生的事情：“对不起！爸爸，妈妈！让你们担心了。”

“是妈妈对不起你，你要复读就去复读，我们都听你的。”刘玉娟此时的态度完全改变了。

这时护士长进来给诗敏打吊针，她笑了笑：“你真不能拿自己的身体开玩笑，要是迟来一小时就没有办法啦。小小姑娘有什么想不通，以后的路还长着呢。”

“谢谢！”诗敏望着挂在上面的三瓶液体悠悠地说道。

诗敏转头对周子洲说：“是呀，那天多么绝望，其实也没有什么大事儿，一点儿委屈就想逃。如果真的走了，父母不是白白养了我十八年。到时候，他们该怎么办呀！”

“你能这样想就好。”周子洲轻轻地吐了一口气，接着说，“真是太惊险了，人的生命很脆弱。”

“谢谢你来看我！”诗敏对站起来的周子洲说，目送着他离去。

这场生死搏斗终于结束了，医生把诗敏从死亡的路上拉回来了。她的父母感谢医生的救命之恩，感谢亲人和朋友的关心。

诗敏醒来了，舅舅一颗内疚的心也释然了。

妈妈告诉诗敏：“那天是黄一凡来了，要不是她，今天你就去天堂了。”

“对不起！爸爸，妈妈。”泪水模糊了诗敏的双眼。

周子洲带着愉悦的心情回到学校去了，他心中的激动和兴奋无法言表。能唤醒沉睡中的诗敏，他是快乐的。他的心思完全被幸福的激流淹没了。

中午，诗敏吃了一点儿白粥，妈妈对她的照顾让她情绪稳定了很多。

黄一凡下班就来看诗敏，她笑着说："今晚可以安心睡觉了。"

"谢谢你！黄一凡。"

"哪儿的话，以后不能这样，我们还没有开始自己的生活，将来如何谁又能猜到，你大难不死必有后福。"

诗敏的父母见了黄一凡，请她多陪陪诗敏，开导开导她。诗敏的父母从心里感激黄一凡。黄一凡一来，诗敏的情绪好了很多，整个人都平静了。

黄一凡为诗敏渡过了这一劫而高兴。她告诉诗敏，好多同学在部队做临时工时发生的很多有趣的事儿。诗敏的心飞到那儿去了，她想自由，想冲出父母爱的枷锁，想有一份工作，能养活自己。

"黄一凡，你帮我去部队找一份工作好吗？"

"那是临时工。"

"临时工就临时工，我不想增加父母的负担，不打算复读了。周子洲送了我好几本书，我可以自学。"

"周子洲一定是爱上了你，他听说了你的事儿，特意从学校赶来看你。"

"汪建给我写了好几封信，我都没有回。"

"你为何不回呀？你不是暗恋他很久了嘛！"

"不想回，我都没有考上大学，差距太大了。"

"你不要太自卑，爱情有时是不讲条件的，爱上了就是爱上了。"

诗敏叹了一口气："不想谈感情这事儿了，我目前只想有一份工作。"

"你的事儿我会尽力帮忙。"

那夜，诗敏的父母安心地睡了一觉。诗敏认真看着周子洲买来的参考书，要不是医生命令她休息，她都想看个通宵，从书里得到了启发，她重生了。

诗敏自杀的消息在矿里传播得非常快，很多人指责她的父母不应该那样对她，诗敏的老师和同学听后都来探望。

张校长和高老师代表学校来看她。高老师用一种饱含痛惜的语气狠狠地批评了诗敏："遇到一点儿困难怎么就放弃了？人生路上哪会那么顺利，自己不能倒下，要勇敢去面对，未来才有希望。"

诗敏的父母在校长面前承诺，诗敏要复读就支持她，决不再做那些傻事逼她了。

诗敏在医院里住了一个星期，对她最好的刘阿姨几乎天天来看她，有时带上鸡汤给诗敏喝。刘阿姨用爱心一点点温暖着诗敏，诗敏的心情和身体渐渐地恢复了。

刘阿姨四十来岁，中等身材，丰满匀称，在矿里是有名的美人。她仪态朴实，举止优雅，为人热情。她是随老公从部队转业来到矿里的，也许是缘分，她一见到诗敏就喜欢上了，要认诗敏为干女儿。

诗敏小时候喊她干妈，长大了反而生疏了。

这次，刘阿姨听说诗敏试图自杀，心疼诗敏在那样的环境里生活，也知道诗敏的妈妈对她一直不太好，就想尽力照顾她、安慰她，让她早点儿走出阴影。

诗敏出院后，更加沉默寡言了。父母劝她去复读，她说不想给家里增加负担，她要去做小工赚点儿钱。

刘阿姨见诗敏决心已定，理解她的处境，以她目前这样的心情和环境，复读考大学也是会遇到困难的。

刘阿姨告诉诗敏矿里建筑工地在招小工。诗敏就去见工头，结果对方说她小小年纪应该去读书，这么累的活儿不是一个小女孩能做的。诗敏坚持一定要做。她真的干满了一个月，而她的第一份工资却被妈妈拿走了。

周子洲知道了，狠狠地批评了诗敏，责问她为什么放弃自己的梦想？

诗敏说白天干活儿，晚上看周子洲买的一些书。她并没有放弃梦想，她要改变自己的命运。她想离开这儿，去远方工作，却不知道路在何方。

汪建和小莉他们听说后，都写信鼓励诗敏一定不要放弃理想。诗敏羡慕他们考上了大学，那是她心中一个遥远的梦。

两个月后，黄一凡帮诗敏在部队找到了一份临时工，终于可以逃离那个让她痛苦的地方。

诗敏对高老师承诺过，她会坚持自学，向张海迪学习，走自学成才之路。

高老师只是摇了摇头，鼓励她坚持学习，条条大路通罗马。

十月初，诗敏带着简单的行李和一些书本去了部队。

诗敏看见好多同学都在这里，眼泪一下子就掉了下来。黄一凡轻轻地拍了拍她的肩膀："一切都会好起来的！"

"诗敏，来这儿上班也可以学习的，我们每天下班早，晚上有很多时间，这里经常有电影看。"欧阳小菲带着诗敏去她的宿舍，把部队上班要注意的事项全部说了。

诗敏感激同学们对她的热情和关心，她的心被温暖着。她来到新的环境，对未来充满了信心，感觉自己真的重生了。

部队驻地在一座深山里面，离她们矿区有四十多公里，只有一条大马路通向外面。路上设有两道关卡，有几个解放军每天二十四小时值勤，一般人是不让进入的。

部队的指导员和矿里的李矿长是战友，李矿长为了解决矿区子弟工作的问题，私下找到部队领导帮忙。矿区领导还是做了一件好事，给回城的知青和待业青年找到了出路，那个时代，就业机会不多，能养活自己就很不错了。

诗敏被安排在运输部门，每天跟着卡车装运泥沙和石子。工作虽然有点儿累，但她还是挺高兴的，至少不用受内心的折磨，这工作还算比较稳定。

下班之后，同事们经常聚在一起打扑克、聊天，诗敏就看书学习，早上起床她就去跑步。诗敏憧憬着未来，心中的梦想之火焰又燃烧起来了。

时间在不经意间流逝，一眨眼，诗敏就在部队工作了快半年。欧阳小菲家里有关系，她招工去县城的商业部门了。接着黄一凡也有正式工作了，在部队做临时工的同学一个一个地离去，诗敏的心不再平静了，那种痛苦仿佛再现了：未来的路在哪儿？

诗敏站在河边徘徊……

第十章

离春节还有一个多月，天气越来越冷。郑指导员远远看见一个女孩在河边徘徊，他不放心就走近她，原来她是新来的临时工——王诗敏。

他见她每天跑完步还坐在河边读英语，暗暗赞她是一个有理想、有追求的女孩。

他也了解了这个女孩的情况，从心里对她有一种说不出的情感。

“今天是休息日，她站在河边干吗？”他心里有种不好的预感，便走上前：“小王，这么冷的天气，站在河边干什么？”

诗敏见是郑指导员走了过来，她眼神里透露出一丝绝望，苦苦地笑了笑：“没干什么。”

“小王，别想不开呀！”

“你放心，我不会自杀的，我已经死过一次了。”诗敏心存感激。

郑指导员听后，脸上显露出一丝惊讶，并安慰她道：“刚刚走入社会，别想不通，人生还没开始呢。你今天休息为何不回家？你的那些同事都回家了。”

“我喜欢清静，在这儿可以安安静静地看书。”

郑指导员凝视着这个女孩，听到她的不幸遭遇，他很难过。想到她一定在家里体会不到温暖，他想为她做点儿什么，就问她：“机修厂有一个女孩走了，你愿不愿去那里上班？”

诗敏简直不敢相信，这么好的事情怎会轮到自己。她和同事们都知道机修厂有一个空缺，都盯住了那个岗位。

诗敏凝视着郑指导员。他浅浅一笑。

“我肯定想去。”诗敏立即回话。同时，她心里暗想：“他为何这么好，主动提出让我去机修厂上班？真是遇到好人了。”然后她又轻声地问道：“郑指导员，你为何对我这么好？”

郑指导员沉思了一会儿，朝山上遥望着。山上树木繁茂，一条长长的小河蜿蜒盘旋，像人生之路似的曲曲折折。一阵风吹来，树枝摇摆着，发出“啪啪”的响声。

他收回视线，看向诗敏亲切地说：“你长得有点儿像我姐姐。我也了解过你的为人，她们对你的评价很高，都说你工作态度好，温柔善良，是一个爱学习有抱负的好女孩。”

“我像你姐姐呀，她在哪儿？”

“她在省城。真的很像，我每天看见你跑步就感觉是见到我姐姐似的。”

“托你姐姐的福，我遇到贵人了。”诗敏的心情陡然好起来了。听郑指导员说可以把她调到机修厂上班，这是她心情坏到极点时的重大转机。

他们边走边聊，诗敏把她近来的烦心事都告诉了指导员。郑指导员鼓励她坚持学习、等待机会，自学也能成才。

“前面就是宿舍了，谢谢你的关心！”诗敏不想让别人看见。

郑指导员懂诗敏的意思，就朝另一条路走了。

其实，几天前黄一凡说过要诗敏去找郑指导员，请求换去机修厂工作，说他可以帮到自己。

黄一凡真厉害，人脉这么广。

郑指导员四十多岁的年纪，他在部队已经待了二十几年了，他的妻子随军来到部队，在附近的地方学校教书，小孩在县城学校住读，周末他们一家人才能团聚。平时郑指导员大部分时间花在工作上，他为人热情，乐于助人。

在郑指导员回家的路上，诗敏的事儿在他脑海里浮现。

他不明白，为何自己对诗敏有一种说不出的感觉，见到她就想帮她，为何她那么像姐姐，难道她就是姐姐当年送给别人抚养的那个女孩？从年龄来看，也刚好吻合。

郑指导员忽然回过神来，笑自己想得太多了。他得告诉姐姐这事儿，他要帮诗敏走出困境。姐夫在省政府担任重要的职务，去求他帮诗敏找一份还不错的工作应该不成问题吧！

下午，王诗敏收到两封来信：一封是汪建写来的，他说知道诗敏去部队做事，他很安心，并鼓励她继续学习，还说他们快放假了，要她一定早点儿回信。

诗敏看后很是高兴，能感觉到汪建的情意，却因她的工作问题没有解决，她是不敢把心打开的。她故意不给汪建回信，就是为了控制自己的感情。

另一封是小莉的来信，她们两人经常通信，相互鼓励。小莉听周子洲说了诗敏自杀一事后，专程从广州跑回家来安慰诗敏。两人见面抱头痛哭，还约定好，今后不论遇到什么不顺心的事都不许做伤害自己的事儿。

小莉在信中告诉诗敏，她近来和田大北时常闹情绪，原因是他总是不积极回她的信，每一次要她等很久才有他的来信，经常是她写三封信，大北只回一封信。这让小莉怀疑他的真心，生气、吵闹都改变不了他，他总说是学习很忙。

诗敏看后很是为小莉难过。他们两个人都考上大学了，又是青梅竹马、门当户对，他们本该是多么幸福的一对呀！

可他们老是为小事儿争吵，感情这事儿，失望过多，伤心过度，久而久之也会导致离心的。

诗敏十分认真地分别给汪建和小莉回信，告诉他们，她的一切开始向好的方向发展，她一直在努力学习，不会放弃心中的梦想。她还在信中告诉小莉，她也想找一个能改变自己命运的对象。

诗敏看见同学们一个一个都有工作了，她的心很不安宁，她们都是在有了对象之后换了一份工作。在现实面前，她渐渐地想通了，只要有缘，只要人还不错，也可以碰碰运气。

信写完后，诗敏无奈地叹了口气，随手拿起一本书躺在床上翻了起来。同宿舍的小月正在织一条毛线围巾，这是要送给她男朋友的，想温暖她男朋友，以此拴住他的心。

小月真是一个痴情女子。诗敏见室友杜丽文不在，就问道："小月，杜丽文去哪儿了？"

小月朝丽文的床上望了望，只见她把床上的被子折得整整齐齐，想起丽文说过，今天她要去约会，就回道："她谈恋爱去了。"

"唉，丽文不知道怎么想的，和一个当兵的小伙子谈恋爱。到时如果两人结婚了，他复员也要跟着回农村，她妈要是知道了，一定会气死。"诗敏不理解丽文为何爱上兵哥哥。

"不是的，听丽文说他是城里的兵，几年后回去会安排工作的。"

“如果是这样就好！”

诗敏羡慕地朝丽文的床上望去，这是一个很爱干净且勤快的女孩。她总是很主动地把大家一起住的房间收拾得干干净净，部队的领导要求女工宿舍和解放军的宿舍一样整洁。

诗敏记得刚来部队做工时的情景，她们不用带床上用品，全部都是现成的军用品。诗敏第一天来，就喜欢上了这里的一草一木，特别喜欢这里的环境，干净整齐，空气清新，环境优美；喜欢每间房子收拾得整洁干净，喜欢床上的被子折得有棱有角，像豆腐块那样。

“听说丽文正在找关系，她想去机修厂上班。”

“啊，这样呀。”诗敏想起郑指导员早上说的，要是自己去了机修厂，那不是会得罪她？

“机修厂有一个空位，肯定会有很多人去争了。”小月望了望诗敏，低着头说，“你也可以去争取一下吧！我看郑指导员平时挺关心你，我们在一起散步时，他总是和你打招呼。”

诗敏笑了笑：“是呀，我也不甘心整天在运输部门打杂，羡慕机修厂的同事。现在正好有一个机会来了，我也要去争取一下。”

正在说话间，周末回家的同事都陆续返程了，李静静把诗敏的妹妹也带来了。

见诗书走了进来，诗敏惊讶得从床上一跳就起来了。

“小妹，你怎么来了！”

“妈妈要我跟静姐姐坐部队的车进来的。”

“噢，这样呀！”诗敏有一点儿感动，妈妈还是挂念她。

“妈妈说别人都回家了，叫我来看看你，送一点儿菜给你。”诗敏接过菜，内心深处被触动了一下，泪水在眼眶里转。她往上看了看，泪止住了。

那晚，她和妹妹睡在一张床上，两姊妹好久没有这么亲热地说着悄悄话了。

诗书马上就要高考了，诗敏要妹妹吸取她失败的教训，不能轻视考试，复习要认真，几分之差，命运就会完全不一样。

第二天，诗敏把工资分出一大半塞给了妹妹，要她带去给妈妈，诗敏的心没有那么冷了。她有父母、家人，是她自己心里记恨他们，不能原谅他们也就无法解救自己。

过了一个星期，诗敏调到机修厂上班了。

丽文见诗敏去了机修厂，她从心里不服气，凭什么才来几个月就能换到好工作？自此她就对诗敏怨恨在心。

那些同事也羡慕诗敏有这么好的机会，她们想不明白，才来三个月就有了一份好工作。

上班的时候，指导员安排了一个机修师傅手把手地教她，如何把一块儿长长的铁片切割成四方的小圆块，割成长方形的、正方形的零部件。诗敏性格温柔，学东西快，做事又认真，指导员交给她的工作，都完成得相当好，她聪明、上进，爱读书，深受领导和同事的喜爱。

郑指导员对诗敏的关心慢慢地也让她的同事们嫉妒起来。郑指导员和诗敏早上在一起跑步的时间比以往长了一点儿。这时，同事中有些爱嚼舌根的就传播诗敏和郑指导员有私情，说得很难听，说他们关系不正常。诗敏被流言蜚语扰乱了心，感到很委屈。

诗敏的同事告诉她，这些谣言的主要传播者正是丽文。于是，诗敏和丽文两人就在宿舍里为这事儿吵了一架。诗敏哪是丽文的对手呀！丽文把心中的怨气全洒在诗敏的身上，怪她耍阴谋抢了自己的位置。诗敏觉得很冤枉，又偏偏有口难辩。无奈之下，诗敏只好请求郑指导员帮她调宿舍。

郑指导员了解事情的原委后，批评了丽文，还顺利调解了她们两人之间的关系。丽文承认了自己的错误，也跟指导员和诗敏诚恳地道了歉。

诗敏心地善良，还在指导员面前为丽文求情，说她也没有存心害自己，只是一时心情不好说错了话。

周子洲听说此事后来信安慰诗敏："走自己的路，真的假不了，假的真不了。"

没过多久，机修厂又有了一个空位。诗敏立马告诉丽文这件事儿，还在郑指导员面前为她说话。

丽文就如愿到机修厂上班了，她也终于从内心消除了对诗敏的怨恨。

时光荏苒，转眼到了冬天，天气很冷。外面下着大雪，雪花随着风飘洒，满山遍野，白茫茫的一片。刺骨的寒风敲打着玻璃窗，宿舍里没有煤炉和暖气，阴冷冷的。

诗敏和室友们只能早早地钻进被窝里取暖。

“这鬼天气，怎么这么冷呀，裹在被子里越睡越冷。”丽文蜷缩在被子里低声说道。

“真希望冬天快点儿过去。”小月窝在被子里，感觉房间里到处漏风似的。

诗敏因为喜事来临，在这寒冷的冬天，她的心却暖暖的。她告诉小月她们，终于不用以婚姻换工作了，她马上就要离开这里了，她已经有了一份正式工作。

一阵沉默，房间里立即肃静。诗敏一说完心里就产生了不安的情绪。

这时，房间里传来丽文、小月的抽泣声。

诗敏也默默地流下了泪水，她们这一代不用上山下乡了，但对未来也同样很迷茫。

第十一章

大雪依然纷纷扬扬地下个不停。诗敏告别了同事，告别了部队，她坐在飞驰的卡车上，望着马路两边白茫茫的山林渐渐地远了，远了。

她的脸上露出了久违的笑容，内心满是抑制不住的愉悦，她对着路边的树说道："再见了！谢谢！感谢部队的一切，感谢给了我新的希望。"

诗敏感到一点儿遗憾，在走之前不能亲自告诉郑指导员，她有工作了，她的生活会越来越好。他说自己长得像他姐姐，让她很好奇，也想见见他的姐姐，也许前世她们是一家人。

诗敏思绪乱飞，想着想着就笑出声了。她的笑声吸引了车上的两个兵哥哥。

“你不在部队干了，是有工作了吧？！”

诗敏点了点头：“你怎么知道？”

“你随身带着一个箱子，谁不知道你们矿工子弟都是在部队做临时工。”其中一位长得很帅的兵哥哥说道。

“是呀，我终于等到这一天了。”诗敏心中产生了一种难以言喻的愉快和自豪感，她憧憬着未来，想象着上班可以穿得漂漂亮亮的，像矿上那些坐办公室的阿姨那么漂亮。

“你们矿里的女孩多，很难招工。我们战友崔强的对象也是和你们一起的，她没有招工吗？”另一个兵哥哥问道。

“你是说丽文吗？”诗敏反问道。

“不知道她叫什么名字，就晓得个子比较高。”一个兵哥哥说道。

“哦，就是丽文。”

“你们单位很难招工吗？”

“是的，我们矿里只招男的，女的就业机会很少，只有顶父母的班才会有工作，多数靠外招；否则就只能嫁人做家属。”诗敏轻声说道，语气中满是无奈。

“你是不甘心被命运安排的吧！”那个很帅的兵哥哥望着诗

敏，他经常见诗敏早上跑步，然后坐在树下读英语，知道她是想用知识来改变命运。

诗敏笑了笑："我只想有一份工作，能养活自己。"

"你是一个有梦想的女孩。"另一个兵哥哥说。

"哪里，平时没事儿干就看看书。"诗敏不好意思地回着话。

他们都称赞她，爱看书是好习惯。

一个小时的路程在聊天中似乎短暂了许多，不知不觉就到诗敏家门口了。

兵哥哥把诗敏的箱子从车上拿下来，他们的卡车朝前方继续行驶。兵哥哥挥手告别："小妹，再见，后会有期！"

"再见，后会有期！"诗敏望着卡车渐渐地远了，转身朝家的方向走去。

她刚转身就听到有人喊："诗敏，回家了。"

王诗敏顺着声音望去，见是住在茶山岭工区的同学凡小佳。她是顶替父亲的职务，高中一毕业就有了工作，诗敏那时好羡慕她。

凡小佳快步走近诗敏，两人站在寒冷的马路边聊了一会儿天。当得知诗敏有正式工作了，她立马表示打心里高兴。两人还谈了一些其他同学的情况。

诗敏望着凡小佳远去的背影自言自语："我也有工作了。"

天空又飘起了雪花，洒在她的身上，刺骨的寒风扑向脸上，她上楼梯时整个人都颤抖着，双脚不听使唤。

一瞬间，诗敏的心情异常紧张，揪着一颗心忐忑不安来到家门口。她有两个多月没有回家了，都说家是心灵的港湾，可是这么多年来，她在这个家庭始终感觉不到有多少温暖。小时候那些不开心的事，时常进入她的梦中，她非常怕妈妈那张脸。

但没有办法，这一步无论如何也要跨过去。

当她敲开家门时，妈妈给了她一个亲热的拥抱和温柔的眼神，说话的语气也不同往日。

“诗敏，你终于回家了。这么久不见，想死妈了！”妈妈难得的笑容和言语中透露出的浓浓爱意，一扫她那刚才还密布心头的乌云。

诗敏接过妈妈倒的一杯开水，站在妈妈身边，心里暖暖的。

她妈一番亲热的言语后就进入厨房忙活了起来。

诗敏望着妈妈的背影，想起小时候妈妈为什么那么偏心，她和妹妹发生争吵，永远都是她的错，动不动就拿鸡毛掸子打她。如今刚毕业就想要她快点儿嫁出去，好像这个家一刻也容不下她。

诗敏摇了摇头，唉，不想了，不跟自己的妈妈计较。

其实，诗敏妈妈的内心也发生了很大的变化，上次诗敏的自杀唤起了她的良知和母爱，她也怕失去了这个女儿。再说诗敏长得越来越漂亮，粉嫩的小脸总是白里透红的，身材又苗条，从外形看一点儿都不像他们夫妇，左邻右舍都羡慕她们生了一个这么标致的女儿。人家越赞美，她的内心越是不安。

妈妈把煮好的菜端到桌上，大声朝楼上喊着："诗书，你姐回家了，快下来吃饭。"

"哦，马上下来。"

"妈，爸爸呢？"诗敏问了句就坐在桌子旁。

"你爸在隔壁聊天，快去叫他回家吃饭。"

毕竟有两个多月没有吃到妈妈做的饭了，诗敏迫不及待地用手指夹起一块肉丸子放进嘴里："真好吃！"

诗书见到姐姐用手抓菜吃，她也学着。

"诗书，快去叫你爸回家吃饭。"她妈催促着。

一会儿，诗书喊爸爸回来了，妈妈已经把菜和饭都摆放在桌子上。那盘扣肉的香味儿让诗敏直流口水，妈妈炸的肉丸子又好看又好吃，还有冬笋炒腊肉等菜，这些都是她爱吃的。

好妈能烧得一手好菜，只是这些美味佳肴一定要来了客人和逢年过节才有得吃，所以她们小时候特别期待家里来客人。

诗敏看着妈妈交给她的一张纸条，上面只有几行字，写着要她尽快去镇上的供销社报到。

这真是好消息，诗敏有工作了，还是去商业部门上班。家有喜事，气氛特别不同。

爸爸见女儿回来了，他的声音里也流露出喜悦。他把平时不舍得喝的好酒也端上了桌。

于是，他们一家围着桌子吃饭，妈妈突然想起儿子在外当兵已经四年没有回家了，她说着就流下了泪水。爸爸赶紧说："今天开心，好好的又哭啥？"

妈妈擦了擦眼泪："是呀，开心开心，女儿有工作了。"

他们一家确实是好久没有在一起吃饭了，爸爸也想儿子，只是不表露而已。好在他身边有两个女儿陪伴，当他想儿子时就写信鼓励儿子在部队一定要好好干。他儿子也很争气，到部队一年就入党了，第二年就考上了军校，这是他最自豪的事儿。诗敏和妹妹也谈到哥哥，兄妹们已经四年没见了。

饭后，诗敏把碗筷收拾好了。她叫妹妹加油，一定要考上大学，最好考上她喜欢的中文系。

"姐姐你放心，我会努力的。"

"你明天去供销社报到，马上就春节放假了。"王忠成说完，眼里溢满了浓浓的父爱。

"太好了，我真的有工作了。"诗敏再一次把那张纸条反复看了看，接着准备东西，明天去新的单位报到。

晚上，隔壁的周妈妈来串门。得知诗敏招工去镇上的供销社上班，她马上提要求，以后她家里用的肥皂票、猪肉票、布票就要诗敏走后门，说得诗敏好像是去供销社当官似的。诗敏的妈妈还夸海口说："以后这些全包在诗敏身上。"

在计划经济下，老百姓的生活都过得很紧张，买猪肉要有猪肉票，吃饭要有粮票，穿衣要有布票，连最普通的生活用品也要有肥皂票等。物质条件这么贫乏，去商业部门上班无形中就有优越感和自豪感。

爸爸兴奋得拉起他的二胡，哼起了喜爱的花鼓戏曲。

这一晚，诗敏家充满了欢声笑语，那偶尔跑调的歌声也飘向了隔壁邻居家，左邻右舍都知道王家一定有喜事。

第十二章

早上八点，诗敏提着简单的行李离开了父母。上车的那一刻，透过车窗，看着车外的父母，诗敏心底涌上一丝不舍。这是她第一次出门远行。车很快疾驰而去，矿里熟悉的风景迅速从身后退去。再回头看，她看见父母还站在马路边，寒风吹乱了他们的发梢，雪花落在他们的身上，像斑白的头发。

坐了一个多小时的面包车，来到了县城汽车站后，诗敏又转乘另一趟公共汽车直奔新风小镇。

诗敏随着公共汽车出了县城，车行驶在

山区的马路上兜转了好一会儿。她望着窗外的大雪从半空中纷纷扬扬地落下，点缀着山林的树木、屋舍，雪像一个技艺精湛的画家，给漫山遍野涂抹了一层洁白的色彩。

车里的气温很低，寒风从车身各个缝隙里窜进来，诗敏的双脚冻僵了，仿佛钉住了似的。她把脖子拼命地缩在衣襟里，双手不停来回搓着："这天真冷，怎么还不到呀？"正当诗敏忐忑不安时，售票员大声说："新风小镇到了。"

诗敏迎着飞雪来到镇上的门市部门前，望见门前挂着大大的字匾：新风第一门市部。

好家伙，看来这地方也不是那么小。

诗敏又兴奋又忐忑不安地走了进去，脸上立刻没有了被冷风刺痛的感觉，整个身子仿佛在复苏，思维也变得异常活跃起来。

诗敏见布匹柜台的那个阿姨正朝她望着，就走到她面前问道："阿姨，我是新来的，请问你们的办公室在哪儿？"

这个阿姨非常热情，她问了诗敏是从哪里来的，然后说小女孩从那么远的地方来到这镇上不容易。她一边说，一边对旁边一个女孩吩咐道："吴小佳，你带这个新同事去找刘主任。"

旁边的女孩听到喊声，立刻大声回应："好的，罗主任，我马上来。"

诗敏把视线移到那个叫吴小佳的女孩儿身上，只见她皮肤白净，留着短短的头发，圆圆的脸上镶着一对大大的眼睛，不过看上去个子不是很高，显得娇小玲珑。她笑起来脸上还有两个小酒窝。诗敏一见她就有点儿亲切感。

“嗨！新来的同事。”她笑着打了招呼，帮诗敏提着行李，对那个阿姨说了一声，带着诗敏转身走出门市部。

诗敏环视着门市部的四周，见一个中年男人正站在卖烟酒的柜台里望着她，眼神里透出犀利的目光，让诗敏感觉眼前这个男人不是那么好相处。另外三个女孩，有的忙着招呼顾客，有的在做自己的事儿，其中一个女孩手上拿着一本小说正读得津津有味，她见到诗敏时，只是抬了抬头，淡淡地一笑，然后又投入她的小说中，仿佛手上的这本小说有一股神奇的魔力一般。

“走！”吴小佳提着诗敏的一个包，说了声就转身出门，诗敏跨大步跟上她。

她们走出门市部门口几十米后就沿着山坡走，诗敏就自我介绍：“小佳姐，我叫王诗敏。刚才听到你喊那个阿姨，她是罗主任啊。”

“她其实是我们门市部的一个负责人，因为她喜欢管事，不论私事、公事她都喜欢插手，所以老赵称她为‘罗主任’，就这样叫开了。罗阿姨似乎也喜欢这个称呼。”

“哦，谁是老赵呀？”

“就是刚才站在烟酒柜台的那个大叔。”

“我感觉那个老赵看起来有点儿狡猾、阴险。”诗敏对自己的看法直言不讳。不过，她一说完立刻感到后悔，觉得这是自己不成熟的表现。

吴小佳惊讶地看了诗敏一眼，她没想到诗敏一眼就看出老赵的性格，眼光还蛮准，这或许是女人的第六感吧。她提醒诗敏千万别在人面前说老赵的坏话。否则，今后会遇到很多烦恼事儿。

说完，吴小佳迅速转移了话题，抬头看了看天空中纷繁飘落的雪花，说道："下了一整天的雪终于快要止住了。我们这山区离县城比较远，异常阴冷，气温比你家那边要低几度吧！"

"是呀，这里冷多了。我以后要在这里工作了。"诗敏心里一瞬间有那么一点点恐惧。

"你也不可能在这儿干一辈子呀，我春节后就会调到城里去工作。"

"啊？真的呀，你这么好运。"

"水往低处流，人往高处走。"诗敏一直想着她的话，看到眼前的情景，这个小镇真的比她家乡的环境差很多，她在心里也暗暗下定决心，以后也要回到城里去。

不一会儿，诗敏和吴小佳来到了一栋新起的办公大楼前。小佳站在大楼门口指着二楼说："我不上去了，你自己上去吧，二楼旁边的那一间就是刘主任的办公室。"她说完交代了几句转身就走了。

诗敏说了句谢谢。望着小佳离去的背影，诗敏暗暗想，以后自己也要从这儿飞出去，这里只是自己新的起跑线。

这时，一个男孩也正好上楼。他跟着诗敏一同走了一会儿，主动问道：“你是新来的吗？刘主任的办公室在那儿，他出去了。”

“啊，他什么时候回来？”

“可能要半小时吧！”

诗敏上下打量着眼前这个男生，他看上去有二十五六岁，细皮嫩肉的。男孩子的皮肤竟然有这么好，诗敏不由得多看他几眼。诗敏望着他很是羡慕，见他的眼睛和嘴唇长得挺好看，只可惜戴着一副深度近视眼镜，这让他多了几分书生气。

诗敏凝视着他，浅浅地一笑。对方好像有点儿不好意思，眼睛就朝她的行李望去：“天气很冷，你先来我办公室等刘主任吧！”

诗敏跟着他走到第三间办公室。只见门上挂着一块小木板，上面是蓝色的字：财务科。她才知道这个男孩是做财务工作的。办公室比外面暖和多了，他指着屋子中间的烤火炉说：“你坐在这儿等吧！”说着他把炉火盖打开，拿开了烧水壶，就走到一张办公桌后面的椅子上坐下，打开一本账册认真地看着，似乎忘记了办公室里还有一个女孩。

诗敏伸出双手在火炉上烤着取暖，一边环视着屋里的摆设。这间办公室有三张办公桌，墙上挂着一块白板，上面写着：第一门市部和第二门市部的任务情况。

他们的桌子上摆放着一些书本，诗敏见有一本《知音》杂志，那封面上的美女，诗敏一时想不起她的名字，那是上一次在部队电影院看的一部什么电影的女主角。诗敏轻手轻脚地把那本杂志拿过来看。那个男孩儿仍然什么话也不说，办公室里一时很安静。

这时，“咚，咚，咚”三声敲门声传来。没等回话，一位穿着灰色大衣的中年男子推门走进来，他头上戴着灰色的鸭舌帽，鼻子冻得通红。一进门，他的目光就落在办公桌后面那个男孩身上，他昂起高高的头走到炉火边，伸出双手烤火，好似完全没有看见诗敏坐在旁边。

“陈子昂，你把几个门市部的报表给我看看，顺便统计下每个部门完成任务的情况。”诗敏站起来想和他打招呼。他却眼都不瞧她，那傲慢的样子和目中无人的态度使诗敏感觉他肯定是这里的什么领导。她坐下来望着他说话的神情，他的语气带着命令。诗敏心想这真是一个高傲、冷漠的人。

“刘主任，你要的资料我准备好了，这就给你。”陈子昂接着说，“刘主任，她是新来的，在这里等了你很久。”

诗敏急忙起身从口袋里拿出一封信递给刘主任。刘主任这才注意到眼前的这个小女孩，他的眼神已经没有刚进来时那么傲慢、那么居高临下了。

他接过那张纸条，见是县委财贸办王主任给他的信，他的脸上立刻喜笑颜开，那态度简直是一百八十度大转弯。他点头哈腰，讨好地问道：“你是王主任的侄女？”

诗敏点了点头。

刘主任就坐在诗敏的身旁，表现得异常关心地问她：“一路过来很辛苦吧！我们这个山区，天气特别阴冷，看你带的被子也不够暖和，你可以去我们商店买。如果钱不够，你可以对我说。”刘主任的关心和热情，让诗敏备感意外，看来还是这封介绍信管用。一封介绍信让她受到如此的尊重，顿时成为办公室的焦点，这种感觉是从未有过的。诗敏仿佛感觉有一棵大树靠着，她心花怒放。

刘主任很客气地对诗敏说：“你去我办公室吧！我开一张单给你去后勤部办理入职手续。”一边又对陈子昂说，“陈会计，你等下带她去后勤部办手续。”

这时，办公室进来了两个女人：一个是穿着黄色太空衣的年轻女孩，另一个是中年妇女。

“你们两人来得正好，认识一下，这是你们新来的同事小王。她是县委王主任的侄女。”接着拍了一下穿黄色太空衣的女孩说，“她是出纳尹彩虹，这个大姐叫牛丽娜，是统计员。”

她们相视而笑，简短地嘘寒问暖一番，诗敏就跟着刘主任出去了。她们刚才看她那惊讶的表情，诗敏猜想她的伯父有点儿来头。

中午，诗敏和财务科几个人一起去食堂吃饭。伙食很不错，她很喜欢吃这里的米饭和辣椒炒肉。

下午，陈子昂带着诗敏把该办的手续都办好了，他们两人又来到第一门市部。诗敏告诉吴小佳，她的工作是跟着她学习，并且还和吴小佳住在同一个宿舍。

“这很好呀！我们同居一室，真有缘。”吴小佳牵起诗敏的手，对陈子昂说，“你可以走了，诗敏现在是我的了。”

“我的任务完成了。”陈子昂说完转身就走了。

“他怎么这么少言寡语呀，整个下午他没有对我说过几句话。”诗敏对吴小佳谈起了陈子昂。她们一见如故，心底有什么想法都告诉对方。

诗敏见过卖布的罗主任、老赵、书本柜台的冯晓曼，还有百货柜的杜月英，春节后她就要接手针织柜。

晚上，诗敏和吴小佳两人聊了很多。吴小佳羡慕诗敏不是用婚姻换来的工作，她不满意她的对象。她们也没有感情，那是她的妈妈为了攀亲，解决她和她哥的工作，她才同意了这门亲事。可是她心里早有相爱的人。诗敏不停地安慰吴小佳，鼓励她勇敢追求自己的幸福，以后会好起来的。

诗敏安慰着，又想起自己的情感经历，她也掏心窝子地把自己的故事毫无保留地告诉吴小佳，包括自己为了抵抗妈妈安排的婚姻换取工作，还自杀过。

两人越说越投机，吴小佳告诉诗敏刚走上工作岗位时要注意的事项。因为大家来自不同的地方，生活经历和环境千差万别，人心也各异，并说到以后必须要到县城去工作才是最好的。

“我以后要坐办公室，羡慕她们在财务科工作。”

“这些话你别对人说，否则人家会笑你。”

“嗯！”诗敏听着，暗暗下了决心。

“夜深了，我们该睡觉了。”这已经是吴小佳第三次说这句话了。

“好的，我们该睡觉了。明天是我第一天上班。”诗敏在心里非常感激她的恩人，因为是她伯父帮了她，她才有了正式的工作，她的命运也开始改变了。

明天是一个新的开始。诗敏缓缓地进入了梦乡，她梦到自己飞起来了。

第十三章

新风小镇位于湖南省郴州市苏仙区最北端，距郴州市二十二公里，是县城北面的政治、经济、文化、交通中心。一条南北走向的河流是这个小镇的标志，它四周被一座座小山丘包围着，百年的老树处处可见，风景如画，水草肥美。小镇交通很方便，附近有火车站，这里还是经商的好地方，四面八方的人都喜欢来到此地。

早上七点，小佳带着诗敏去街上吃早餐。新风镇上的米粉一直很有名，米饺是本地的特色，豆浆、油条、甜酒任选。小镇虽然远离县城，但这里的生活还是挺方便的，靠近镇中心商业街的本地住户在自家门口摆档口，做起本地特色的小食生意。

早餐后，小佳带着诗敏去新风第一门市部。经过日杂门市部时，小佳手指店铺说："冯晓曼的妈妈是负责这个店的，她很厉害，我们刘主任都让她几分。"

"她这么厉害呀，冯晓曼的父亲也是我们单位的？"

"不是，她爸是镇上税务所的干部。"

"怪不得昨天看见那个冯晓曼眼神里透露出傲气。"

"她是很傲慢，可找了一个对象，她的父母强烈反对。"

"哦，找了一个什么样的人？"

"冯晓曼这人性格有点儿古怪，我们刘主任对她很好，想要她做儿媳妇，她妈妈也很想攀上这一门亲。可冯晓曼就是不同意，偏偏爱上了她高中同学，那小伙子家是农村的，还是我们单位的临时工。"

"冯晓曼是很有个性，这是真爱呀！不为物质、权力所动摇。"

"她妈越反对，晓曼就越坚持，哪有父母斗得过子女的。"小佳说完便想到自己的爱情，她深深地叹了口气，就问，"诗敏，你恋爱没？"

"我没工作，哪敢恋爱。"这让诗敏想起了汪建，她不知道他们算不算恋爱。自高中毕业后，他常给自己写信，但从没有说过一句亲密的话，总是鼓励她继续学习。

“不敢就是心里已经有了。”吴小佳笑了笑，并调侃她，“我提醒你，试用期不可以恋爱的，如果有，千万别让罗主任知道，她是大喇叭。”

“我知道。你的对象呢？”诗敏刚问完，就见罗主任站在门市部门前大声喊吴小佳，“小佳，你快点儿，我要去开会。”

“走，快点儿，忘了罗主任今天要去开会。”

于是，她们两人小跑进门市部。诗敏见老赵和冯晓曼已经在他们的岗位上。

罗主任交代了几句就急匆匆地走了。

诗敏和几位同事打了招呼。她对晓曼特别留意，发现她长得很精致，乍一看不是那么漂亮，仔细看她的五官还真是美人胚子，只是她的打扮有点儿老气，脸上的笑容很淡很淡。

晓曼拿着鸡毛掸子把书柜的灰尘扫了扫，用毛巾又把那些书一本一本地擦拭，诗敏看着那些书，心里很渴望，要是能让自己看那些小说该多好。她自言自语，为何不让我负责书柜台？

“诗敏，明天是赶墟日，你把这批新来的货摆上架子，把同类品种放在一起。”吴小佳前天刚进了一批货，她还来不及上柜，现在正好有人来接她的工作，自然就可以放手了。

诗敏兴奋地站在针织柜台后环视着商场。商场很大，商品琳琅满目。诗敏心中一种自豪感油然而生，这是她盼望已久的工作，不用被风吹雨打日头晒了，考不上大学，有这份工作是最好不过了。

诗敏见柜台里有几个纸箱堆着。小佳站在纸箱旁边，手里拿着几张清单，她把单子交给诗敏，要她验收货物，然后整理上架。

诗敏爽快地接受了。她望了望几个同事，见他们都在整理货柜，小佳把纸箱拖到她面前。

诗敏把纸箱打开，只见里面放着五颜六色的针织毛线。小佳数了数，她说账目和实货相符就在纸上打钩，就可以把它们摆上架了。

“你一定要认真。如果数量和实物不符，当时不搞清楚，月底盘点少了货物或是少了钱，是要赔的，还要分析原因。”小佳一点点教她，很真诚地对她说。

诗敏把这些全记在心里，她亲热地称小佳姐，说了声：“小佳姐。谢谢！这些交给我来做吧！”

于是，她又打开另一个纸箱，里面有不同尺码的解放鞋、袜子、内衣，等等，她把这些货物认真地清理好，一一整理上货架。

说来也奇怪，今天的顾客特别多，诗敏的服务态度特别好，说话极其温柔，很多顾客表扬了她。

小佳说：“你刚来态度会很好，像我们这样做三五年，真有点儿厌倦了。”

“可能是吧。这工作我没有想过要做一辈子。”

“你比我强，知道这么想。”吴小佳凝视着诗敏：“她可能真不一般，我十八岁还迷迷糊糊的，根本不知道要改变命运。”

“你马上就要离开这里了，不是更好嘛。”

“唉，我不知道未来如何。”

诗敏不明白小佳为何会这样说，只见她眼神里有一丝忧郁。

她们沉默不语。小佳就坐在椅子上休息，诗敏把货物全部摆上了架。

罗主任回来后就走到诗敏面前，望了望她上货架的商品，他发现诗敏把内衣放错了地方。

“有的商品要摆在显眼的地方，方便顾客。”罗主任热心指教。诗敏说了句谢谢。

诗敏还处在兴奋中，第一天上班，就学到了很多知识。

这时，陈子昂从外面大步走来，手上还拿着一本书走到诗敏面前，把书递给了她。

“陈公子，来看诗敏呀。”罗主任真是爱管闲事，说得陈子昂脸上一阵红一阵白。

“是我昨天对他说想看这本书。”诗敏急忙解释。

陈子昂对罗主任笑了笑，叫了一声：“罗阿姨好！”接着对诗敏说，“看不懂就问我。”然后他就匆匆地离去了。

“谢谢！我会的。”诗敏对着他的背影说道。

小佳站起来，从诗敏手上拿起那本书看了一下封面：“会计原理。”

“好家伙，不错！这就开始行动了。”

罗主任的表情却有点儿异样，她也听说过诗敏的来头，猜想诗敏在这儿干不了多久。

这时，后勤部的老李来了，他叫诗敏去后勤部领取计划票。

“什么计划票？”

“这个月的粮票、布票、肥皂票和豆腐票。”老李说。

“有票领呀，我妈正想要。”诗敏会心一笑。

罗主任不知道是什么心态，突然说：“今天开会，刘主任说春节快到了，要防盗防火，保证门市部的安全，叫我们不要把外人带进宿舍。小佳，特别是你。”

诗敏见小佳的脸色陡然间不悦，她低下头坐在那儿。罗主任还说：“王诗敏，你要好好学习，尽快上手。”

罗主任一转身，小佳气愤地说：“真当自己是主任，什么都管。”

老赵一直在那儿忙碌着，临近春节，烟、酒、糖果、饼干是家家户户不可少的，他那儿生意火红，人来人往。冯晓曼那儿相对就冷清多了。

诗敏在清闲的时候，就去跟其他同事打招呼。她发现门市部后面有三间房子，她就问小佳。小佳告诉她，那是他们值班用的。值班有补助，老赵固定一间房子，他是常年在这儿值班，其他人则轮流值班。

五点半下班，诗敏上班的第一天就是在这种忙碌中度过的。

晚上她把一天的所见所闻所想全部写信告诉了汪建。

小佳对诗敏说："有人看上了你，某人很快就会恋爱了。"

"不要乱说呀！八字还没有一撇呢。"诗敏嘴硬心喜悦。

"你今天很累吧！我们早点儿睡觉！明天会更忙。"吴小佳见诗敏不停地打哈欠，知道她这两天很兴奋、很累，就催她睡觉。

她们洗漱后就上床各自看起了书。

睡前，诗敏认真、仔细地阅读陈子昂送来的《会计原理》。因为太疲劳了，只看了几页就睁不开眼。心想："《会计原理》真是催眠曲，怎么看不懂呀！什么有借有贷、借贷平衡……"

"诗敏，关灯睡觉吧！明天的顾客会多得让你害怕，就好像那些东西不要钱似的，争着抢购。"

诗敏渐渐地进入了梦乡。

吴小佳对诗敏的印象是：她是有理想、有追求，心地善良、单纯的好女孩儿，愿她有个美好的未来。

第十四章

诗敏醒来时，见小佳心事重重地坐在床边，她好像刚从外面回来。诗敏好奇地问："小佳姐，你怎么起这么早呀？"

小佳走到桌子旁把烤火电炉插好，很神秘地轻声说了一句："我，我昨晚出去睡了。"

诗敏本来还睡意蒙眬，一听到这儿，她整个人惊讶得坐了起来，反问道："啊，你昨晚不在宿舍？"

小佳点了点头，但看起来很不开心。

"你的朋友来了，真对不起！是我妨碍了你们。"

“哎，你别这样说，我们单位有规定，外来人不可以留宿。再说有一些阴险小人喜欢打小报告。”

“小佳姐，你那个男朋友是做什么的？”

“你说我父母选的那个还是我爱的那个？”

“这么复杂，现在什么年代呀，自己的婚姻应该自己做主。”

“是这么说，可实际情况就不是那么简单呀，我爱的这个人他现在深圳一家公司上班，他姐也在那儿。他叫我跟他过去，我很矛盾。一边是为我妈，一边是为我自己。你也知道我马上就要调到城里去，也准备结婚，但这些都是为了我妈妈。”

“你跟他去深圳，有工作单位吗？”诗敏也为她担忧，一个女人为了爱情放弃工作，风险很大。

“我又没有文凭，很难找到工作。唉，不说了，你快起来吧！吃了早餐早点儿去上班。”小佳想起这些头都大了，她为了爱情和妈妈已经闹到要断绝母女关系的地步了，可恨的是她妈收了男方的见面礼。

诗敏摇着头，想到小佳的未来真的是雾里看花，迷茫得一塌糊涂。

八点钟，门市部准时开门，门外已经有很多人在等候。赶墟日真的不同往日，从四面八方涌来的人把小镇也堵塞了，那热闹的场面把寒冷的大地烘热了似的。喧闹声在耳边循环着，诗敏感到了节日临近的欢悦。

财务科的工作人员负责去新风第一门市部帮忙。以往被派去哪个门市部他都无所谓。自从诗敏来了，他的心中充满了快乐。

陈子昂也说不清怎么会对诗敏一见钟情，难道和她前世有缘？他始终搞不明白，江丽燕是他妈妈同学的女儿，他们看起来是那么般配，青梅竹马。但他只当她是妹妹，两家的父母总是想促成他们，而他竟然说没有感觉。气得他妈只好说："丽燕是好女孩，只是我家子昂没这福气。"

陈子昂直奔第一门市部，遇见第二门市部的蒋珍珍。她见到子昂就亲热地打招呼。子昂能感觉到她的情意，却不喜欢她的性格，蒋珍珍大大咧咧的，不像女孩子。

在这之前，他曾经喜欢过一个女孩，主要是被她温柔的性格吸引。可是和她在一起，他很有压力。那个女孩追求物质享受，因为外在条件好，她总是在不同的男人间周旋。

陈子昂实在受不了她那样的人生态度，经过深思熟虑，他果断地放下了那段感情。

自那天见到诗敏，她那水灵灵的又很单纯的样子格外迷人，他的心被触动了。他在旁边一直暗暗观察着她。

他们两人的话虽然不多，可他的心却很温暖。想到今天可以跟诗敏在一起，他的嘴角微微地翘起来了。

"陈子昂，你来了。"诗敏一语惊醒正在思索中的陈子昂。他猛抬头，见是诗敏，他的脸唰地红了，这让诗敏一愣。之后，她给他投去温柔的一笑。

“你来得正好，来我们这一组。”小佳想要陈子昂在针织柜帮忙。

布柜的郭秀珍也来上班了，她的产假还差几天，也不想错过春节前的机会。

商业部门一般是每到节假日就会很忙，特别是春节，每家的小孩都要做新衣服，家家都要准备年货，春节前是商业部门的旺季。

天气很冷，从外面进来很多顾客，商场更加拥挤。赶墟日期间，门市部的售货员比平时多，却依然是忙得晕头晕脑的。

陈子昂空闲时解答了诗敏提出的《会计原理》上的疑难。他告诉她：“会计书要反复看，只要吃透了，对那些原理就一清二楚了，也就不难理解借贷平衡了。”

陈子昂说完就叫诗敏去书柜，说是介绍她看一本书。诗敏见顾客渐渐少了，就对小佳说走开一下。

他们两人走到冯晓曼的书柜前。陈子昂和晓曼亲热地聊着天，接着对她们说：“晓曼，你这里有本书叫《高考复习试题集》，你们可以买这本书复习，我听说财贸系统要内招会计人员。”

“我就不想考了。我对会计没有兴趣，我喜欢画画。诗敏，你可以考虑。”晓曼说。

诗敏从陈子昂手中接过《高考复习试题集》，她眼前一亮：“我正想要这类书，我买一本。”

“诗敏，你好好准备一下，什么时候考试我再告诉你。”陈子昂深情地凝视着诗敏，晓曼都看出了他的心思。

不过，陈子昂的父亲是一家公司的老总，他们家条件那么好，他妈怎么会同意诗敏做儿媳妇！这个陈公子真有心机，平时见他不声不响。哎，门当户对害人呀！晓曼不免为他担心。

晓曼想到自己的男朋友，就因为他家条件差，她的妈妈一直不接受他。陈子昂至少还知道创造机会，以争取让他们的未来没有障碍。真是不错的男孩儿！

想到这儿，她的男朋友居然就来到她的身边了。晓曼忍不住大笑：“想曹操，曹操就到。”

“哪有你这样说：想曹操，曹操就到。”来的男人调侃晓曼。她反而傻笑着深情地望着他。

诗敏从他们的表情就猜到他是晓曼的男朋友。

“江成龙，你来了。”陈子昂和他点头打招呼。

“你们又来了新同事呀？！”江成龙望着诗敏说道。

诗敏笑了笑：“我不打扰你们了。”转身就去小佳那儿。她心里想：“这个小伙子真不错，他看上去很有个性，眼神里透出机灵，真是个聪明人。”

离下班还有半个多小时。此时，门市部清静了，顾客零零星星，清洁阿姨正在打扫卫生。

陈子昂他们也回办公室去了。

这一天在紧张和忙碌中度过，小佳开心地数着货款，她激动地说：“诗敏，我们今天的收入可观，但要把这些钱存入银行。我教你填写银行缴款单。”小佳说着从柜子里拿出一本空白银行存款缴款单。

诗敏认真填写缴款单后，她们两人准备去银行存款。

这时候，传来老赵和一个中年妇女的争吵声，诗敏想过去看看是什么情况。罗主任叫住诗敏，叮嘱遇到这样的情形一定要保护好现金和商品。

“嗯。”诗敏天真地点点头。

“诗敏，银行快下班了，我们去存钱。这里有罗主任来处理。”小佳拿着一个小包，牵着诗敏的手就出去了。

小佳带着诗敏去银行，并说晚上她要去陪朋友。

下班后，诗敏一个人去食堂吃饭，正好又遇见了陈子昂。几个同事吃完饭后说去打扑克，诗敏被陈子昂邀请。于是诗敏就跟他们一块儿去办公室打扑克。

二十世纪八十年代，中国大部分地区还只有黑白电视机，而且也不是家家户户都能买得起。另外，有时也能看看露天电影什么的，文化生活也不是那么丰富，打打扑克也是一件很开心的事。好在诗敏在下班后，喜欢看看书。

晚上十一点左右，他们说打完最后一圈就回家。

“不急，值班的还没来呢！”顾大海甩掉最后一张牌，他赢了准备洗牌。

“什么？还有值班的？”诗敏一脸疑惑的表情。

“这个你就不懂了，你是新来的，还没有轮到你。我们商场规定每天晚上各门市部工作人员轮流值班两小时。”

“嗯！”诗敏打着哈欠，说想睡觉了。

这时，老李和冯晓曼来值班，他们见办公室还亮着灯就上来看看。老李见到诗敏也在打扑克，很惊讶地告诉她：“诗敏，你还在这儿，小佳被抓起来了，你不知道呀？”

“被抓？为什么呀？”诗敏的心里像被针刺了一下那样疼痛。她脑海中一瞬间闪过电影里抓住坏人的场景，用绳子将人五花大绑，她不敢想象此时的小佳是多么的难受和绝望。她接着又问：“她现在在哪儿？”

他们把扑克丢在桌子上，陈子昂说：“走，去看看！”

“听说有人举报到镇上派出所，说有人在新新旅社乱搞男女关系。晚上，镇上派出所的值班人员就一直守着，大约九点钟见吴小佳和一个男人进入旅社，他们就一直守到十点钟。等他们关灯后，没过一会儿，派出所的值班人员就敲门说查房，要他们出示结婚证，拿不出就定小佳作风有问题，乱搞男女关系。”老李把他听来的全部说出来。

“这是谁在乱报信呀，真是别有用心。”诗敏想起老赵对她说不要被小佳带坏，说她作风有问题。老赵那三角眼让人见了很不舒服。

“走，去派出所看看。”子昂拉着诗敏就往外走。

他们来到派出所，子昂见他朋友贾威正在值班。他了解到原来果真是有人报案说新新旅社有人乱搞男女关系。

“谁这么阴险！吴小佳他们是恋爱关系，不是别人说的那样。”

“他们在审讯室，等你们领导来。”贾威就带着他们去了审讯室。

诗敏惊慌失措。见到了小佳，还好，她没有想象的那样被绳子绑住，只是和男友被分开关在小房子里。

“小佳，小佳。”诗敏站在窗口往小房子里望，对她说道，“小佳，刘主任正在和所长谈话。你很快就会出来的。”

小佳突然哭了，之前她一直都在强忍着，此刻她的悲伤只能化作泪水不停往下滴。

她伤心欲绝地说道：“诗敏，丢死人呀！我以后咋做人啊？”

诗敏陪着她流泪，安慰她，说这事儿很快就会过去的，没有人在意，而且小佳和男友是正当恋爱，又没做错什么。

刘主任一脸严肃地走过来。和他一起来的还有几个穿制服的派出所值班员，他们对小佳说：“你单位领导来了，你可以走了。”

小佳见她的男朋友没有出来，问为什么不放。他们说他必须交罚款才能释放。

她的男朋友在那儿很不冷静，和派出所的值班员大吵起来。因为他的态度极不好，那晚他在那儿待了一夜。

这事儿过后，小佳在春节前就离开了小镇。没人知道她去了哪儿，小镇上关于她的流言蜚语很长时间都没有止息……

第十五章

诗敏刚来上班没几天，因突发事件，还没好好学习，就全盘接手工作了。

这天，是过年放假的日子，门市部只留下了值班人员。诗敏看着同事一个一个地回家，她的心也乱了。

她在针织柜里整理着小佳移交给她的那些商品。后天就过年了，门市部确实清静了很多。

镇上呈现出一派节日的喜气，到处张灯结彩，走街串巷的大人和小孩，不时燃放的鞭炮，这些都让诗敏很想回家。她想着爸妈一定在等着她回家过年。

诗敏整理好货柜，不时地看时钟，双眼紧盯着门口，脸上的表情不停地变换着。晓曼观察她很久了，心里念叨：这个诗敏心里有秘密，好像是在等什么人。

“诗敏，你今天怎么啦？心不在焉的，脸上布满了愁云。”晓曼从书柜台走到诗敏身边轻声问道。

“是呀，今天的心情有点儿不好。”

“陈子昂才走一天你就不安？”

“不是因为他。”

“在等心上人呀！”晓曼笑了笑，接着说，“大年三十儿，你不回家就去我家吃饭吧！我妈说你人好，那天她在银行办事，幸亏有你帮她。”

诗敏浅浅一笑，脸上带着淡淡的忧伤说道：“我也没帮多大忙。那天她不小心摔倒了，幸好没有伤到骨头。”

“是的。谢谢你！”晓曼说完就回家吃中饭了。

诗敏坐在柜台里的椅子上，把头撑在自己的手臂上，双眼朝门外的大操场望去。雪早就融化了，大操场里比往日干净，几个小孩在那儿踩着鞭炮玩，追赶着，空气中洋溢着节日的喜庆和欢乐。

她想起小时候，大约十岁的年纪吧，她哥哥在木门后边用白色的粉笔，清清楚楚地写上还差多少天就过年，过了一天划一下。妹妹诗书总是问还有多少天，他们盼望着过年吃好的、穿新衣。

那年初一，哥哥放鞭炮时，不小心把她的新衣服炸了一个小洞。诗敏失魂似的大哭。妈妈骂她把那年的好运都哭走了。不可思议的是，年还没过完，她家里就失火了。万幸的是，因为救火及时，家人都平安无事。

一连串的鞭炮声惊醒了思绪万千的诗敏，她看见一班人挑着被子、抬着箱子从门口路过，新娘打着红伞，喜气洋洋，原来有人结婚。

今天真是个好日子！阳光从云缝隙里透露出暖洋洋的余热。

这时，诗敏从口袋里拿出一封信。这封信她不知道看了多少遍，都能倒背出来了，信的四周都磨损了，中间折叠的字有点儿模糊。就是这封看似最不起眼的信，对她却特别珍贵，所以总是随身带着，这是一个少女对美好爱情的憧憬。

普普通通的一封信，只因有一个男孩说喜欢她，正好她也喜欢对方，她感觉幸福来临了。

信上说他要来看她，可她整整等了两天两夜，还不见他的踪影。她胡思乱想着，难道他后悔了？难道他不喜欢她了？唉！喜欢一个人为什么那么痛苦？

终于熬到了下班的时间。诗敏怕他找不到自己，急忙回到宿舍——对了，他们的通信地址是宿舍。

诗敏到了饮食部的门口，刺骨的寒风在她身后号叫，她的宿舍是在饮食部后面。她穿过饮食部的过道，值班师傅刘大爷叫住她，说半小时前有两个小伙子来找她。他告诉他们她在第一门市部上班，要他们去那儿找她。

“啊，他来了，难道他来了？”诗敏的心怦怦跳动，脸上一瞬间泛起了绯红。听说他们去门市部了，她沉思了一会儿，眼睛里闪着泪花，接着问道：“大爷，你说清楚没？”

“我是说你在第一门市部上班。”他看着诗敏脸红的样子，接着八卦道，“小王，我敢说其中一个男孩一定喜欢你。”

“大爷，你别这么说。”诗敏不好意思，匆匆忙忙地转身朝门市部奔去。

去第一门市部要经过一座山坡，诗敏顺着那山坡望去，远远看见两个男孩在前面走着。她看见那熟悉的背影，就加速地跑着，边跑边喊：“汪建，汪建……”诗敏脸上的笑容像那盛开的玫瑰花一样灿烂，脸颊红彤彤的。

她的声音被风吹走了，诗敏见那两个人一点儿反应都没有，眼看着他们转弯了。哎，不喊了，喊他们也听不到。

“王诗敏，你追前面那两个男孩呀！”一个骑着单车的人来到诗敏的面前。诗敏这才回过神来望着他，原来是晓曼的男朋友。

“那是我的同学。”诗敏不好意思地解释。

“要不要我去帮你叫住他们？”晓曼的男朋友从单车上下来。

“不用，他们是来找我的。”诗敏心里有一种快感，我喜欢的人终于来看我了。她一下子有了无穷的力量，再度飞快地跑起来。

空气中弥漫着过年的味道，那油炸食品、各种菜肴的香味阵阵飘来。诗敏在这之前毫无食欲，此时此刻肚子在咕咕地叫，她要汪建美美地请她吃一餐。

她实在跑不动了，就靠在一棵树下休息，她想：我就站在这儿，他们看到门市部关门了，一定会回来。

冬天时节，天黑得早，六点不到就感觉夜色朦胧，大地阴沉沉的，白天的那点儿暖阳也不见了，路上的行人稀稀拉拉。

一会儿，汪建他们转向她走过来，走过来，近了，近了。诗敏盯着他们两人，紧张得双脚颤抖，脸上的笑容僵硬，很不自在。

“诗敏，你怎么站在这儿呀？”他们走到门市部，见大门已锁，两个人又折回她的宿舍。经过她身边时，汪建好像感觉有一双眼睛逼视着他。他才抬起头环视周围，突然见诗敏靠在一棵树下。

他惊讶得傻笑，忘了说话。旁边的男孩在他手臂上拍了一下，他才反应过来。

“这是我同学，王诗敏。”汪建指着诗敏介绍，然后又对诗敏说，“这是我表哥田雨强。”

田雨强的目光停在诗敏的脸上，惊讶地说：“想不到你的女朋友长得这么漂亮！”

汪建傻傻地笑着，什么也说不出来。

诗敏打量着汪建的表哥，他浓眉大眼，留着平头，穿着军大衣，格外引人注目，他的气质让诗敏感觉他一定是个军人。

诗敏害羞地打了一声招呼。

汪建凝视着诗敏。当诗敏抬起头时正好和他的眼神交织着，她不好意思就低下了头。她不敢看汪建，他们已有半年没有见面了，好像有点儿生疏了。

他们三人迎着寒风在小路上行走。汪建说他姐要他考托福，诗敏的心情陡然不舒服。

汪建看到诗敏脸上闪过一丝不悦，就靠近了与她肩并肩走着。

“诗敏，你好像胖了点儿。”汪建关心地问。

“是吧！”

“我看胖点儿漂亮！”田雨强赞美着她，并且说了很多入耳动听的开心话。诗敏的情绪好起来了。

她性格活泼，话也多了。汪建见诗敏一扫高考落榜的阴影，很高兴她已经走出来了。

“诗敏，你这里真不错呀，我来之前，以为你这里是山村，原来这个镇还是很大，你们的门市部是新建的吧！”汪建问道。

“是呀，听说已经有三年了。”

“这单位不错吧！”汪建夸赞着，脸上带着喜悦的表情。

“还行吧！我们销售额在县里排在前面。我才来半个多月，还发了半个月的工资和奖金。”诗敏自豪地告诉他们。

“你们商业部门好，又没有小店和你们抢生意。假如开放了，有竞争对手，百花齐放，你们就不是独家经营了。现在是搞计划经济，什么都控制。”

听了田雨强的一席话，诗敏忍不住问道：“你不是当兵的吗？怎么懂这些？”

“我没有当兵，我是学哲学的。当时我怕考不上热门专业，就报了一个冷门。”

“能考上就不错了。那你毕业了，是去做老师吗？”

“是的，做一个乡村教师。”他们一起大笑。

“记得小时候老师要我们写一篇作文，说说自己的理想。我的理想就是做一个老师，只可惜没考上大学。”

“你现在还可以继续考大学呀。有理想就去努力，相信自己一定行的。”田雨强的一席话温暖着诗敏。

诗敏被田雨强说得信心倍增，一扫几天的阴郁。她与田雨强聊得很投缘，偷偷看了一眼汪建，见他有点儿不高兴，她就没有与田雨强继续聊下去了。

“汪建，你小时候的理想是什么？”诗敏笑着问道。

“我想当兵，做一个将军。”汪建说完，轻轻地拍了一下诗敏的肩膀，冲动得想牵她的手，又怕被她拒绝。

这时，田雨强走到他们两个人的前面去了，他是想多给他们一点儿空间。

他们两个人笑他走那么快。其实，他们心里是高兴的。

汪建想了无数次，如果见到诗敏，他要拥抱她。可真正见到她时，却没有了勇气。

他偷偷地望着诗敏，她的笑容很甜，真想牵着她的手，走在这乡村的小路上。

但他又怕遭到拒绝，努力压制着炽烈的情感，他的心跳好似漏了半拍。冷风吹在他的脸上，他的手心溢出了汗。

“你冷吗？风好大呀！”汪建轻轻地问。

诗敏好像在等待着什么，她的脸上泛起了红晕。汪建鼓起勇气抓住了她的小手，她的脸更红了。她想把手挣脱，汪建抓得更紧了，她感觉到他手上的温暖。他趁机拥抱了她一下，她笑着挣开向前跑着。

夜色朦胧，月亮还躲在云层里，风吹着路边的树枝拍打着，几片黄叶随风飞舞。

他们三人来到饮食店。正好还有大厨师傅在，给他们煮了三个菜和一个汤。

吃完饭后，汪建和田雨强去诗敏宿舍里坐了一会儿。他们两个说还准备赶回去。诗敏听后，失落感在她脸上显露，她是那么不舍，等了那么久，想了那么久，见面几个小时，马上就要分别，她的泪水溢满了双眼。

“我先出去一下。”田雨强说完就走出去了。

汪建顺势拥抱她，在她的嘴上用力地吻了一下，吓得诗敏躲开了。

“快走吧！田雨强在等你！”

“我再抱一下。”他背着她在小房间里走了几个圈。她趴在他厚厚的背上眯着双眼，尽情地享受这初放的爱情之芽，不知道他们能走多远……

第十六章

三八妇女节放假半天，诗敏不知道哪来的勇气，请了假就悄悄地去找汪建，她想给他一个意外的惊喜。

晚上六点，夜幕降临时分，车流如织，诗敏坐上了开往广州的列车。为了省钱，她只买了张硬座。她拿着心爱的红色皮包，提着一个小纸箱，里面装的全是汪建喜欢吃的东西。

在轰鸣的汽笛声里，火车疾驰起来，身后熟悉的风景快速隐退，诗敏的心也跟着怦怦乱跳起来。

火车上拥挤不堪，车厢里弥漫着汗味儿、方便面等食品的味道，各种气息交织在一起，令她感到窒息。没买到坐票的人拥挤着，身体随着火车的晃动左右摇晃着。一个穿着高跟鞋的女人不小心踩在诗敏的脚上，让她感到好一阵疼痛。

诗敏在火车上吃着自带的包子，简简单单地算是把晚餐应付过去了，她的心情一直处在亢奋之中。诗敏捧着一本小说，心绪却很难平静下来。她四处张望着，听身边人聊天，眼底的余光偷偷望着一对恋人在深情拥抱，她心中的情丝，把她的思绪带回到她的初吻，让她猛然一阵加快了心跳。

夜深了，火车在黑暗中穿过隧道、翻过大山、跨过河流，广播早已停止了。昏昏暗暗的车厢里，诗敏身旁的旅客缓缓地进入梦乡，而她坐在那儿毫无睡意，四周张望着。她看见一对小情侣，男孩把女孩抱在怀里，女孩甜甜地睡着了，男孩虽然很疲惫却站在那儿一动也不动。诗敏羡慕那个女孩被男朋友这样宠着。眼前的这一幕让诗敏感到很温暖，她想象着汪建此刻要是能这样抱着她，那该有多幸福。

她收回了视线，看着自己的手提包，她的脸上露出了淡淡的笑容，有点儿小小的激动。这是汪建上一次来看她时，特意送给她的礼物。那天她无意中说喜欢红色的包，没想到，他这么有心，特意买来送她，让她十分感动。

诗敏翻了几页书，就走神了，把小说放回包里，然后从里面拿出了一封信。这是他们确定恋爱关系后的第二封信，她轻轻地打开，那字行里流露出的浓浓的爱意让她霞飞满面。他喜欢告诉她自己在学校的点点滴滴。一个星期给她写三封信见证了他的爱。诗敏看着信封右上角的数字，那是汪建怕信会丢失而编的号码，短短的几个月，他们来往的书信已经有几十封了，诗敏强烈感受到了恋爱的甜蜜。

美美的回忆不知持续了多久，诗敏的思绪突然被旁边阿姨一句话拉回了现实。她看手表，已是凌晨四点。夜色深沉，火车晃荡的声音在耳边响起，旁边的旅客都响起了均匀的鼾声，是该休息了。她就眯着眼听着那火车发出“轰隆轰隆”的声音，任由其摇晃着她迷糊地进入了梦乡。

诗敏醒来时天已大亮，车厢里非常热闹。广播里正在播音：“各位旅客，广州车站马上就要到了，请整理好您的行李准备下车。”然后广播里介绍广州的风土人情、旅游胜地。

早上八点，一脸疲惫的旅客纷纷从车厢里走出来。下了车，一阵风袭来，诗敏捕捉到空气中的热意。火车站广场上人潮如涌，夹杂在人群之中，诗敏不知所措，竟不知该往何处走。湛蓝的天空有一架飞机正从她头顶飞过。望着飞机，诗敏感觉自己的心都要飞起来了。

广州的天气真好！她来时还穿着毛衣，这下热得不行，她就脱去外衣。她提着行李沿着出口随着巨大的人流向外走着。

这时，一个鬼鬼祟祟的中年男人走近诗敏，神秘地轻声说：“一百元一次，你愿不愿意？”

诗敏一听到这话，吓得都不敢多看一眼对方，她赶紧朝人多的地方走去。

诗敏走出广场，跟随着人群急匆匆地来到了汽车站。她左顾右盼的样子，让不怀好意的坏人盯上了。

不一会儿，诗敏发现一个老男人像鬼一样跟着她，他那双眼死死地盯着她。她在人群里快步走着，想把他甩开。那个老男人见她快步，也跟着她快步。诗敏非常害怕，没想到自己刚下车就成了别人眼中的猎物，她后悔没有告诉汪建来接自己。

慌乱中，诗敏看见一个警察在那儿值勤，机灵的她就朝警察跑去。等她站在警察身边，那个老男人早已消失得无影无踪了。

太可怕了，初次到省城就遇到这些人，幸好能够脱身。

诗敏在警察的指示下来到巴士站。东张西望了很久，她才找到开往汪建学校的大巴车。上车后，诗敏那颗忐忑不安的心才安放下来。想到马上可以见到汪建，诗敏内心的愉悦一扫旅途的疲惫和恐惧。

诗敏站在那儿等车，观察着路人的各种表情。很多人是一脸疲惫的样子，也有充满信心的赶路人。见有人提着两个很大的包，她猜想一定是来广州进货的，她心里想，要是有钱，自己也带点儿货回去就好了。

诗敏坐上开往学院的巴士，一路观赏城市的风光。省城确实不一般，青瓦红顶的建筑物独具一格，繁华的街市生机勃勃，这些都是改革开放带来的新气息，繁荣的市场吸引着五湖四海的游客，广州是购物和旅游胜地。

诗敏听着服务员用普通话和广东话报着经过的巴士站名，广东话挺好听，可她却一点儿都听不懂。车行驶到财经学院站时，幸好服务员一脸好心地提醒她到站了。

一走下车，诗敏就开始为自己的冲动担心了，她甚至都不知道汪建住在哪儿，她越走越恐慌。

她忐忑不安地走进了学院。看着这些充满青春活力、脸上洋溢着幸福的时代骄子，满眼里都是羡慕，她多么想读大学呀！她想象着自己有那么一天也来到这儿，想着想着就美美地笑起来了。

诗敏走进了学院。看着学院的风景，立刻就感到了自己的卑微。这里有绿油油的草坪，几个穿着运动服的男生正在草坪上踢着足球，不远处的三层楼高的图书馆矗立在她眼前，让她顿时又想起了以往的读书生活。再往前走，诗敏看见湖中央的亭子里坐着一对对情侣，她们窃窃私语着，看起来很甜蜜的样子。诗敏问了几个路人，终于来到男生宿舍大楼。她站在门口不敢进去，她害怕见到他，自己这么冒失？这么毫不矜持？

诗敏感觉自己的整颗心几乎跳到了嗓子眼，马上就要见到汪建了。

哎，来都来了。看到传达室有一位中年男人在分派报纸和书信，诗敏走过去问："大叔，我想找汪建，麻烦你帮我说一声。"

"找汪建，你是从哪儿来的？"

诗敏不好意思地低下了头。大叔打量着眼前的小女孩，也猜到了几分，就直接问道："你是他的女朋友吗？这封信是你写的吧！"他从台面上拿着收信人是汪建的信。

"这是我前几天写的信。怎么还没有取？"

"取啥？他这两天都不在。"

"他不在，汪建去哪儿了？"诗敏一下子蒙了，这怎么办呀？她接着问，"大叔，他的宿舍在哪儿？带我去看一看？"

这时，一个男孩儿从楼上走了下来："阿叔，有我的信吗？"

"对了，肖俊锋，这个女孩儿是来找汪建的，你带她去你们宿舍。"

肖俊锋望了她一眼，愣住了，眼前的女孩儿怎么那么眼熟，好像在哪儿见过？真是奇怪，这么面熟。

"你找汪建？很不巧，他请假回家了。"

"啊，这样呀！"诗敏内心的愉悦好似突然被大风吹走了。她的脸上瞬间布满了愁云。

"你是汪建的女朋友，叫王诗敏吧！"肖俊锋现在才想起，原来觉得面熟是因为见过她的照片。

王诗敏的脸红了。

“你们怎么不约好呀！汪建说回家一趟，他昨天走的。你们两人也太有意思了。”肖俊锋望着诗敏，只见她的脸上布满了疲惫和愁容。

诗敏笑了笑：“都怪我这么冒失，我是想给他一个惊喜。”

肖俊锋见诗敏的脸上露出失望的样子，就开玩笑说：“汪建不在，我也会负责接待你。”

“麻烦了。”

肖俊锋提着她的东西上到七楼来到709宿舍门口，他打开门，指着里面的一张床说：“那是汪建的床和他的书桌。”

肖俊锋把东西放在他的桌子下，诗敏站在汪建的床边，环顾房间。房间里有四张床，床下面是书桌。汪建的书桌上放着她送他的《英语九百句》，她顺手拿起来看了看。

阳光透过玻璃，在她白皙的脸庞上闪烁，她的脸上挂着微笑。汪建虽然不在，能够来到他的房间，看看他睡过的床，坐着他坐过的椅子，闻闻他的气息，诗敏也感到安慰。她接着问道：“你们宿舍是四人住吗？”

“是呀。你喝杯水，等一下带你去吃饭，然后去找雅丽。”

“你也认识雅丽呀？”

“当然认识，我们经常见面。”肖俊锋说到雅丽，眼神里露出一丝温柔。

“好呀，我也想见她。”

“今晚你去她那儿睡觉！明天带你去广州城里逛一下，来了就好好玩儿两天。”

“不知道汪建明天能不能回来？”

“我想应该能回来，你就等等他吧！”

“这是汪建的衣服吗？他不洗，怎么泡在水里呀？”

“他呀，经常这样。忙起来就忘了。”

诗敏帮汪建整理了一下桌面，就端起他浸在水盆里的衣服进卫生间去洗了。

肖俊锋还没反应过来，直听到“哗啦啦，哗啦啦”的响声，他才意识到她是多么好的女孩儿呀。怪不得汪建总是和他说他的女朋友呢。汪建这小子真是太幸福了，能有这么善解人意、体贴、勤快的女朋友！

话说几天前汪建被思念折磨得失眠，他一冲动就奔火车站买了一张早班回家的票，上了车后才想起来没要肖俊锋代他请假，他想给诗敏一个意外的惊喜。

他太累了，一坐上车就进入了梦乡。他梦见带着诗敏在空中飞，不知道要去哪儿，他们飞呀、飞呀，诗敏突然不见了，吓得他大声哭喊着：“诗敏，诗敏。”

他的喊叫声吓到旁边的一个女孩儿。听他凄惨喊叫着诗敏，她就把他叫醒。

汪建醒来时，头上冒出了冷汗，听到火车“轰隆、轰隆”的声音，他才清醒过来，怎么会做这样的梦？幸好只是一个梦。

第十七章

“小伙子，你做梦了吧！”坐在汪建旁边的一位大叔关心地问道。

汪建一脸的迷惑，他还未从梦里完全清醒，这个离奇的梦对未来会意味着什么，难道他们的爱情要经历曲曲折折？

火车一声鸣笛，车窗外微热的风扑打在汪建的脸上。他擦了擦自己疲倦的脸，头稍微清醒了些，抬头环视着整个车厢，发现坐在他身边的大叔正盯着他看。他很纳闷：“这个大叔干什么呀？我有什么好看的？”

他也打量着这个大叔，他那张脸收拾得

干干净净，眼角有几条深深的皱纹是被岁月刻下的痕迹。他穿着灰色的细格毛料的吊带裤，里面是白色涤棉长袖衬衣，一件灰色的西装上衣挂在车窗的旁边。他的眼神里透出一个成功人士特有的气质和精明，还留着二八分界线的发型，但额头上有些许白发。不过一看他就像生活得有滋有味，但不太像是大陆人，汪建在省城里见过很多从国外回来的华人，他们总是打扮得十分时尚。

“阿叔，你是从哪儿来？”

“我是从澳大利亚来的。”

“啊，你怎么去了那儿，怪不得一看你的气质就不同。”

大叔沉思了一会儿，用那带着磁性的男低音谈起他的人生经历，他说：“一九四九年，我才十九岁，我们全家就去了中国台湾，在中国台湾一个亲戚的帮助下我就去了澳大利亚读书。我什么都干过，在餐馆里洗盘子，做过搬运工。”

汪建和身边的女孩听他讲着故事，他们半信半疑，也不插嘴，任他说在国外的新鲜事。他说外国人不愿意干活，我们中国人很勤奋，什么都干，在澳大利亚几十年生活得还不错，就是思念家乡的亲人。如今听说中国改革开放了，回来寻找初恋，想了结多年的心愿。

汪建听着他的故事，想着自己的爱情，幸好他是生长在和平时代，不会因战争而生离死别，他们是幸福的，他们的爱情让他充满希望，他相信他们永远不会分离。

“小伙子，你刚才在梦中叫诗敏，她是你的初恋吧！”大叔左说右说，把话题转到这上面来了。

汪建的脸上泛起了红晕。

这时，火车中途停车了，旁边有人说：“韶关车站到了，下去买鸡腿吃。”

那个大叔也站了起来：“出去抽支烟。”

汪建站起来望着车窗外，见到好多摊位在卖快餐、鸡腿、鸡翅，他才意识到自己没有吃东西。他刚想下去买些吃的，就听到列车员吹着口哨说：“上车了，上车了。”那个大叔买了快餐、鸡腿、鸡翅，也回到座位上了，他把买来的食物全部放在台面上。

大叔拿起一个大鸡腿递给汪建：“小伙子，一起吃吧！”

汪建本来很不好意思，见大叔很真诚的样子，他就接过鸡腿毫不客气地吃着：“好美味呀！怪不得听说韶关车站的鸡腿好吃，真的好吃！下次要买给我女朋友吃。”

大叔笑了笑。

“小伙子，我看你的眼睛长得好像我的初恋。”大叔说着一口好听的普通话。

“大叔，你的初恋应是几十年前的事儿了吧！”

“可在我心里仿佛是昨天发生的，我的初恋也像你一样拥有一对大眼睛，笑起来有酒窝。”

“说来听听，或许我们是亲戚。”汪建半开玩笑地说着。

“我一见到你就感觉面熟。不仅面熟，还很亲切。”

“因为我像你的初恋。”他们两人都笑了起来。

火车加速了，窗外的风景远远地抛在身后。旅客吃着中午饭，整个车厢弥漫油腻菜香和辣椒味。整个车厢里一片叽叽喳喳的说话声，好不热闹。汪建从车窗外望着天空，阴沉沉的，看来一场春雨即将到来。他们吃完饭，汪建就清理好垃圾等着听大叔继续回忆往事。

饭后，大叔问汪建是哪儿人。汪建告诉他，他老家是荷叶平的。大叔双眼立刻闪亮，他有点儿激动，说他的初恋也是荷叶平的，他这次回来就是专程寻找她。

汪建心想：“这么巧呀，我听说我有一个表姑婆一辈子都没有结婚，她等了几十年未婚夫，难道是等他？只可惜前几年她带着遗憾去世了。”汪建心里想到他的表姑婆，难道真的会是巧合？他接着问道：“你有她的消息吗？”

“没有，几十年来都杳无音信。我只知道她是荷叶平的，我写信问过当地政府，可能她改了名字，可能她有什么意外，当地公安局查不到。”大叔停了停，又说起他们最后一次的见面，他说他的父母不同意，因为她是他们家佣人的女儿。但他们两人私订终身，约好了今生今世永远在一起，他说会娶她为妻。不承想，他们家突然要去台湾，他们就这样分开了，更没想到这一别就是几十年。

汪建听完大叔说的这些情况，太像他的表姑婆了，他小时候听奶奶说过表姑婆的一些事儿。

汪建打断他的思绪，就问："她是不是叫敏子？"

"她叫郭念敏，是呀，小名叫敏子。怎么你也知道这事儿？"

汪建告诉他，他说的初恋好像是自己的表姑婆。但他心里想，可惜姑婆没有等到这一天。

大叔一阵惊喜，他急着追问敏子的情况。汪建不忍心让大叔梦醒，就说会带他去看表姑婆。

下车了，天色已暗。汪建带着大叔在外面吃完了饭，他承诺带他去荷叶平。不过荷叶平离城里还有六十公里，晚上也没有车了，只能等第二天去。

晚饭后，他们在城里的旅馆住了一晚。汪建思念着诗敏，想到明天就可以见面了，这一夜他失眠了。

第二天早上八点，他们坐上去荷叶平的长途汽车。车在107国道行驶了一个多小时，九点多，他们就到了荷叶平乡。

汪建带他先去找他的大爷。大叔见过这些亲戚，他也不认识谁，在人群里一直寻找他的初恋。他问汪建，汪建支支吾吾。他也猜到几分，担心她有意外，他的脸上已经没有当初的兴奋和激动。当他见到了一个年老的男人时，从对方的面容就感觉到他是敏子的哥哥。

两个大男人紧紧地握着手，霎时间老泪纵横。尽管几十年没见，小时候在一起的情景还历历在目。

大叔说，那时他要去县城里考试，都是敏子哥哥陪着他去县城帮提行李。

敏子哥哥告诉大叔，妹妹每天都在村里等他，她不敢离开村子。她说他们约好了，相信他会回来娶她，永远不会分离。她真的等了几十年，她拒绝别的男人的追求。他留给了她一张照片，是那张照片陪她度过了几十年。

大叔听后，眼里一直噙着泪水，感动得无以言表，一个劲儿地说："我对不起敏子，我对不起敏子。我要去看看她。"

大叔从国外回来看他的初恋，这一消息立马惊动了荷叶平乡里的村干部。他们为大叔的重情重义而感动，买来香纸和他一起去敏子的坟上祭拜。总算了结了大叔多年的心愿，敏子也能安息了。

下午四点多，汪建把大叔送上去长沙的火车，他才去看诗敏。

六点多，汪建来到诗敏的单位，就直奔她的宿舍。他来到饮食店门口，看见一个女孩手里拿着一本书，坐在诗敏宿舍门口津津有味地读着英语。他上前站在她的面前，不好打扰，听她读了一会儿书。

女孩一抬头，就看见一个大男孩站在自己的面前，她吓了一跳，拍着心口说："吓死我了，你找谁呀？"

"我找王诗敏。"汪建有点儿激动。

“哟，真不巧，王诗敏请假回家了。”女孩儿打量着眼前的小伙子，他长得精干，书生气很浓，心想他一定是诗敏的男朋友，她接着问道，“你是王诗敏的男朋友吧？我和诗敏是室友，我叫胡丽，你要不要去她房间看一看？”

汪建说了声谢谢，就跟着胡丽来到她们宿舍。他的心情有点儿失落，但脸上依然带着笑容。他环视着这小小的房间，房间里摆放着两张一米多宽的床，房中间有一扇窗，窗下放着一张书桌，桌子上整齐排放着几本英语辅导书和高考复习资料。

汪建把他带来的几本书放在书桌上，然后对胡丽说：“麻烦你告诉诗敏。”接着他拿起一本许国璋的英语参考书翻了翻，就问道，“你在参加自学考试吗？”

“是的，我想考英语专业。”

“可以呀。你可以自考广州外国语学校的大专班。”

“这太难了吧！”

“只要有恒心，没有办不到的事儿。”汪建鼓励着胡丽。他很高兴，诗敏很爱学习，有上进心，她的室友也是这么努力，他为诗敏遇到志同道合的朋友而高兴。

“你喝点儿水吧！”胡丽倒了一杯水给汪建。他接过杯子喝了一口水，就坐在诗敏的床边。

他看见诗敏的床上放了一本《马克思主义哲学原理》，就好奇地问道：“胡丽，诗敏也在准备自考吗？”

“没有呀，她在准备考我们单位办的财会班。”

“哦。天黑了，我该走了。”汪建说完就走出门口。胡丽送到大门口望着他的背影，她羡慕诗敏有一个大学生男朋友。

晚上九点左右，汪建来到诗敏家门口。他敲了三下门，诗敏的妈妈才来开门并唠叨：“这么晚，谁呀？”当她打开门，见到一个小伙子站在门口，就很惊讶地问道，“你找谁？”

“阿姨，我找诗敏。”汪建有点儿激动，有点儿兴奋，还有点儿不好意思地站在门外。

诗敏的妈妈见这么晚来了一个小伙子来找女儿，恐惧感涌上了心头，她急忙问道：“诗敏发生了什么事儿？你是谁呀？”

“阿姨，不用急，我是诗敏的朋友。我从广州回来看她，她的室友说她回家了。”

诗敏的妈妈这才松了一口气，但仍然悬着一颗心：“诗敏没有回家呀，这丫头去哪儿了？”

诗敏的爸爸走了出来，就说：“进来坐坐吧！”

“阿姨，我家也是矿山的，我爸爸是汪大庆。”

“你是汪厂长的儿子呀，你是在广州读大学？”

汪建点了点头，他笑起来让诗敏的妈妈从心里就喜欢上了。诗敏的妈妈说：“进来坐一会儿吧！”

“阿姨，诗敏的同事说诗敏请假回家了。她没有回家，那她去哪儿了呢？”

“老公，诗敏不会失踪了吧！”诗敏的妈妈带着哭腔问王忠成。接着她又问汪建：“你们俩是不是在谈恋爱呀，她会不会去广州看你了？”

“我们俩的关系很好，我们是高中同学。”

“有这个可能，这个傻丫头冲动起来会这么做的。”诗敏爸爸的语气里又担心又有几分责怪。

“阿姨，叔叔，你们不要太担心了，也许诗敏是去广州了。我明天就赶回去。”

诗敏的父母望着汪建渐渐远去的背影，夫妻俩才从那惊恐中清醒，诗敏的妈妈自言自语：“我们的女儿恋爱了，她找的是汪厂长的儿子，这是一门好姻缘呀。我很满意。”接着又对王忠成说，“老公，我一直以为是周子洲和诗敏呢，不过现在这一个条件更好。”

“该上床睡觉了，诗敏到底去哪儿了？”王忠成望着窗外一轮月亮高高挂在遥远的天空，担心着女儿的安全，听到妻子在那儿说着女儿嫁谁更好，他的心里就烦躁。

“你呀，想嫁女儿想疯了，别高兴得太早，还不知道他父母是否会同意？”

“怎么不同意，我们女儿长得漂亮，也有工作。”

“我怕人家父母看不起我们是工人家庭。你别忘了，这个小伙子正在广州读大学，你的女儿只是高中毕业。”

夫妻俩说来说去，这事儿虽然会有很多阻力，但他们还是很高兴的。

晚上十点钟，汪建回到了家里。他的妈妈见到儿子，惊喜之余，焦急地问道："儿子呀，这么晚回家，发生了什么事儿？"

"没事儿，爸爸呢？"

"还没有回家。"

汪建就进了自己的房间。房间整理得干干净净，他把东西放下。他的妈妈就跟在他的后面，端了一杯热水给他。

汪建接过热水大口喝着。他妈妈心疼地说道："儿子，慢点儿喝，慢点儿喝。"

"妈，你猜我昨天坐火车遇到了谁？"

"谁？"汪建的妈妈满是温柔的眼神。

汪建就故意卖关子："妈，你绝对想不到我做了一件大事，我帮一个老人了结了心愿。"

"什么事儿？快说。"

"你还记得我那没有结婚的表姑婆吗？"

"记得。"

"她的初恋来找她，刚好和我坐一趟火车，还是邻座。我们聊天，他问我是哪儿人，正好是他要去的那地方。后来他就告诉我他这几十年经历的事情，说他们一家 1949 年去了台湾，然后他又去了澳大利亚，现在大陆开放了，他就回来寻亲。"

汪建把这两天发生的点点点滴滴，一五一十地全部告诉了妈妈。他妈听了很感动，说他表姑婆终于可以安息了，等了一生的人，想了一辈子的人，幸好他没有忘记她。

他们这一生错过做夫妻，但他们彼此把对方放在心里念了一世、想了一世。

汪建为表姑婆的爱情而感动，他希望自己的爱情能开花结果，他们能永远在一起。想起诗敏有可能去广州看他，他担心极了，明天得赶回去。

汪建睡前对他妈说，他有女朋友了，感觉很幸福。她妈问是谁家的女孩，他说到时就带回来，暂时保密。这让他的妈妈非常期待，儿子真的长大了。她又怕儿子有了媳妇忘了娘，她带着复杂的心情对儿子说：“儿子，好好睡觉，妈妈明天煮好菜给你吃！”

第十八章

诗敏到广州的第二天，肖俊锋带着诗敏走出了宿舍，下楼时遇到肖俊锋的同学，他们都一脸羡慕地看着他们，以为他们是一对情侣。诗敏感到很尴尬，但是一想起汪建，脑海里浮现出他的身影，脸上就禁不住荡漾出少女独有的丝丝羞涩，她心底是激动而又幸福的。

肖俊锋带着王诗敏来到文雅丽的学校——华南师范学院。走在学院宽阔整齐的马路上，诗敏思绪万千，她深深叹息，恨自己那么不争气，那时要是努力，能来到这里学习，和汪建在一个城市生活，该是多么让人激动的事情！

文雅丽能考到广州的大学来，诗敏一直很羡慕。

一阵春风扑面而来，诗敏凝视着远处，白云在蔚蓝的天空中自由穿梭，暖和的三月天，金色的阳光穿过路边繁茂的枝叶洒落在地上，她呆呆地站在那儿沉思着。俊锋瞧见诗敏眉头紧蹙，像是一眼看穿了她的心思，笑着说道："这学校很好吧！我们都羡慕在这里的学子。雅丽厉害！这是全国有名的重点大学。虽然是师范学院，但毕业后不一定是做教师的。就像雅丽是学国际贸易的，她毕业后就可以去企业和事业单位工作。"

"哎，你们真好！毕业了就有好单位、好工作。"

"是呀，我们毕业包分配工作的。"

"你们真是幸运儿。"

"汪建买的高考复习资料，那一定是为了你。"

"是的，我准备考我们单位的财会学习班。"

"你这样也不错！已经走上工作岗位了。"

诗敏和肖俊锋一边走一边聊着就来到了附近的女生宿舍。由于男生不能随便进女生宿舍，宿管阿姨是新来的，她见了俊锋，要求他出示证件。

"现在还是午休时间，只有女生才可以上楼去。"

"诗敏，你上六楼去找雅丽，她住在605室，我在这儿等你。"俊锋把诗敏的东西交给她。

诗敏上楼时回头望了一眼俊锋，他那清澈的眼睛里流露出那种炽热的光芒。她感觉俊锋对雅丽有一种特殊的情感，从他们开始的谈话中，诗敏就听出来了。

肖俊锋说到雅丽就滔滔不绝，他的眼睛里还闪烁着异样的光芒，俊锋爱上雅丽了，诗敏从俊锋的眼里捕捉到了这样炽热的情感。这种情感仿佛一团火一般，一个眼神就能泄露出来，这是包不住的。雅丽真的幸福，聪明伶俐的她在学生时代就受到众多男生的爱慕，但是她任性、虚荣、固执的性格不受女同学的喜欢，男同学叫她“冰美人”。不知道雅丽是否喜欢俊锋。诗敏一口气上到五楼，她的双腿在发抖，眼睛发黑，感觉自己快要晕倒了。就在那一瞬间，她急忙抓住楼梯的护栏。从她身旁走过的一个女生见状立刻扶住了她。

“没事吧！你的脸色很差，你住哪个宿舍？”

“谢谢！我是昨晚坐了夜车，没有休息好。”

“你是住在这栋楼里吗？还是过来找人的？”这个女生又关心地问道。

“哦，我不是这里的学生，我过来找 605 室的文雅丽。”

“噢，我也住 605 室。”

“这么巧。谢谢！”

“我叫张一也。我带你去找文雅丽。”

诗敏休息了一下，她的脸色渐渐好了点儿。张一也扶着她上到六楼。她们沿着走廊来到605室门口，诗敏就问道："你们今天不用上课吗？"

"我们今天下午没课，文雅丽正好在宿舍。"

张一也打开门，见雅丽还躺在床上看书，就大声喊了一声："文雅丽，有人找你。"

文雅丽看见诗敏款款走了进来，一阵惊喜。她从床上跳起来，扑到诗敏面前，热情地抓住诗敏的手："诗敏，好久不见。你什么时候来的？"

"文雅丽，你朋友刚才差点儿晕倒了，你快点儿冲点儿红糖水给她喝。"张一也望着她们俩嘻哈哈聊着天，那高兴的劲儿让她愉悦。

"王诗敏，你坐在这儿，我去冲一杯糖水给你。"文雅丽牵着诗敏的手来到她书桌旁边的椅子上坐下，就去打开水。接着她又问道，"你怎么知道我住在这儿？"

"是肖俊锋送我来的，他还在楼下。"

"啊，是他送你来的。汪建呢？"

"汪建回老家去了。"诗敏有气无力、情绪低落地回着话。

文雅丽感到莫名其妙，他们俩怎么会这样。诗敏的到来让雅丽执着的心清醒了，她一直以为汪建爱的人是自己，因为他们俩在同一座城市读大学，在异乡他们相互陪伴、相互慰藉着，常常一起去看电影逛街。现在见到诗敏和汪建如此思念对方，如此冲动如此迫不及待，她的心在疼痛，醋意陡然间袭来，她冷冷地问道："肖俊锋还在楼下吗？"

"是的。"诗敏接过一杯糖水，她丝毫未发现文雅丽的情绪变化。

"王诗敏，我下去看一下肖俊锋。你昨晚坐车辛苦了，你休息一下。"

雅丽交代好之后，就下楼去了，可她心里还在问自己该怎么办，她暗恋了那么久，梦却要醒来了。当看到俊锋时，她有想哭的冲动，她爱的人不爱她，这是多么痛苦的事儿呀！

"雅丽，你的脸色怎么这么差呀？"俊锋望着雅丽苍白的脸孔。

"让诗敏休息一下，我们到学院里走一走。"

他们沿着学院的小径直走，雅丽低头想："我不比诗敏差，为何汪建不选我？"她努力不让眼泪落下。她环视着四周，看见前面有一座亭子，就朝那边走过去，在阴凉处坐下。俊锋站在面前凝视着她。

"你有心事，发生什么事儿了？"肖俊锋见雅丽脸色不太好，她的眼眶里噙着泪水。

"没事儿，看见诗敏为了爱情不顾一切，我感动。"

"诗敏今晚要在你这儿住一夜，汪建明天应该回来。"

"是呀，这个汪建，还是那么冲动，一声不吭地就回去了。"

文雅丽有点儿醋意。她感到委屈，自己这么优秀，为何走不进他的内心?

午后的太阳格外灼热，他们坐在那儿直冒汗。雅丽看了一下手表，已经是四点钟了，就说了一句：“你在这儿等我，我去叫诗敏。我们去吃饭，然后晚上去看电影。”

“好呀。是看《庐山恋》吗?”

雅丽点了点头：“听说很好看，我室友和她男朋友都去看了。我正想找人陪我一起去看，这下你来了就好。”

俊锋听到“这下你来了就好”，一股暖流涌上心头，他心里重复着：“这下你来了就好。”他醉了，他心爱的人在慢慢地靠近他，他想紧紧地抓住她，第一眼见到她就有心动的感觉，他对雅丽倾注了全部的爱。他了解她，也知道她的心思，但依然一心一意地等着她。诗敏的到来，给他带来了希望。

“你快去吧！我在这儿等你。”俊锋催促雅丽快去快回。

俊锋看着雅丽离去，激动得跳了起来，独自站在路边暗暗傻笑，从他身旁走过的人见他这副神情都好奇地望着他。

雅丽回到宿舍，见诗敏还躺在床上。雅丽走近望着眯着双眼的诗敏，她的脸上有浅浅的笑容，猜想她是做了一个好梦。或许是雅丽的眼神和心底发出的叹息声惊扰了诗敏的美梦，她睁开双眼，温柔地看着雅丽。

“刚才梦见了汪建。”诗敏不好意思地笑了笑。

“诗敏，你快去收拾一下。我们去外面吃饭，然后就去看电影。”

“看电影！好呀。俊锋还在那儿等我们吧！”

“我感觉俊锋的眼睛和你长得很像。”雅丽摸着自己的脸开玩笑说。

“是吗？可能我们都是大眼睛吧。刚才来的时候路上就有人问我是不是他的妹妹。”

“他的父母都是知识分子。”

“真羡慕他。雅丽，你的裙子真好看，我穿得这么土。”

“你的衣服太厚了，你穿我这件裙子吧！”雅丽从她箱子里拿出来一条粉红色的连衣裙。

“哇，这条连衣裙我太喜欢了。”诗敏接过来马上去卫生间换衣服。当她换好裙子，从里面走出来，整个人都变了，青春的气息，淡雅、纯洁、美丽大方。

这一刻，雅丽不认为自己比她强了，原来汪建的眼光很独特。诗敏心地善良，在学校时，她是出名的好人，喜欢帮助同学，做事总是喜欢为别人着想，性格温柔又大方，和她在一起玩儿的同学都会感觉很轻松。

“走！”诗敏牵着雅丽的手跨出了门口，她把自己的头发往后面轻轻一甩，自信的样子让雅丽嫉妒。

诗敏和雅丽来到亭子里，却不见俊锋。雅丽说了声：“人呢，去哪儿了？”她环视四周，看见俊锋和一个女生站在不远处的一棵树下聊天。她接连喊了两声，那边却始终没回应。雅丽拉着王诗敏朝俊锋走去，看见正和俊锋聊天的是法律系的高才生李子慧。她家境非常好，人聪明，长得也漂亮。雅丽和她都参加了学院的诗社，她们见过几次面，但两人话不投机。李子慧的性格冷若冰霜，很少搭理男同学，刚入校时就有两个男生为她打架被学院处罚了，她是学院的校花，肖俊锋认识她？

“肖俊锋，你也认识李子慧，她可是我们的校花呀！”雅丽对李子慧浅浅一笑，她牵着诗敏的手站在他们面前。

“我们是发小，我们两家是世交。”肖俊锋说完望了一眼李子慧。李子慧也接着说：“我们是青梅竹马，小时候在一起常玩儿过家家。”

雅丽听完怔了一下，一阵醋意在心底涌荡开来！

“我同学的女朋友来了。我们去吃饭，然后去看电影，你去不去？”肖俊锋邀请李子慧，站在一旁的雅丽也热情地邀请。

“不去了，我晚上有事儿。”

诗敏望着李子慧离去的背影：“她好有气质呀！她的连衣裙真好看。”

“雅丽，我们去北京路那间很好吃的店里吃广东菜。”俊锋提议。

“好呀，我最喜欢吃那里的烧鹅，那皮脆脆的，那里的饺子也很好吃。”雅丽想起那美味的烧鹅就吞了吞口水。

于是，三个人坐了巴士来到了北京路那家店铺。只见很多人在那儿排队等位。

“诗敏，你看，这么多人在排队。俊锋你去拿号。”雅丽习惯于指挥，她带着诗敏坐在一旁。俊锋拿着号码回来，脸上有点儿无奈：“前面还有十个号。”

“哎，还有这么多人呀。”雅丽叹了一口气，有点儿不耐烦。

“这么多人排队，肯定好吃！”诗敏第一次到广州，她感受最深的就是省城的热闹繁华、环境优美，车水马龙、人来人往，大街小巷也是干干净净的。

诗敏心里叨唠着：“大城市真的不同，到店里吃饭还要排队。”

等了半小时，终于轮到他们了。

诗敏有些激动，但遗憾汪建不在身边。

广东菜很清淡，没有辣椒，她没有什么胃口，可能是太累了。幸好有美味的烧鹅，那皮脆脆的，色香味让她流连忘返。

晚上七点半，他们来到广州白云区的电影院门口，离电影开演还有半小时，他们就站在外面聊天等待。

此时，白天的炎热早已消退，夜色朦胧，电影院门前人流如织，弥漫着一股青春的气息。诗敏一脸新鲜地注视着眼前的一切，她喜欢这如白昼的夜晚。突然，一个很熟悉的身影窜入她的眼帘，她兴奋地招手大声喊道：“小莉，小莉。”

在遥远的外地遇到老乡，本就格外亲切，何况还是无比要好的高中同学，心情自然无比喜悦。

小莉循着喊声看到了诗敏和雅丽，她大笑着冲到她们面前，三人抱着一团："雅丽，诗敏，太高兴了，在这儿能遇到你们。"她接着问道，"诗敏，你什么时候来的，汪建呢？"

"我今天来的，汪建回老家去了。"诗敏牵着着小莉的手，见她身后跟着一位打扮新潮的男子，他看起来三十岁左右，高高的身材，上身穿着花衬衣，下身一条大喇叭裤，裤脚拖地，脖子上戴着一条粗粗的金项链，总之诗敏一眼看过去就觉得对方不像正经人。诗敏心里想着："这是谁呀？为何小莉和他一起看电影，那大北呢？"

雅丽瞥了瞥小莉旁边的男子，轻声问道："小莉，这是谁呀？"

"这是我的男朋友阿超，在白马市场做服装批发生意。"

"怪不得戴这么大的金项链，是老板呀。"雅丽调侃。

"是呀，他是做男式西装批发的。对了，诗敏你是供销社的，你可以带两套西装回去卖。"

诗敏听见小莉这样说，心动了。是呀，她来之前就有这个想法，只可惜没有本钱呀，要是小莉帮忙说说，还是想拿几套西装回去试试。

雅丽脑海里挥之不去的是，这小莉和大北何时分手了？感觉这男人不靠谱，看起来就像典型的暴发户，没有什么文化和内涵。

小莉看上他什么了呀？难道是图他的钱？爱情建立在物质上，精神境界却不在一个层面，这爱能走多远呀！

小莉向阿超介绍了诗敏和雅丽，阿超也很有礼貌地和他们打了招呼。

电影院开始检票了，她们还在兴奋地聊着天。肖俊锋实在忍不住，就说道："八点差十分了，电影就要上演了。"

"走，走。对了，忘了介绍，他是汪建的同学兼室友——肖俊锋。"雅丽才想起还没有介绍他。

"你好！我是小莉，我们三个是高中同学。"

"噢，太有缘了，你们在这儿能遇到。"

"诗敏，你明天不走吧？去白马批发市场转转，到我男朋友店里看看。我叫阿超给你带一套西装回去试卖一下，说不定能赚到回家的路费。"

"这个主意不错！"诗敏脑子里早就有这想法。

"好的。快，电影要开演了。"

他们一行人快步跨进电影院。

第十九章

从电影院出来，电影中那一幕幕鲜活的画面依旧回荡在诗敏的脑海里，她的心情久久不能平静。电影里的男女主角为了追求爱情，冲破了种种阻力，最终幸福地在一起，过上了令人羡慕的生活。他们对爱情的执着深深地触动了她的内心。原来美好的爱情是这么浪漫，这么神秘，这么令人心驰神往，虽然爱情之路上有许多拦路虎，但毕竟是苦尽甘来。

肖俊锋也谈论着这部电影的精彩部分，这是粉碎“四人帮”后，第一次将亲吻的戏搬上了银幕，浪漫的爱情让年轻人心潮澎湃。

晚上十一点左右，肖俊锋回到学院。他悄悄地到了宿舍，室友还没有睡。他冲完凉就躺在床上，习惯性地拿起床头上的一本书看，脑海里却浮现出诗敏那张清秀的面容。奇了，怎么见到她有种亲切的感觉，她笑起来很美，那抹笑容荡漾开来，很像她姐姐。

合上书，俊峰忽然回忆起十岁生日那天，他的妈妈悲伤地告诉他，本来他有个妹妹但被送人了。当时他爸爸下放到农村，她在老家医院生了一对龙凤胎。外婆怕养不了三个小孩，就把出生没几天的女儿送给了同室的产妇。之后她们再也寻找不到那个产妇，因为对方没有留下真实的姓名和地址。

俊锋想着如果诗敏是他的妹妹就好了。这样想着，那种弥漫在心底的亲切感愈加浓厚起来。

此时，室友杜平那不均匀的呼噜声传到耳边。俊锋望着窗外，黑沉沉的夜，仿佛无边的浓墨重重地涂抹在天际，连星星的微光也没有。夜深了，是该睡觉了，可他没有一丝睡意。

这时，他的整个脑海又被雅丽占住了，他知道雅丽是喜欢汪建的。不过从见到她的那一天起，他就爱上她了，即使她拒绝，他也不想放弃。诗敏和雅丽就这样循环地在脑海里回荡着，让他兴奋，一直到他迷迷糊糊，终于进入了梦乡。

第二天早上七点多，俊锋从迷糊中醒来，只感到头昏脑涨。

一晚没有睡好，今天还跑步吗？他挣扎了一下，还是去跑步了。清晨的校园静悄悄，晨露滴在树叶上，依旧清晰可见。

整个一上午的课堂上，俊锋满脑子都在想着诗敏和雅丽。一想起她们，他心底就隐隐感到一丝兴奋。诗敏的到来让他平静的生活出现了一丝涟漪，让他可以更好地接近雅丽。下课后他给汪建留下一张纸条就去雅丽那儿了。

中午十二点，他们在华南师大的饭堂吃饭，诗敏望着那些充满青春活力的大学生，眼里满是羡慕。一低头间，一股忧伤和自卑感又涌上心头。

诗敏低着头吃饭，脸上露出一丝不悦。俊锋目不转睛地望着她，越看越像他的姐姐。他很想说你长得很像我的姐姐，话到嘴边还是忍住了。

“我们现在去白马服装批发市场看小莉吧。”雅丽兴奋地提议道。诗敏的到来让她感到一种别样的生活迎面扑来。

他们三个人来到了公交车站。诗敏看到白马服装批发市场就在火车站附近。火车隐喻着远方，更代表着家的方向。看到火车，诗敏仿佛就看到了家的影子。看到火车，诗敏还想起了自己一路颠簸着来到这里看望汪建的兴奋和酸楚。

在公交车上，诗敏望着车窗外，省城的繁华吸引着她，马路两边到处都是小商铺，人来人往，像他们小镇赶墟那么热闹。她喜欢这座城市。她望着美丽的风景，车水马龙一扫她心中的不快，她梦想着有一天能来这座大城市里工作。

车窗外的热风柔柔地吹在她的脸上，旁边坐着一对老夫妻说着广东话，诗敏不懂他们说什么，但就是觉得挺好听。

“诗敏，下车。”突然，雅丽拉着诗敏冲下了车。诗敏问了句：“到了吗？”

当他们三个人站在白马服装批发市场门口时，诗敏被眼前的情景深深触动了，大城市竟然有这么多人摆摊做服装生意，人来人往，好不热闹。她们从地下一层开始，绕着一间一间的针织、休闲、童装、内衣商铺观看着。

雅丽也很兴奋，说来到省城一年了，也没有来这儿逛，这里太好了，商品琳琅满目。

“你平时出来得太少了，广州有好几个服装批发市场，白马服装批发市场主营中高档女装，沙河服装批发市场是经营低档男女装、童装和牛仔，以批发为主。”

“俊锋你怎么知道这么多呀！”雅丽好奇一个男孩儿怎么懂这些。

“我表姨在十三行服装批发市场做中低档女装批发。”

“噢。”诗敏点了点头，一双大眼睛四处张望着，她的脑海里萦绕着新的念头，这里有很多时尚的、款式新潮的女装和童装，如果在家乡卖这些服装，应该很有市场。

他们走过一层服装品牌形象店，来到二层潮流女装店，诗敏看上了一条裙子，一问价格，真的很便宜。因为是批发，必须买两件以上才卖。

雅丽正好也看上了，她们就和店主讲价。就在这时候，诗敏的肩膀被人拍了两下。她回头一望，脸上露出惊讶的表情，好一会儿才笑逐颜开。

“是你呀，小佳，你怎么在这里呀？”

“这是我男朋友姐姐开的店铺，交给我打理。”吴小佳望了一眼诗敏身边的俊锋，露出惊讶的表情。

诗敏凝视着吴小佳，她已没有当初那忧郁、迷茫的眼神，整个人透着青春的活力，她终于得到自己想要的爱情。

“我来介绍一下，我师傅吴小佳，我刚工作时是跟她学习的。”

“你好！”小佳打了声招呼，又望了望俊锋说，“诗敏，他是你男朋友呀。”

“不是，他是我男朋友的同学。”诗敏接着在雅丽的手臂上拍了一下，“她是我高中同学雅丽。”

“这世界真小，在这儿还能遇到熟人。”雅丽听见她们说曾是同事。

“诗敏，你看上了这条裙子，我按成本价卖给你。”小佳从她店子的售货员手上拿起裙子说道。

“这么便宜呀，诗敏可以买。”雅丽认为划算。

诗敏沉思了一下，心想要是能先拿点儿货回去卖了再付款就好了。她朝小佳店铺里望了望，见她的货堆放得不少，就轻声地把自己的想法说了出来。

“你这样做，商场不允许的。”

“我下班了去朋友家推销。”

小佳说做不了主，要问一下男朋友的姐姐。他们等了一会儿，小佳说他姐同意诗敏带点儿货回老家，但要写合同，还要有人担保。

要人担保，诗敏感到为难，汪建又没有来，谁会为她担保？她望了望雅丽。雅丽面无表情，沉默不语。诗敏就用哀求的眼神望着俊锋。他的眼神里没有拒绝的意思。诗敏就试着问道：“俊锋哥，我很想拿点儿货回家去卖。汪建又没来，你能否帮我担保？我保证一卖完就还钱？”

俊锋笑着点了点头。

这时雅丽说她们是从小学到高中的同学，她也愿意为诗敏担保。

诗敏象征性地交了一小部分定金，挑了一些她认为还入眼的裙子，说今天晚上要回去。

“汪建今天下午应该会回来。我给他留了纸条，说我和你们在一起，他回来就会用寻呼机呼我。”

“他如果五点还不回，我就要走了。我明天要上班。”

小佳告诉诗敏，618号店铺在三楼靠左边。

俊锋提着黑色的大号塑料袋，里面装着诗敏的第一桶金。他们三个人开着玩笑来到三楼。

小莉已经在店里等了很久，她焦急得一次又一次朝门外张望着，口里不停唠叨着："他们怎么还不来呀？"

"你呀，昨天说了那么多，你的同学想做服装生意？她有资金吗？你那同学是做什么的？"

"她在老家商场做售货员，也是卖服装的，只是为公家卖。"

"她这样做不合规矩，你想害她丢掉工作呀。"

"没事儿，她只带两套西装。等她卖出去就给你货款，我可以担保。"

"阿超，帮我同学一个忙吧！她真的是想做服装生意，她对我说过今后也想开一家服装店。"

他们俩正说着，店里进来一个男人，上身穿着时尚宽松的碎花衬衣，下身穿着牛仔裤，一张北方硬汉脸上透出几分"奸商式"的机灵。他一进门就说终于找到了。他在店里选了一套灰色的西装，就问阿超价格。

阿超走到他身边，很有耐心对他讲他们的西装如何好，布料如何好，手工如何好。他还说他们的西装是香港师傅设计的。

小莉就坐在那儿听他们讲价。她打量着上门的客人，就能分辨出谁是走马观花，谁是有心拿货。

她望着阿超思绪飘飞，他虽然读书不多，但生意做得好。她的父母不同意他们在一起，说他们两个根本不适合，他离了婚，还带着一个小孩。

小莉却不这样想，找一个爱自己的男朋友，没有那么累，阿超像对待公主一样宠她。她的前男友大北总是折磨她，她感觉自己在他面前很卑微，头几乎要低到尘埃里去。

在她最痛苦的时候，她的老师关心她，周末叫她去家里玩儿。不知道是从哪一天开始，她喜欢上老师的儿子阿超了。他的爱温暖了她，她被他的爱彻底俘虏了。

小莉笑自己是不是太傻了，那么快就把自己交给他，感觉自己在拿青春赌明天。

突然，诗敏从门外传来的喊声将小莉的思绪拉了回来："小莉，小莉。"

小莉急忙从椅子里站起来，快步走到他们面前，拉住诗敏的手，开心地说道："你们终于来了，我等了好久。"

"小莉，你这个店铺都是卖西装呀？"文雅丽问。

"是呀，我们的西装是香港师傅设计的，款式比家乡那些好看多了。"

诗敏打着小算盘，如果能带两套西装回去最好，她轻声对小莉说："小莉，我在这里遇到我的师傅，我从她那里拿了一些连衣裙，卖完给钱。你这里可以吗？"

"给我看看。"小莉就从俊锋手里把黑色塑料袋打开。她拿出一条粉红色的连衣裙，在自己身上比了比，就说道："不错，多少钱？"

诗敏用手指示意。小莉猜了价，诗敏点了点头。

"诗敏，这个价格我们那儿可以接受。这么好看的裙子，我想你回去直接在同事中就会脱手。"

诗敏在阿超店铺里上下观察着，她看见有一个人把一套西装偷偷放在他的另一个包里。但他们点数时，却没有拿出来。等他们付款时，对方还是将包里的西装拿出来如数结算，还一脸尴尬地说一不小心忘了，真对不起。他们走后，诗敏就在小莉耳边轻轻说："也许他做贼心虚，付完款后说还有一套忘了。"

诗敏的聪明和机灵，阿超都看在眼里，他说诗敏是做生意的料，主动说诗敏可以先带两套西装回去。小莉听了很感动，禁不住在她男朋友脸上亲了一下。

下午五点多了，汪建还没有来消息。诗敏说不等了，她明天要上班，她想坐七点多的火车回家。

"你不等汪建了吗？"肖俊锋和文雅丽异口同声地问。

"不等了，没有假了。"她站在人群里望着全国各地来的小摊小贩，他们购买了大包小包的商品，拖着提着朝汽车站、火车站涌去，她仿佛看到了希望。她想这就是她奋斗的目标，要努力赚钱。

俊锋和雅丽一起送诗敏去火车站。他们买好火车票后，还要一个多小时才上车。候车的间隙，他们三个人去火车站附近的一间快餐店吃饭。

他们看到一家“不见不散”的快餐店，俊锋说了句：“好浪漫的名字呀！”他们三个人进店找了靠窗边的一张桌子坐下。诗敏以茶水感谢俊锋和雅丽的陪同，她说这一趟来，虽然遗憾没有见到汪建，但感受到他们的热情和友谊。

半小时就吃完快餐了，他们就快快赶到火车站。俊锋左顾右盼，总不见汪建呼他，就说：“这个汪建还没有回来。”

“好了，你们回去吧！非常感谢！”诗敏快进站了。

俊锋他们目送诗敏进站，两人谈到诗敏刚才那失落的眼神，说她回家后心里一定会很难受。

“唉，那么远跑来又没有见到面，这思念多苦呀！”俊锋为他们感到遗憾。

当他们走出火车站的广场，准备去坐巴士时，突然前面出现一个熟悉的身影。

第二十章

走在乡间的小路上，春风拂面。诗敏提着从广州进的货，她盘算着如何卖出这些漂亮的裙子。诗敏首先想到的是杨秀玲，她身材不错，平时很会穿衣打扮，她穿上那条红色的连衣裙一定非常好看，让她给打打广告。诗敏在脑海里想了几个方案，想象着不用几天就能卖完，几天就能赚到一个月的工资，不由得心花怒放，脸上露出了欢悦的笑容。

诗敏沿着小路走了一段，遇到几个朋友在晨跑，她心想，遇到陈子昂就好了，他可以帮我提这些东西。哎呀，这点儿东西怎么越来越沉了！

“诗敏、诗敏。”突然一阵熟悉的声音传来。诗敏心想这也太神了吧，真是说曹操，曹操就到。

诗敏转身见到陈子昂正朝她跑步过来。她站在那儿望着渐渐走近的他，忍不住大笑：“这下终于有人可以帮我了。”

“你这是去哪儿了？怪不得这几天都找不到你。”陈子昂气喘吁吁地抬头问道。

“你找我有什么事儿？”诗敏感到好奇。

“听说财会考试可以报名了，你得好好复习呀。”陈子昂走到诗敏面前，很自然地接过她那包东西。

“真的，这么快呀！不过我得把这些货先卖完。”

“你卖什么货呀？”陈子昂提着东西，他们两人肩并肩地往前走。

诗敏把这两天去广州发生的点点点滴滴全部说了出来。

陈子昂听到这些后，冷冷地说道：“我感觉你的那个男朋友不靠谱，他也不适合你，个性太强了，又冲动。你看，你跑那么远去找他，他却不在学校，证明你俩平时没有沟通好，他做事也不稳重。”

“请你别这样说他，我喜欢他。”诗敏很有些生气地说。

“你别太投入了，小心被骗。另外你从广州拿衣服回来卖，这是不行的，到时会影响你的工作转正。”

“子昂，我见到吴小佳了。她在广州白马批发市场开服装店，我这连衣裙就是她那里的货。”诗敏把话题转开了。

陈子昂还想继续说下去，见诗敏的脸上难得有笑容，他忍住了。他望着诗敏一脸的疲惫，心疼地说道：“坐了一整夜车，一定很累吧！”

“是呀，还很失望呢！”诗敏故意这么说。她瞟了一眼陈子昂，见他脸上露出不悦的神情，她笑着说：“你吃哪门子醋呀，我和你又没有关系。”

“也许有一天会有关系的。”陈子昂强作镇定地笑了笑。

“去你的。”诗敏骂了一句。想到汪建曾在她耳边说过等她二十四岁时就娶她，诗敏憧憬着他们美好的爱情。

这时，同事丽平跑步经过他们面前，说：“子昂，这么早来接诗敏，你们真恩爱。”

诗敏认真反驳道：“丽平，我说了好多次，我们没有恋爱。”

“你看子昂那眼神，骗谁呀！”丽平的声音被风吹到他们的耳边。

“别理她。你也是的，别人如何说你就别解释了。你进的货别公开叫卖，否则领导知道了不好。”

“我不公开叫卖，谁会知道呢？”

“这样吧！你的这些衣服我来帮你卖，你专心看你的书。”陈子昂把手上的东西交给了诗敏。

“你别对我这么好，我不会爱上你的。”诗敏不客气地说着。

“你到了，休息一下又要上班了。”陈子昂就当没有听到她的话。

诗敏抬头一看，原来陈子昂送她到宿舍门口了。

她笑了笑：“谢谢！”诗敏望着陈子昂的背影，不明白他为何对自己情有独钟。

缘分这东西真是说不清，道不明，茫茫人海中能遇见彼此喜欢的人真是前世有缘，可她早已有了喜欢的人，看来她和陈子昂真是有缘无分呀！

没吃早餐，诗敏就匆匆地上班去了。陈子昂来门市部办事，她见诗敏正在清理柜台的商品，就偷偷问她吃了没，然后从口袋里拿出一块巧克力给她。

“你哪儿来这么高级的东西？”

“为你总有办法的。”

诗敏说不要。陈子昂就把巧克力强行塞到她的手上，一眨眼就不见踪影了。

正巧杜月英看见诗敏拿着巧克力不知道该怎么办，就开玩笑说：“见者有份。”

诗敏转手把巧克力给她：“你拿去吃吧！”

“我才不要呢，又不是给我吃的。这两天你不在，有好几个人来找你。前天晚上有一个男的，又是一个追求者吧？你妈妈也来了，要你有时间赶紧回家一趟。”

“噢，谢谢！我去广州了。”

“你去广州干吗？”

“我去广州出货，吴小佳在广州白马服装批发市场卖衣服。”

“那她不是没有正式工作了，多可惜呀！”

“广州很多人是自己做老板，到处是小商场、小卖部。邓小平搞改革开放、市场经济，让一部分人先富起来，鼓励就业做个体户，当个体户能够挣到钱。”

“怪不得广东人富裕，诗敏有经济头脑，知道去广州拿衣服回来卖。”晓曼不知何时也站在她们面前。

“那天赵师傅说你不简单，有头脑，将来你会有出息。”月英接着又说，“诗敏，看看你从广州拿的货。”

“现在上班时间，等下班了去我宿舍看。”

她们心急，非要她回宿舍去拿。诗敏刚离开，这时刘主任和三个警察走了进来。

“王诗敏不在吗？”刘主任神色紧张地朝她们几个望了望。

“她回宿舍拿东西去了。”杜月英回答。

“杜月英你去叫诗敏快点儿回来，刘警官说要找她了解一些情况。”刘主任以命令的口气说道。

气氛一下子紧张起来了，刘警官犀利的眼神吓得她们不敢说话，也不知道发生了什么事儿，几个女孩赶快散开。

刘主任也一脸迷茫，为什么刘警官来找王诗敏？她一定摊上大事儿了。

王诗敏刚回到宿舍，就见杜月英喊她，说有警察找她。一时让她莫名其妙，心想这两天不就是去广州拿了几件衣服回来卖，难道这也犯了大罪？现在是改革开放了，卖几件衣服不是什么小资产阶级吧？

诗敏忐忑不安地回到了门市部，见几个警察站在那儿，他们都很严肃地望着她。刘主任说道："她就是王诗敏。"

一个看上去四十岁的警察，威严的大盖帽，新式的警服，眼睛里满是深邃，看一眼就让人胆寒。他的手臂里夹着一个公文包，用一口标准的普通话说道："王诗敏，请你跟我们走一趟，有些事儿要了解一下，请你配合调查。"

诗敏惊慌失措地望着刘警官，她的心突然被一块儿大石压住了似的，身子一软，整个人都蒙了。

刘警官接着说道："刘主任，我们要带王诗敏去分局调查情况。"

诗敏面色刷白，处于恐惧之中，她不知道自己犯了什么罪要被警察带走，她的泪水在眼眶里打转。

诗敏跟着他们，她的同事都用惊讶的眼神望着她离去，大家相互问："王诗敏被警察抓走，她犯了什么罪？"

杜月英望着诗敏的背影，诗敏那无助的眼神揪着她的心，她对晓曼说了声："帮我看一下店，我出去找一个人。"

第二十一章

杜月英来到陈子昂的办公室，见他正在那儿打算盘，便大步跨到他面前，气喘吁吁地说道：“子昂，诗敏被警察抓走了，你快去看看是怎么回事。”

陈子昂愣了，他惊愕得睁大眼睛望着杜月英：“什么时候？”

“刚才发生的。”

陈子昂收拾好桌子上的资料站起来问道：“领导知道没？”

“是刘主任带他们去找诗敏的。”

“哦。”

他们迅速朝镇上的派出所走去。陈子昂远远就看见一辆警车停在派出所的门口，他心里咯噔了一下："惨了，县城的公安都来了，诗敏一定摊上大事儿了。"

他们俩刚走进派出所，就遇到刘主任从里面走了出来，他的神态有点儿紧张兮兮的，他看见陈子昂就说道："我大概了解了一下情况，是县城的警察破了一起重大偷窃案，案犯的主谋是王诗敏的朋友，他们想了解王诗敏有没有参与分赃。"

"哦，原来是这么回事。希望王诗敏是清白的。"陈子昂递给刘主任一支烟，他们站在门口抽烟闲聊着，杜月英听说没有什么大事，就先回去了。

过了一会儿，刘主任说有事儿先走了，陈子昂就去找肖所长。肖所长和他爸是多年的老朋友，他就请求肖所长去了解情况。肖所长来到审讯室，和刘警官聊了几句并看了看王诗敏的审讯记录。过后王诗敏就听到刘警官说："谢谢你的配合，你可以走了。"

王诗敏惊魂未定，从派出所走了出来。她看见陈子昂站在那里有点儿感动，这个朋友在她遇到困难时总是最先来到她的身边，给她安慰和关心。

陈子昂快步来到她的身边，脸上露出一丝浅笑："没事儿了。"

王诗敏低着头，心里有不好的预感，刚才他们问她一个朋友的一些情况，猜到她的朋友一定犯了大罪。

他们两人默默地沿着小路行走，陈子昂凝视着王诗敏，想说一些话安慰她，却不知从何说起，他只能静静地跟着她。

诗敏说："陈子昂，我上次对你说过我那个朋友要借钱给我买录音机。幸好我拒绝了。否则这一次我麻烦就大了。"

"你那个朋友怎么啦？发生什么事儿了？"

"他是在桥头中学做财务的。他和出纳员从银行领取教师的工资，因来不及发出去，就放在财务室的保险柜里。

"第二天，财务室的外墙被人打了一个洞，保险柜也被打开了，里面的钱全被人偷走了。公安局查了两个月，才知道是内外勾结行窃。"

"你朋友也太大胆了。"

"是呀，县城公安局的人问我有没有拿我朋友的钱。"

诗敏望着阴沉沉的天空，心里有种说不出的难受："我朋友这一次可能遇到灭顶之灾了。"

"公安局怎么查到你的？"

"公安局的人查到我那朋友的日记本。我朋友喜欢写东西，在日记里写到我想买录音机，他想帮我。警察这才找到了我。"

"哦，原来是这样的。"

陈子昂走在诗敏的后面，见她走路无精打采，就说："快到午饭时间了，我请你去吃饭。"

他们来到镇上唯一的一家西餐厅。服务员热情地说："欢迎来到‘不见不散’西餐厅。”

诗敏笑着说：“‘不见不散’有意思。”她没有跟着服务员走，而是对陈子昂说，“我们去那窗子边坐。”

他们点好菜，陈子昂就把话转到她朋友身上。

“好在你没有要那些钱，否则你拿了那钱就是分赃。”

“唉，他的人生还没有开始，这么年轻就为了那么一点儿钱把自己的青春埋葬了。可惜呀，他的聪明劲儿没有用在正道上。”

“你没事儿就好，以后交朋友一定要看清楚，否则会被害死。”

“是呀，我很难受。现在正是‘严打’的时候，我朋友可能会坐牢。”

“我们说点开心事儿。你的衣服还没开始卖吧，我买你一套西装和一条连衣裙。”

“你买裙子干吗？”

“给我妹妹买。”

一个小时后，他们就回到自己的工作岗位上。诗敏的同事关心地问她怎么回事儿，她只说这是一场误会，刘主任也对同事说幸好王诗敏没有参与。

“没事儿就好，我们多担心你呀！”杜月英说道。

快到下班的时候，门市部没有几个顾客，搞卫生的阿姨站在门口看到邮递员骑着单车在门口停下，就说：“王诗敏，来信了。”

王诗敏听到阿姨喊她，就朝门外望去。这时邮递员站在门口大声喊道："王诗敏，有你的信。"

诗敏的脸上绽放了久违的笑容，她慢慢地走到门口："几天没有收到信了。"

"你有两封信，到 54 号了。"邮递员笑起来露出一排整齐的大牙。诗敏不好意思地说："谢谢师傅！"

王诗敏拿着信回到柜台里。晓曼笑她今晚不用吃饭了。

"她呀，太幸福了，有男朋友，又有人那么喜欢她。"杜月英羡慕地说道。

王诗敏笑着否定。

"陈子昂对你这么好，你不选他会后悔的。"老赵站在南货柜台插嘴。

王诗敏点了点头："是呀，我要好好考虑考虑。"

她们几个女人也趁机开起诗敏的玩笑。

他们正说得起劲儿，晓曼的男朋友抱着一个纸箱站在门口，他对晓曼说道："晓曼，快来帮我看外面的东西。"

"很讨厌，你又买了什么东西呀？"晓曼走到门外，见到三轮车里有一个大大的纸箱，她就明白了，他真的买回了影碟机。

"晓曼，听说你男朋友承包了五楼的录影厅？"杜月英说着走到门外，她们几个女孩投去羡慕的眼神。

"是呀，请你们带朋友来捧场。"晓曼热情地邀请她们。

听到这儿，王诗敏突然有了一种想法，她是不是也可以去承包商场？广州白马服装批发市场的衣服时尚、新潮，应该很受女性的喜爱。

诗敏站在柜台前，思绪万千，她望着偌大的门市部售货员多过客人，如今的生意不好做，今年的任务比去年又增加了百分之十，如果不想办法，到年底很难完成。她知道比较偏僻的农村还是有市场的，村民到镇上来购物，交通不方便，她就提议过，他们不忙的时候把生活必需品送去各村子里摆摊，这样他们的资金回笼会更快。

“王诗敏，下班了，饭后去看看你从广州拿的货。”杨秀玲说。

“是呀，我正想买衣服。”杜月英说。

“走，关上店门就去看，迟点儿去吃饭。”杨秀玲说。

几个女孩子嘻嘻哈哈就跟着诗敏走。

诗敏带着三个同事去宿舍，同屋的小林子去她男朋友那边煮饭吃，有时候也不回来住，正好让诗敏自由一些。

诗敏把几条裙子拿出来，几个女人挑着自己喜欢的裙子。

杜月英拿到那条黄色连衣裙，爱不释手，就问道：“多少钱？”

诗敏就说道：“我只赚车票钱。”

杨秀玲想了想，还是很便宜，这裙子时尚、新潮。“我喜欢那条红色的连衣裙。”杨秀玲说道。

“我出货时就想到杨秀玲穿红色的好看，杜月英穿黄色的好看，我是特意为你们选购的。”

“我要这件红色的连衣裙。”

“杨秀玲，你穿这红色的裙子太美了，可以做模特儿。”王诗敏看着秀玲那高挑的身材，羡慕极了。

“我要这件黄色的连衣裙。”杜月英把裙子放在身上比了比。

“谢谢你们这么支持我，我太高兴了。”

“我穿没有杨秀玲好看。”杜月英嘟着嘴说，“我还是喜欢这条裙子。”

“好看，你有你的气质，娇小玲珑。”杨秀玲赞美着。

她们看完衣服，快快跑去吃饭。饭堂的谢阿姨马上就要下班了，她们订的餐不吃会被罚款。

第一天就卖了两条裙子，诗敏看到了希望。她听陈子昂的话，上班的时候一定好好工作。不到半个月，从广州拿的衣服全部卖完，欠的货款已全部付清。

初试牛刀让诗敏尝到了甜头。晚上她梦见自己拥有了一间漂亮的服装店。

第二十二章

四月中旬的一天晚上，诗敏正在房间里写信，同事曾庆庆又来串门。她今年二十四岁，是一个开朗活泼、能歌善舞的姑娘，靠着她姑夫的关系从农村招工到供销社工作。她做了一年售货员，经过努力考上了单位的财会学校，毕业后又回到了原单位，她和陈子昂一起负责供销社的财务工作。

她的到来给诗敏带来了快乐。

“你又在写信，还有几个月就要考试了。”曾庆庆进入房间，见桌面上摆放着信纸。

“我们吵架了。”诗敏情绪有点儿低落。

“恋爱时吵架很正常，写几句暖心的话就没事儿了。”

“我很生气。上个月写信告诉他，警察来问我朋友借钱一事，他就怀疑我和那个朋友有私情，真没见过这么小气的人。你以前说对了，他真的很霸道、固执，我怎么解释他就是不相信，真是有口难辩。”

“我感觉你们两个不太合适，他是大学生，你呢？！”

诗敏沉思了一会儿，是呀，自己好像进入了一个死胡同，整天被他折磨得心力交瘁，难道他要变心？

曾庆庆看出了诗敏的心思，笑着说：“你男朋友确实很优秀，听你说过他还想出国，这样你们的差距会更大，你不努力，能得到这份爱情吗？爱情是有条件的，首先要聊得来，兴趣爱好得一致，你们两个有共同语言吗？你了解他多少？人家是大学生，你是集体工，要知道这差距有多大，我真为你担心。”

诗敏一听集体工，心里就不舒服。她讨厌集体工的说法，好像低人一等。前不久，杜月英的男朋友就是因为她是集体工而与她分手了。

“我要努力改变自己的命运，我的爱情我做主，以后想爱谁就爱谁。”诗敏果断地说道。

“这就对了，你目前好好复习，抓住这一次机会改变命运。”

“谢谢你的关心。”诗敏接着又问道，“上月底开会，刘主任说可能要搞责任承包制，不知道是真的假的？”

“怎么，你对这个有兴趣？”

“我想，我可以去承包针织柜，那我就去广州拿货在镇上卖。我还可以把我的货运到乡下去卖，方便村民的同时，我们的资金也能尽快回笼。”

“你这个想法很好，怪不得你去广州一趟，心上人没见着，倒学会去那儿提货回来，赚到了车票和零花钱。你真是做生意的料。”

“哪里！只是我喜欢做这件事，说心里话，我常常会有这个念头，我想开一间服装店。”

曾庆庆惊讶地望着诗敏：“你小小年纪就有这经济头脑，不错！不过开服装店至少目前是不可能的，现在是计划经济时期，我们也不准随便开店。”

“我上个月去广州，看到有人摆地摊卖生活用品，也有很多小店铺，卖服装的多得很。其实做服装生意真的有钱赚，我上次只拿了几件衣服，就赚了不少。”

两人说得兴致勃勃，突然传来了敲门声。诗敏打开门，见是陈子昂，惊讶地问：“这么晚你来干吗？”

“我来查房，看有没有男人？”陈子昂神神秘秘。

“去你的。快说，找我有什么事儿？”

“人家是来看你的。我走了，不当大灯泡。”曾庆庆笑着就准备走。

“原来曾庆庆也在，我是来告诉诗敏，老李明天有车去她家那边办事儿。”

“诗敏，你明天要回家。我不打扰你了。”曾庆庆转身就朝门外走去。

“这个曾庆庆走得这么快。”诗敏站在门口望着她的背影。

“这个给你，我也走了。”陈子昂站了一会儿。

诗敏接过来，打开包一看是她最爱吃的油炸红薯饼。“哇，你去哪儿买的？这是我喜欢吃的。”她拿了一块就吃。

“好吃吧？我刚从县城回来。”

“你对我太好了，真让我感动，要是我的男朋友有你这么好就好了。”

“那就让我做你的男朋友。”

“我哪有这资格。”诗敏吃着美味的油炸红薯饼，故意这样说。

“不跟你说了，我走了。”

陈子昂走到巷尾，见诗敏还站在那儿，就挥了挥手：“进去吧！明天早上八点半去车场找老李。”

诗敏点了点头。她回到桌子边继续写着那封信，这一次她信中一定又是一场战争，她不想继续这样低声下气地去爱了。

第二天早上八点，诗敏出门时看见天空阴沉沉的，也没想到要带雨伞。当走到半路时，天空突然下起了小雨，她就在雨中跑着。她听到身后传来陈子昂的声音，只见陈子昂打着雨伞朝她奔来。诗敏望着走近的陈子昂，他穿得很整洁，头发梳理得光亮，诗敏就忍不住大笑，他一定又是把茶油擦在头发上了：“你怎会来到这里？”

“我听天气预报说有雨，也怕你找不到老李。”

两人正说着，老李从旁边的小路走了过来。陈子昂和老李打了招呼并交代几句，然后从包里拿出一把精致的小雨伞交给诗敏，转身就走。

“陈子昂，你怎么见我就走？”老李开玩笑说。

“我要赶去上班。”陈子昂不好意思地快速离开。

诗敏望着走远的陈子昂，她心里有点儿不好受，他对自己如此关心，该怎么办？

那天，她只是随便说说要回家，他竟然帮她找到回家的车，感动之余却深感内疚。

“你男朋友对你真好！”老李夸赞陈子昂，接着说，“他暂时在这个小镇上工作，很快就会调回城里去。”

“是吗？可我不是他的女朋友。”

“他爸爸是县种子公司的老总，小姑娘你要好好抓住他呀。”

诗敏笑了笑。他条件这么好，却对自己如此钟情，她的虚荣心得到了满足。

雨停了，风也停了，诗敏撑着陈子昂那把精致小伞，心里甜滋滋的。

他们一会儿就到了停车场，那里空荡荡的。

“怎么不见老庄的车？”老李朝四周围望了望，接着说道，“小王，你站在这儿等我，我去找找。”

“嗯。”王诗敏把小伞轻轻地折叠起来，陈子昂所做的点点滴滴在她的脑海里挥之不去。

过了十几分钟，老李来了，他说那辆车坏了，正在修理。

“那还要多久？”

“可能还要半小时。”老李说完，就从那小房子里搬出一张长木凳子，叫诗敏坐下。

他们坐在那儿，天空又下起了小雨。诗敏凝望着天空飘着丝丝细雨，想到汪建在干什么。她轻轻地叹了口气，自己不是有男朋友吗？为何会感到孤独？难道真像有人说的越爱越孤独？她甚至怀疑自己的爱，怀疑汪建的爱。

“小王，车修好了。”老李站起来指着开过来的卡车。

诗敏收回了思绪。

他们刚坐到卡车里，雨就下得更大了，雨水淋在车玻璃窗上。诗敏听着老李谈天说地，他诙谐幽默，一路上笑话说个没完。诗敏没想到单位里有人这么会说笑，他的口才真适合做销售的。诗敏问他负责什么。他说是采购员，怪不得这么能说。两小时的路程在老李吹牛中很快就到了。

上午十一点多，诗敏到家，她爸也刚从外面回来。他们父女有两个月没见面，诗敏从她爸的眼里看到了浓浓的爱，而和她妈好像有点儿隔阂似的。她只是喊了一声妈，就和她爸坐在一起聊天。

过了一会儿，诗敏的妈妈就问她是不是在和汪厂长的儿子谈恋爱。诗敏否认了。

诗敏的爸爸说上个月小汪来家里找她，问她发生了什么事儿。

“没事儿了，爸爸。”诗敏不想说太多。

爸爸看出诗敏的心情不太好，也没有多问，只说诗书这次模拟考试不错，老师说按现在这个水平，考大学没有问题。

“那就好，诗书从小学到高中，年年都是三好学生，考大学不成问题。”

“吃饭了。”诗敏的妈妈大声喊着，打断了他们的谈话。

刘玉娟在桌子上摆好菜碗后，继续在厨房里收拾。

诗敏感觉她妈性格改了点儿，不像以前做好饭后还生气地说她们不帮忙端菜碗。诗敏就走到妈妈面前喊她一起吃。

诗敏的爸爸倒了一杯白酒，坐在桌子边等她们母女，就问道：“诗书还没有放学吗？”

“快回家了吧，这几天中午都迟。”刘玉娟说话的口气比往常温柔。

刘玉娟刚说完就听到诗书的声音：“姐姐回来了。”

“快去洗手，准备吃饭了。”刘玉娟坐在诗敏旁边。

“我们一家人好久没有坐在一起吃饭了，哥哥什么时候休探亲假回来？”诗书端着饭碗问道。

“等你考完大学了，他就回家。”诗敏的爸爸喝着酒，很高兴地回着话。

“你可要认真呀，还有一个多月了。”刘玉娟也插嘴。

诗敏听着他们说话的口气很温柔，家里的气氛很温馨，她感到久未有过的温暖。

下午四点多，诗敏独自来到汪建家附近，她只想远远地看看他家的房子，或许能瞧见汪建的父母。

诗敏望着那间房子，心里很舒服，不知不觉就走近了他家的门口。幸好，这个时候没有什么人，也没有人看见她，没有人知道她的心思。

一会儿，她听到有人问：“你找谁？”

诗敏转身，惊吓了一跳，是汪建的母亲站在她身后。诗敏不好意思就叫了一声：“阿姨。”

“你是汪建的同学吧，进来坐吧！”汪建的母亲操着很浓的湘潭口音。

诗敏正想去他家看看，就跟着进屋了。

诗敏进到屋里就被墙上的照片吸引了。她看到汪建小时候的照片，笑了笑，指着一张照片问汪建的母亲：“这张是我们开运动会时他得一等奖拍的。”

“是呀，我上一次整理汪建的照片，看到你们几个同学的合影。”

“小王，你在哪儿读大学呀？”

“我没有考上，在供销社工作。”

“哦，女孩子早点儿工作好，我们汪建还想出国读书。”

诗敏一听这话，心里很不是滋味，难道汪建的母亲知道他们两个在恋爱，故意这样说来暗示她？

诗敏喝完一杯热开水就说有事儿要走。

从汪家逃离出来后，诗敏心里越发不是滋味。刚才他妈妈说的那些话，深深地刺痛了她的心：“汪建要去国外读书，那我怎么办？那我怎么办？”

诗敏失魂落魄地走在学校的路上，她也不知道怎么就下意识地到了高老师家门口，直到高老师喊着：“王诗敏，王诗敏。”

她才从迷茫中回过神来，双眼无神地望着高老师。

“王诗敏，你发生什么事儿了？”

“老师，您说找男朋友是找我爱的，还是找爱我的？”诗敏已经显得失魂落魄。

高老师没有马上回话，心疼地凝视着她的学生。

第二十三章

夏天悄悄过去了，秋天本是收获的季节。然而，诗敏却感觉到这个秋天是多事之秋。她站在一棵树下，静静地望着落了一地的枯萎叶子，一缕忧伤涌上心头：“中秋节快到了，他还会来吗？”

秋风吹拂着她的头发，诗敏拨开挡在眼睛上的一缕发丝，凝望着遥远的天空，天似穹庐，月光洒落在大地上，却温暖不了她凉透的心。

“分手两个多月了。”诗敏轻轻低语着，眼泪瞬间不听话地流了下来。她有点儿后悔，明明那么喜欢，却赌气地对自己说："分手，分手是为了他好。"但最根本的原因是彼此猜忌和不理解对方。

每次汪建写信都会问陈子昂为什么老是去她房间，为什么他一到她那里，就见到有男的找她，他不相信她。她也不相信他，也怀疑他和他的女同学相好，两人的心越来越远。诗敏实在受不了他的猜疑，就写信说要分手。她也是想考验他对自己的爱，谁知个性极强的他也毫不挽留就同意了，这更让诗敏怀疑他变心了。两人就这样分手了。

之后，诗敏还乐在其中，认为自己做事果断，有志气。

可是，每到深夜时，她躺在那张小小的床上辗转反侧，胡思乱想。

她一点点地回忆着，他的神态、动作、声音，历历在目。他们从小学开始做同学，读初中时两人还曾是同桌。读高中时，他就坐在她的后面。她清晰地记得高一的时候，某天中午一个调皮的男同学把她的草帽往空中抛，几个男同学像投篮球那样扔来扔去。诗敏去抢，他们就当玩球似的投来投去，惹得满堂同学哈哈大笑。最后还是汪建抢到交给她，当时就有女同学偷偷地传说他们恋爱了。

学生时代的情景历历在目，她也说不清自己是何时爱上他的，也许就是从那天开始的，她的内心深处被触动了，也许情愫从那天就产生了。之后，她不敢看他的眼睛，但只要有他在，她的心情就格外好。她喜欢去学校，因为可以天天见到他。她每天都等他放学，她只是悄悄地跟在他后面。他喜欢打篮球，她其实不喜欢运动，为了能看到他，她也去篮球场打球和坐在那儿静静地看着。她喜欢独来独往，女同学猜她心里一定有秘密，又不见他们两人在一起说话，也就笑一笑过了。而她知道，她已经喜欢上他了，心情时好时坏，她的快乐就是想他。

如今，这些美好的过往只能永远是她一个人的回忆了。他们就这样分开了。已经有两个月零五天了，诗敏还是天天期待他的来信。

近来又发生了一件事儿，她报考单位内部财会学校的资格不够。这双重的打击令她陷入深深的痛苦中，她不知道如何才能摆脱，不听话的眼泪狂泻不止。

“诗敏，天黑了，你站在这儿干吗？”诗敏被身后的声音打断了思绪。她循着声音，看见是晓曼和她的老公，他们两个牵着手站在她的身后。

“晓曼姐。”诗敏从喉咙里挤出几个字。

“天黑了，回家吧！”晓曼关心地劝说着，“我看你站在这里很久了。”

诗敏轻轻地擦拭着泪水。晓曼走近诗敏身边，拉着她的手，说道：“今天下午，刘主任说你考试资格审查没通过，你一听就哭了。这又不是你的错，你不用那么痛苦，今年不行就明年吧！”

诗敏沉默着。

“你要记住，许多事情都不会像我们想象得那么顺利，不能改变就只能接受命运的安排。你要积蓄力量，等到时机成熟时才能牢牢把握住。”

诗敏低着头想起晓曼结婚前也不顺利，她妈妈强烈反对，但他们还是冲破了层层阻碍，终于走到一起了。

“晓曼姐，真羡慕你！找到了自己爱的人。”

“你今后会找到更好的人。”

“希望吧！”诗敏看着晓曼因怀孕胖了很多，身材都走样了，就问道，“你怀孕几个月了？”

“快八个月了。”晓曼脸上洋溢着幸福，抚摸着肚子。

“哦，快做妈妈了，真羡慕你呀！”

“傻丫头，你长得这么漂亮，肯定会更幸福！”

晓曼亲热地称呼她，温暖了她的心。

“我和诗敏聊一下，你有事儿先走吧。”晓曼转身对她老公说道。

“诗敏，我先走了，你照顾一下晓曼。”

“好了，好了，你去吧！”晓曼挥了挥手。

晓曼的老公还不停回头望着她们。晓曼笑了笑：“放心，我会小心的。”

“你老公真关心、体贴你。”诗敏夸奖着。突然又想起她汪建之前一点儿都不会照顾她，有一次她买了甘蔗给他吃，结果他一个人全吃完了，一点儿都没有留下。诗敏望着他吃得津津有味，喉咙里不停地吞着口水。

诗敏从沉思中抬起头，望着晓曼老公渐渐远去的背影，她感叹地说道："晓曼姐，你一定很幸福吧！小宝宝就要来了。"

"是呀，没有过不去的坎。你也知道我结婚前是非常痛苦的，我们恋爱几年，我妈死都不同意。结果我意外怀孕了，我就对我妈说，我的年龄也不小了，要户口本去领结婚证。"

"你妈同意了？"

"也没有完全同意。我妈非常生气，说我没脸见人，又说我是生米煮成熟饭想逼死她。"

"你妈妈肯定很伤心。"

"是呀，我就找刘主任劝我妈妈。对了，你可以找刘主任帮你调到县城，我们单位要去那儿开分店。"

"真的吗？我换一个环境也好。"诗敏一阵兴奋，详细地问了一些细节。

她们两人聊了一阵，话题又转到爱情上了。

"晓曼姐，你对爱情很坚定，你是找对人了。"

诗敏挽着晓曼朝着回家的路上走，她们聊得很开心。听着晓曼姐诉说他们的爱情，汪建又来到诗敏的脑海里折磨着她。

"唉，我如何忘得了他。"诗敏无意中说出了一句。

“真正爱上一个人不是那么容易忘掉的。”晓曼说完又接着说她的爱情故事。

“我爸不反对，只是我妈看不起他家是农村的。我爸爸说我老公性格好，工作努力，人缘好，又经营录像厅，是一个踏踏实实靠得住的小伙子。加上他又对我妈承诺会一辈子对我好。在我的执意坚持下，我妈勉强同意了。但她说失望极了，之前对我期望值太高。我爸和刘主任都来劝，说不要逼得太紧，总不能看着我去死，我妈就不得不同意我们马上结婚。所以五一匆匆忙忙就摆了喜酒。”

“是呀，你现在多么幸福！”

“我说这么多只想告诉你，我们这辈子会遭遇无数的坎坷，我知道你报考资格没有通过，爱情上又不顺。其实这些都是暂时的，今年不能考那就明年考吧。爱情呢，你的年龄这么小，会有更好的。”

“唉，那只能等明年。”

“可以的。陈子昂对你那么好，你可以考虑一下他呀！”

“我还是想那个人，我好像越来越想他。”

“那你就写信告诉他，说想他想得要疯了。”晓曼大笑起来。

诗敏忍不住也笑道：“好马不吃回头草。我也配不上他，他将来要出国，我不想因我而影响他。”

“你这是自卑。我见他五一还来看你，证明他也爱你。”

“就是那次他回来了，他姐姐知道我们恋爱，就找到我，说我们还小，还说她弟弟要出国读书。其实她是在暗示我配不上他。”

“你也太冲动了，你都不努力，就用分手来折磨自己。”

“恋爱对我太痛苦了，我怕到时地位不同，他提出分手，那时我会更加痛苦，长痛不如短痛。”

“你怎么是这样的恋爱观！你分明是在逃避，目前你们两个是有差距，你可以通过自己的努力改变命运。”

不知不觉就到了晓曼的家门口，诗敏与她依依不舍地作别。她非常感谢晓曼的开导，她知道如何做了，她想快点儿回到宿舍，好好读她妹妹的来信，认真回信告诉她，女孩子一定要自信、自立、自强。

第二十四章

刚走进院子，诗敏远远地就看见陈子昂站在她宿舍门前，昏暗的路灯映照着他那修长的身影。只见他抬起头，不停地朝她来的路上张望着，终于看到她了，他挺了挺身子就朝她走过来。

“你去哪儿了？我等了你很久。”

“我出去散散心，遇到晓曼姐就聊了一会儿天。”

陈子昂透过微弱的月光凝视着诗敏的眼睛。

“我来看看你，看你如何哭鼻子。”

“不就是没资格考试，放心吧！这个打不倒我的。”

“你还差两个月就转正了，有点儿可惜。”

“你不去我宿舍坐坐吗？有好消息要告诉我吧？”

陈子昂笑了笑：“我要调到县城去了，是想来问问你的意见。”

“这还要问我，这是好事儿呀！谁不想去城里工作啊，我都想去，我想离开这里。”

诗敏近来的心情很不好，她的爱情在这里丢失了，想离开这个伤心之地。

“我听说我们单位要去城里开分店，你去找一找刘主任。”

他们两人来到诗敏的房间里。陈子昂望着她桌子上那些复习资料，他怕这些书勾起她的伤痛，就说道：“条条大路通罗马，今年不考就安心工作。”

“不说这个了。你什么时候去县城报到？”

“这个月底吧！”

“早就知道你会离开这里，只是没想到这么快。”

“诗敏，你做我的女朋友吧！”

诗敏最怕陈子昂说这个，想不到他会在她情绪这么低落的时候说，不用想都是要碰壁的。此刻她感到尴尬，又有点儿为难，想到他对自己这么好，真不忍心伤他的心，可她又不能拖泥带水。她望着他的眼睛说道：“陈子昂，你从我的眼睛里看到了什么？”

陈子昂不动声色，不紧不慢说道：“不管你在何处，我都会去看你，我会想你。”

他说完转身就要走。诗敏浅浅一笑：“时间会冲淡一切。”

陈子昂突然一下紧紧抱住诗敏，吓得诗敏急忙推开他。他笑了笑：“我终于抱了一下，如果问你，你肯定会拒绝。”

“走，走。你这个流氓。”诗敏假装生气地骂道。

“我不会放手的，等着我！我一定要你嫁给我。”陈子昂很自信地说着跨出门，消失在黑夜里。

诗敏急忙关上门靠在门边，刚才的一幕令她恐慌。幸好陈子昂只是抱了一下，要是冲动做出过激的事儿，那就太可怕了。

此时，她的内心有一丝失落，陈子昂就要离开这里了，就要离开她了。

她的脑海里闪现这一年来陈子昂对自己的关心和照顾，她能感觉到陈子昂的爱，或许他们的缘分实在是太浅了。

诗敏默默地走到桌子旁边，她拿出汪建买给她的复习资料，看了看，就把它丢在地上，说了句：“再见了！”

她整理桌子上的书，心里喃喃道：“明年再考，明年复明年，这条路怎么这么艰难呀！”

诗敏感觉很疲惫，心也很累，她坐下环视着房间。屋里有点儿零乱，曾经看过的风水书上说，房间就是你的风水，这么乱的房间，怪不得运气这么差。

她马上动手收拾房间，诗敏要把那些烦人的事儿一起扫除掉。

花了两小时，卫生终于搞完了。诗敏站在门边欣赏着自己的房间，白白的墙壁，桌子上整整齐齐地摆放着她喜欢的小说和一本《成人高考复习资料》，房间里整洁干净。她从床头上拿出花露水洒在四外，顿时香味弥漫着整个房间。

她的心情渐渐好起来了，在房间里走来走去，收拾好房间，原来是这么快乐。

她笑了，好久没有这样笑过，没有这样开心过。

之后，她哼着小曲去洗漱。洗漱完后就在床上读着她妹妹的来信，这是她妹妹进入大学之后写的第三封信。

诗书在信里说她在大学过得很好，喜欢这里的环境。她每封信都说到周子洲，还说周子洲是学校的团支书，他的文章上县报刊了。他是学校文学社的社长。她说崇拜周子洲。

诗敏笑了笑，她妹妹是动心了，悄悄地喜欢上周子洲了。她是了解周子洲的，诗敏也希望有一天他们真能走在一起，好男人是不可错过的。

诗敏发现妹妹有一封来信未拆封，这是什么时候的？她从信封上寻找日期，咦！是今天的。她突然想起来好久不见的邮递员递给她，她当时正在等汪建的来信，失落的她收到那信就放入包里，她整个心里只装着汪建。

诗敏急忙拆开信封，原来妹妹邀请她去她们学校过中秋节，到时候叫上周子洲，他们一起赏月。

诗敏爱她妹妹，心疼她。记得小时候，有人说自己不是亲生的，她也一度怀疑，因为妈妈对她确实没有对妹妹好。她就问她阿姨。阿姨说妹妹才是捡来的，所以妈妈才对妹妹好。诗敏相信了，从那以后她处处让着妹妹。

一个星期后，也就是中秋节的前一天，诗敏左等右等都不见汪建的来信。她失望又孤独，难过的她几次提笔想给他写信，写了一半始终没有写完，信纸不是一张张地写完，而是一张张地撕掉。她嘴里还念叨，凭什么要我给他写信，他忘了我，我还要恋着他、想着他？她生气就不写了，甚至慢慢地关上了那扇心灵的窗户，她想自己再也爱不上别人了，她的心死了。

中秋节这天，她请假半天就去妹妹学校。下午三点多，诗敏从车站来到了南阳师范大学的门口。

此时，路上行人稀少，大概是上课的时间吧！诗敏正想着学校门口为啥这么安静，这时有三个男孩拦住她，不让她走。她问他们想干什么。

其中一个男孩说："这个小妞真漂亮！"

诗敏不理睬，直往前冲。他们就左右拦住她，想调戏她。

这时，诗敏见不远处来了一个男的，看上去像老师。诗敏就有胆量大声骂道："你们是哪儿来的小流氓？"

那三个男孩还不想放过她。诗敏就大声喊道："让开，让开，好狗不挡路。"

诗敏尽力推了其中一个男孩。他没有站稳，差一点儿摔倒。诗敏又喊道：“抓流氓！抓流氓！”一边喊着一边就向前跑。

他们见诗敏不是软弱的女子，看起来娇小玲珑，竟然这么强大，又看见后面来了一位老师，就赶紧跑开了。

诗敏这才松了一口气，站在那里，望着他们的背影骂了一句：“这些人想干啥？幸好是白天。”

那个老师模样的人走上前来说道：“刚才那几个小流氓想调戏你，他们看见我来了就跑了。昨天我还阻止他们纠缠一个女学生，这些人太不像话了。”

“谢谢您！要不是您跟在后面，我想他们还会纠缠我。”

“有可能。这帮小流氓不读书，整天到处闲逛。不知谁家生了这样的小孩，真要气死父母，不干正经事。”

诗敏打量着老师，他看起来四十多岁，身材中等，穿着蓝色的西装，很精干，国字脸，粗眉毛，一双眼睛有点儿小，却闪烁着敏锐的光芒。

老师见诗敏很眼生，就问：“你是这里的学生吗？”

“不是。我是来看我妹妹的，我妹妹是中文系的。”

“哦，中文系？大几？”

“大学一年级，她叫王诗书。”

“哦。”老师在记忆里搜寻着，“人太多，想不起来。”

不一会儿，他们就来到宿舍楼大门前。

“老师，中文系女生宿舍楼怎么走？”

诗敏的话音刚落，诗书匆忙跑上前说：“姐姐，不好意思，我来迟了。”

王诗书见姐姐和欧教授在一起，诧异他们是怎么认识的。

王诗书叫了一声：“欧教授，您好！”

“你就是王诗书。这是你姐姐，我刚才保护她了。”

“发生什么事儿了？”

“你没有看到，刚才有几个小流氓不让你姐姐走那条路。”

“欧老师，谢谢您！听说有小流氓经常在那儿骚扰女学生。”

“这个问题我要向校方反映一下了，怎能容忍这种不良风气在校门口发生。”欧教授转身就离去了。

“诗书，你穿衣服这么少，不冷吗？”诗敏感觉天气凉了。

“不冷，我们去找周子洲，他听说你要来，在学校招待所订了房间。”诗书很高兴，周子洲帮她订招待所，安排了晚餐。诗书心存感激，少女早已产生了爱的情愫，她的脸上洋溢着幸福的笑容，诗敏看着妹妹青春亮丽的面容，妹妹变得更漂亮了。

她们两姊妹来到学校的招待所门口。周子洲从里面走了出来，他有半年多没见诗敏，听诗书说她姐要来这里过中秋节，他既兴奋又紧张，好像看到了希望，一连两晚都无法入睡。

当诗敏大大方方地靠近他时，周子洲听到自己的心跳，他的脸颊泛起了红晕，感觉耳朵火辣辣的。他控制着激动的心情，克制着害羞而慌乱的情绪，走近诗敏，他想去握手，但最终因为害羞没有伸出双手，他的眼睛里含着浓郁的爱意。

“好久不见，听我妹说你当官了。”诗敏很自然地在周子洲肩上拍了一下。

周子洲脸红了，他腼腆地说了一句：“什么官！中秋节快乐！”

诗敏看到他脸红了，他脸上的笑容很不自在。她看了妹妹一眼，正巧诗书眼睛望着别处，诗敏轻松地回话：“中秋节快乐！”

周子洲对诗敏说：“晚上去‘荷塘月台’赏月，我的同学也一起去，你们介不介意？”

“不介意，人多热闹。”诗敏想人多不会那么尴尬。

诗书看起来有点儿不愿意，但还是说了句：“人多热闹。”

“诗书，你们把东西放下，带你姐参观一下学院附近那一条银河，旁边还有一座山叫‘望夫山’，给你姐讲讲这个爱情故事。”

“周子洲还是你讲好听，记得高中时你经常朗读课文，你那磁性的声音曾经迷倒我们。”诗敏提议。

诗敏和周子洲两人聊得很投机，他们回忆学生时代的一些趣事。周子洲今天的话特别多，诗书从来没有听他说过这么多话。她心里想，他见到姐姐这么开心，她心里有一点儿醋意，嘴嘟了起来。诗敏看到，怕引起误会就把话题一转：“周子洲，你的文章写得好，你指导一下我妹妹，她也喜欢写文章。”

诗书听了很害羞，她知道姐姐的意思，就笑了笑，跑到前面急匆匆地上楼去了。

周子洲望着她们两姐妹，心里甜滋滋的，一首熟悉的唐诗涌入脑海里：独在异乡为异客，每逢佳节倍思亲。遥知兄弟登高处，遍插茱萸少一人。

第二十五章

汪建在床上躺了一整天，他感觉头晕目眩，没有一点儿精神。那天诗敏信上说分手，他没有多想就同意了。

因他那时很矛盾，他姐姐强烈反对他和王诗敏在一起，一个大学都没有考上的女孩子，将来会有什么好工作？还说他找女朋友必须找能帮他出国或者能留在省城工作的女孩。

汪建不完全认同他姐姐的观点，但他也是有志向的，不甘心读完大学又回到小县城。

分手后，汪建特别后悔，好像越来越想

诗敏，想着诗敏现在干什么，想着她有没有好好吃饭，想她是不是又和那些男的在一起。想着这些，他的醋意涌上心头，恨不得马上见到她。他无心学习，失去了前进的动力，感觉生活没有乐趣。

没过几天，汪建不顾姐姐的反对，忍不住还是写了一封信给诗敏。

他每天等待着诗敏的回信，在失落中进入夜色，在迷糊中进入梦乡。醒来抱着希望，失落再失落，他终于得了相思病，病倒了。

他没有精神去上课了，整天都躺在床上，不吃不喝，全身无力，这样过了一天两夜。

晚上，肖俊锋从图书馆回来，汪建说他肚子突然很痛，麻烦送他去看校医。俊锋见他痛得满头大汗，用手摸了一下他的额头："天呀，你怎么啦？还发高烧。"同宿舍的几个同学急忙送他去校医室，校医检查不出什么，迅速叫车送他去省医院。在省医院折腾了几天也查不出什么病，医生只说是学习压力过大或者忧伤过度伤了脾胃，吃了一些药，打了几天针就出院了。

出院后，汪建就写信告诉诗敏，中秋节他回去，他要去见她，他想他们应和好如初。

这封信发出去十天也没有等到诗敏的回信，失落彻底点燃了他心中的火焰。汪建控制不了思念之情，中秋节这天傍晚就来到了诗敏的宿舍门口。

他确实太冲动了，当他站在诗敏宿舍门口时，紧闭的大门挡住了他，他用力敲着门："诗敏，诗敏。"

没有回音。汪建又朝窗口望去，她不在家。

汪建的心渐渐凉了，多疑让他怀疑诗敏有意躲着他，他不甘心地站在她宿舍门前，脸上布满了忧郁。

这时，隔壁的门打开了，一位戴着眼镜的中年大叔冲着汪建喊叫："小王不在，她回家了。"

"回家？我去过她家了，她妈说她中秋节不回家。"

"这个我就不知道，或许是去她男朋友那里了。"他说完打量着汪建，明知这就是小王刚与之分手的前男友，他心里一阵冷笑。

"她的男朋友？"汪建怀疑口气中带着忧伤。

"她新找的男朋友调到城里去了。她没有回家，那就可能是去见她的男朋友了。"隔壁的老王又把门关上了。

隔壁的老王从抽屉里拿出邮递员要他转交给王诗敏的一封信，他打开又看了一遍，心里说："这个小王我喜欢。"

汪建气愤地走了。

外面的脚步声渐渐远了。隔壁的老王打开门看着汪建远去的背影，他的心里有一丝窃喜，他要扫除他得到小王的障碍。他步步靠近王诗敏，寻找机会接近王诗敏，经常叫王诗敏和他一起打羽毛球，他确实有点儿才，画儿画得很好，他的人物画、山水画得到众人的好评。

王诗敏欣赏他有才，才和他走得近。诗敏单纯，认为隔壁的老王是一个怀才不遇，经受过磨难的老知青，却不知他是心怀鬼胎的中年大叔，他那老实的外表迷惑着诗敏。

中秋节后的第二天清晨，诗敏乘坐早班长途汽车回家。她不想吵醒妹妹，就写了一张纸条放在桌子上，然后轻轻地走出学校的招待所。

此时天已经亮了，路上的行人急匆匆的，他们大概和她一样是赶早班车回家或者是去上班。

诗敏到了车站，正好赶上六点钟的车。坐在车上，诗敏眯着眼睛小睡，可她的脑海里时不时地浮现出汪建的身影：这个中秋节他在哪儿过的？又和谁在一起？诗敏又开始回忆他们短暂的恋情，想起他们初次见面的情景和记忆最深的那一次，幸好她死死地保护住了自己的贞操。

那天汪建狡猾地一点点地诱惑她，一步步地靠近她、亲吻她，他说了很多甜言蜜语，诗敏的心被融化了。她倒在他的怀里，他撩起她的头发，紧紧地拥抱她，把她抱着坐在他的大腿上，他对她说着大学里那些男女的浪漫爱情，还告诉她大学生的开放，诗敏被他洗脑得毫无反抗之力。他吻着她的脖子、她的脸。但当他触摸到她的敏感部位时，她拒绝了。

汪建已经进入到火热中，情意浓浓，他不停地说着爱她。这时，一阵热风吹到诗敏的脸上，一下子把她吹醒了。

诗敏惊讶，原来这急促的热风是从汪建口里喷射出来的，他像火焰似的烧得满脸通红。诗敏全身颤抖着，她用力推开汪建。可他哪肯放手，口里急促地不停说着：“我要你，我要你！”诗敏被他的叫声完全惊醒了。

诗敏不知哪里来的勇气，对着汪建的脸就是两巴掌。她是用尽全力打了两巴掌，这两巴掌也打醒了汪建。他慢慢地放开了诗敏，然后坐在床边，把头埋在他的手掌里。他痛苦地说道：“对不起！请你原谅！”诗敏低着头回道：“我工作还没有转正，希望你能理解。”

那一次的见面在不愉快中结束了。诗敏想他们可能会分手，觉得他们之间已经有了一道裂痕，他们在一起时诗敏总是会提防他。汪建也感觉到了。自那以后，汪建的来信就少了，信中的感觉也有点儿冷淡。诗敏庆幸没有失去自己最宝贵的第一次。

她正在专注地回忆着，突然一声巨响，跟着车里发出惨叫的声音。诗敏摔倒在座位上，头撞到了车的后座上，痛得她眼泪都出来了。她听到车里一片哭声，才反应过来她们的车出事故了。

诗敏爬起来朝窗外望去。天呀！她们的车翻到田埂上了。这时有人问：“有人受伤了吗？我们的车被撞倒了，能动的赶快爬出去。”诗敏这才看到旁边的窗户玻璃被人打碎了，有人在艰难地爬出去。诗敏伸出双手抬起来，还好没事儿，又伸了伸腿。她摸摸头，怎么有一点儿痛？！

诗敏看见一位大妈正吃力地往上爬。她赶紧帮忙把身边的一位大妈送出车窗，外面有人接着。她看见有一个人因伤势严重，不能行走，估计是腿受伤了。诗敏就喊她。她说她的左腿好像断了，痛得直哭喊："救救我！救救我！"有人叫诗敏快点儿爬出去，外面的人也叫里面的人要尽快爬出去，待在车里很危险。

诗敏看见救援人员到了，她的心也放下了，就安慰那位大妈："大妈，别怕，有人来救你了，我先出去了。"

于是，她就爬到窗子边，救援人员把她拉出去了。出来后，她惊魂未定，又看见医生正在那儿抢救一个人。她不敢走近，打量着每一个人，幸好几个人都是轻伤。有人说："那个人伤势最严重，快不行了。"

这时其中一个人对王诗敏说："那个人就是跟你换位置的那位大爷。"诗敏惊讶得问道："是说我坐了他位置的大爷？"

"是呀，他当时那么凶，说你坐了他的位置。"有人插嘴说道。只见说话人的脑袋上绑着纱带，血迹都透出来了。

"好险呀！如果我坐在那个位置上，那现在躺在那儿的就是我。"

诗敏被吓得惊慌失措。她流着泪望着那位大爷，她的双脚不停地颤抖着，嘴里一个劲地呢喃："是那位大爷救了我，是那位大爷救了我。"

突然她眼前一黑，就晕倒了。

第二十六章

陈子昂调到县物价局上班，他平时的工作就是跟着大李等人到各镇区供销社、商业部门检查物价。

今天，他的心情特别激动，这是他离开新风镇以来第一次来这里检查工作。一想到马上就要见到诗敏，他的心就像小兔子似的要跳出来了。

小车以每小时八十公里的时速行驶在107 国道上。

陈子昂内心喜悦地望着车窗外。天空晴朗，秋天的早上有一丝凉意。路两边有的地方山连着山，榕树一排排伫立着，成堆成片的竹子密密麻麻，那竹子翠绿得耀眼，但路边的树叶有一些黄了，被秋风吹落了一地，随风舞动着。

快到冬天了，到时会出来冬笋，冬笋炒腊肉是诗敏最喜欢吃的一道菜，陈子昂不知不觉又想起了诗敏。他笑自己那么傻，对她痴心不改，明知道诗敏对他没有那份心，可他仍然不放弃对她的爱，他爱她就够了，他只想给她幸福。

陈子昂的思绪被大李他们的谈话打断了，他听到他们说五里公社百货商店的物价有点儿乱，特别是那个针织柜，说那商店的货物比其他店里都要贵。这让他想起诗敏是负责针织柜，他们今天就是去那里重点检查，但愿她平安无事。

陈子昂坐在后排座位上，思绪万千。大李问他："子昂，你的对象是新风镇的吗？"

陈子昂眯着眼睛似睡非睡，大李问他话都未听到，他脑海里只有诗敏。

陈平说了一句："大李，陈子昂未来的丈母娘可不是一般人呀！"

陈子昂听到陈平叫他，才回过神问道："陈平，什么事儿？"

"说你找到好丈母娘了。"大李嬉笑着说了两遍。

陈子昂只是淡淡一笑。他不想解释，他只爱诗敏，妈妈帮他安排的结婚对象，他是不会接受的。

陈子昂知道，他妈只是想找家庭有背景的儿媳，用他妈的话说要门当户对，否则过不了她那一关。

车上的气氛一下子紧张起来，陈子昂开着玩笑说："我的对象等一下就会见到。"

他们大笑着，要陈子昂早点儿结婚请他们喝喜酒。

这时司机看见前面有救护车，旁边还有好多人站在那儿，他就说："前面好像出事儿了。"

"像是出了车祸。"坐在副驾驶位置上的陈平说道。

"一辆中巴车翻到田里去了。"大李说道。

陈子昂透过车窗看到一些人站在那里，突然一个熟悉的身影映入他的眼帘。他心头一惊，怎么诗敏也站在那儿？他还没有反应过来就见诗敏倒下了，刚好有一个人在她旁边扶着。陈子昂赶紧喊道："停车，停车，我朋友在那儿。"

司机反应快，马上把小车停在了路边。陈子昂下车朝诗敏跑过去，他们都跟在陈子昂后面。

"医生，有人昏倒了。"有人大喊着。

"快让她平躺着，别乱动。"一位穿白大褂的女医生边说边朝着诗敏走来。

陈子昂走近诗敏身边，大声地喊道："诗敏，诗敏。"

女医生拿着听诊器在诗敏胸口上听了听，检查了她的手和脚，表面上没有发现问题，只是在她头发上发现了碎玻璃。女医生说了句："你们站开点儿，别围着她，让她透透新鲜空气。"

陈子昂焦急地问医生："我是她朋友，她严重吗？"说完他摸着诗敏的手。旁人见他担心的样子，就告诉他，幸好她是坐在后排，否则像那个人一样有生命危险。

陈子昂朝着那人手指的方向望过去，看见一个人被担架抬着上了救护车。

陈子昂的同事都站在诗敏的身旁，看到陈子昂的情绪反常，也猜到他们的关系不一般。

一会儿，诗敏睁开了双眼。她看见陈子昂站在身边，就问道："子昂，我这是在哪儿？"

陈子昂握着她的手，刚想告诉她，只见她的眼睛闭上，又昏了过去。

"诗敏，诗敏。"陈子昂喊她，毫无反应。医生就叫人把她抬到救护车上，医生给她打针，在现场紧急抢救，不一会儿，她就醒来了。她听到陈子昂的喊声，说了声："我没事儿，刚才是头晕。"

于是，陈子昂陪着诗敏去了县人民医院。诗敏在医院里进行了全身检查，幸好只是轻微的脑震荡，在医院里住了两天，她妈妈才赶到医院。她先是哭天抹泪，见女儿只是脸色差了点儿，身上也没有什么伤，她就放心了。

诗敏的妈妈从家里带来了煮鸡蛋和饭菜，午饭她们母女一起吃。诗敏好久没有单独和妈妈在一起吃饭，有点儿不习惯，甚至觉得有点儿尴尬。她的妈妈却一直想着自己的心事，她把带来的鸡蛋全部给诗敏吃，说鸡蛋可以补身子。诗敏让给她妈吃，两个人让来让去，一不小心，鸡蛋掉到地上了。此时，她妈就生气地说道："给你吃，不吃。这下掉到地上了，多可惜！"

"我没事儿，已经好了。爸的身体不好，应该给爸吃。"

这时，陈子昂进来了，见她们两个正在吃饭，就猜到这位阿姨是诗敏的妈妈，他叫了一声："阿姨好。"

诗敏浅浅一笑："我妈来了。"

"我买了快餐和一些水果。"陈子昂把水果放在床头的柜子上，把快餐交给诗敏。

"子昂，你吃了没？"诗敏把快餐饭盒打开，把那排骨选出来夹给她妈吃。

"你多吃点儿。"诗敏的妈妈也夹了一块排骨放在诗敏的碗里。

"我吃了。我刚才问了值班医生，她说你明天可以出院了。"陈子昂凝视着诗敏，接着又问道，"你没有哪儿不舒服吧。"

"我好了，一点点小伤，没事儿。"

诗敏的妈妈听说女儿明天就可以出院，终于把悬着的心放下了。但另一桩心事在心里挣扎着，她怕失去诗敏，怕她老公知道隐藏了二十年的秘密会受不了。

诗敏的妈妈想起一个月前，她去老家喝喜酒，看到了一个感觉熟悉又陌生的女人，她五十多岁，皮肤白净。她的头发高高盘起，额头上的头发自然卷着。怎么这么面熟，好像在哪儿见过？

正巧那个女人朝她这边望过来，吓得她急忙低下头，赶紧假装从包里拿出小毛巾擦脸。她透过缝隙打量着她，诗敏的样子长得那么像她，难道真是诗敏的亲生母亲？

这怎么办？她们的轮廓有几分相似，诗敏的妈妈惊呆了，她们两个人的眼睛太像了，那头发也像，有点儿自然卷。幸好是背对着她，诗敏的妈妈无心吃饭，她想快快离开那里，别让她认出来。她不敢久留，等新郎、新娘敬酒时，就离开了。

诗敏的妈妈想到这里，内心特别自责，后悔那天匆匆忙忙地离去，后悔自己这么自私，万一诗敏有个三长两短，她如何交代！

“阿姨，请你吃水果。”陈子昂的一声呼唤把诗敏妈妈的思绪带回了现实。她凝视着陈子昂，这小伙子一表人才，书生气很浓，像有文化的，难道他和诗敏在谈恋爱？他为女儿买这买那，照顾女儿，她看见小伙子把葡萄剥了皮给诗敏吃，看在眼里，喜在心里，诗敏能遇到对她这么好的男人，是她的福气。

她突然想起几个月前汪厂长的儿子来过她家，听说他们正在恋爱，怎么诗敏住院他也不来？

次日，诗敏就出院了。陈子昂送她回到单位，他又马上投入工作中。

诗敏的同事非常关心她，特别是隔壁老王，他托朋友买来了核桃送给诗敏，说每天吃三颗核桃就可以补脑。他对诗敏过度的关心和照顾让杜月英反感，不知道他打着什么算盘。

一天上班的时候，月英对诗敏说："隔壁老王对你真好！什么都帮你想到。他肯定喜欢你。"

"别这么说，他有老婆的。"诗敏回答。

"谁不知道他们夫妻感情不好，总是闹离婚。"

"隔壁老王下乡时，生产队长的千金小姐看上了他，她爸爸强迫他娶的，他们之间没有感情。"

"没有感情还生了小孩？你总是为他辩解。"杜月英摇着头，接着又说，"没见过谁像你这么单纯，我劝你离隔壁老王远点儿。"

"知道，我又不喜欢他。"

"你最好别接受他的东西，吃人家的嘴软，拿人家的手短。"

诗敏笑了笑，心不在焉。她来到了门口四处张望着，心里念叨："怎么不见邮递师傅路过？"

"诗敏，你在门口等谁呀？"晓曼挺着大肚子笑眯眯地走了过来。

"怎么不见邮递师傅路过？"

"早就过了，我还问了他，他说没有信。"

晓曼见诗敏失落的样子，在她的肩上轻轻拍了拍，然后转移话题问："你还没有问刘主任能不能去县城那个新店吗？"

“是呀，得找个机会问。”

一个星期后，刘主任从外面出差回来了。他来到诗敏的店里，对诗敏说她工作转正的报告已经批下来了，月底开会就可以公布，下个月加工资。

杜月英比诗敏还高兴，不等诗敏回话就说：“诗敏有好消息，请我们吃饭。”

“好！”诗敏接着问道，“刘主任，我转正的报告批下来了，我就有正式工作了？”

“可以这样说。”刘主任肯定地回复。

刘主任一说完，诗敏的眼泪唰地流了下来，往事一幕幕浮现在眼前，她想起自己为了有一份工作，抵制婚姻换工作，她绝望过、无助过、自杀过。幸好这一切都过去了。她特想把这个好消息告诉汪建。

一瞬间，她的心里很空，她好久没有收到汪建的来信了。他们已经分手了。

晚上，诗敏整理她和汪建的来信，她每看完一封信就受到巨大的触动，她的心随着那些信笑，随着那些信哭，直到隔壁老王敲门她才收拾回心情。

“诗敏开门，我有一样东西给你。”

“王大哥，这么晚了，有事儿明天再说吧！”

“你开开门吧，有你一封信。”隔壁老王站在门口不走，他想这个小姑娘在防他，学精了。

诗敏一听是信，急忙把窗户打开："把信给我。"

隔壁老王不情愿地把那封信从窗口递进去，诗敏看着那熟悉的笔迹，她的眼泪又涌出来了。

诗敏捧着信，感觉心沉甸甸的，仿佛一块大石压在胸口上。想了那么久，盼了那么久，等了那么久，如今终于盼到了，她含着泪，却不敢拆这封迟到的信。

第二十七章

诗敏把信轻轻地放在书桌上，忐忑不安，不知道汪建的来信会写些什么。

自从分手后，他们就失去了联系。她以为自己很坚强，以为自己很快会忘记，结果时间一天一天地流逝，三个月的思念让她度日如年，“衣带渐宽终不悔，为伊消得人憔悴”。

诗敏拿着信，内心得到了满足。她的脸上露出久违的幸福的微笑。她眼眶里噙着激动的泪水，想象着信里的内容，回忆起汪建每封信开头都是火热地称她为“亲爱的敏”。

诗敏捧着信在小房间里转了一圈，又把信放在嘴上不住地亲吻，然后才把信放在桌子上。

诗敏想快快洗漱好，然后躺在床上慢慢地读、认真地读，她有好多话要对他诉说，她想说出难以开口的那几个字："汪建，我爱你！我想你！"

不一会儿，诗敏把一切都收拾好了。她静静地躺在床上，拿着这封信端详着，汪建的字写得有点儿潦草，邮政盖印是"省城学府"。

不一会儿，诗敏用小剪刀轻轻地把信封边剪开，她小心翼翼地抽出了信，只有一张薄薄的纸。

诗敏心里愣了一下，以前的信写得那么厚，一种不祥的预感在她脑海里浮现。

当诗敏把信打开时，映入眼帘的是用红色字连名带姓写着她的名字——"王诗敏"。她的心仿佛坠入深渊，快速看完了半页纸，悲伤突然颤抖着传遍了她的全身，刚才喜悦的泪水变成了伤心的小雨滴。

汪建在信里指责她是个不讲信用的人。"我什么时候不讲信用了？"诗敏心里疑惑道。

信里还指责她不回信。诗敏摸着头思忖着："他什么时候写信我没回？"短短的来信全是指责她，一个男子汉竟然这么小气，没有包容心和宽容心。

诗敏看完信，一肚子火，她从不知道自己在汪建眼里居然是那么不靠谱。

她哭泣着自言自语：“他怎么能用红笔来写信？他太绝情了，他这样无情，留他的信干吗？我要一把火把它们烧掉。”

于是，诗敏从床上站了起来，走到桌子边。她气愤地从抽屉里把他的信全部拿出来丢在桌子上。有两封信滑到地上，她随手捡起来看了看里面的内容。

他在信里说得多好，说要爱她一辈子，还说等到她二十四岁就娶她。诗敏冷笑了一声，骂了一句：“伪君子。”

诗敏哭泣的声音越来越大，传到门外。

此时，隔壁老王正在门口侧着耳朵偷听。他听到诗敏的哭声，就在门外敲着玻璃窗喊着：“王诗敏，王诗敏，发生了什么事儿？”

“没事儿。”

诗敏气愤地把信从桌子上全部扫到地上。她望着那些信冲动地说：“我要一把火烧掉这些信。”

不一会儿，诗敏去抽屉里找火柴，她记得上次停电时隔壁老王给了她蜡烛和火柴。

诗敏拿着火柴点燃这张红字的绝交信，泪水在她脸颊上滑落，在嘴边苦涩涩的。她望着一封一封信燃起一团火，化成了灰。

她的心一阵一阵的疼痛，她要彻底告别过去，这段恋情折磨得她像得了一场重感冒，头痛，心痛，全身疼痛。

半小时后，诗敏已经没有泪水了。她的心情也一时轻松了。她想，她不会再爱上谁了，她的心已经彻底死了。

夜很静很静，手表传出“嘀嗒嘀嗒”的响声，诗敏看了看手表，十一点。

她该睡觉了，可睡意全无。她坐在镜子前望着镜中的自己，眼睛哭得红肿，这怎么办?

明天如何出门?她凝视着自己的双眼，眼睛里全是忧郁；又望着自己的脸蛋，青春漂亮却没有一点儿朝气。

诗敏轻轻叹了口气：“我要靠自己走出来，不能沉浸在痛苦中，要振作起来重新规划自己的生活。”

“汪建用红色笔写信，他做初一，我就做十五。”诗敏自言自语，立即从抽屉里找来装有红色墨水的钢笔也学他用红字回信。

诗敏在信中也用红色字连名带姓地称呼他。她在信中也不解释自己冤枉，却故意写信气他，说已经不爱他了，还说她今后找男朋友一定要找一个比他强的人，找不到决不结婚。

信写好，虽然只有短短的几行字，诗敏算是出了一口气。

只是没过多久，她就心痛那些信化作烟火，烟消云散。

他们真的分手了，分得莫名其妙，各自都在红尘中守着自己的尊严，他们没有纠缠，分得彻彻底底。

只是每到深夜时，诗敏的梦中总有一个他。

十一月，天气渐渐冷了，诗敏已经穿上毛衣了，这件毛衣让她想起汪建，因为汪建曾说过她穿这件红色毛衣好漂亮。

县城新分店已经开张了，诗敏最初请求刘主任让她去那里工作。刘主任告诉她，他们正在筹建新风副食批发部，月中就开张，领导研究决定调她去那里工作。

王诗敏想离开新风镇的愿望落空了。她感到很无助，烦躁了好几天，晚上时常流泪到天亮。

孤独和寂寞折磨着诗敏，她自卑，容易流泪，内心脆弱，对生活没有了激情。这样过了半个月，直到有一天，搞卫生的阿姨说："王诗敏，好久没有见过你笑了。"

诗敏才惊醒过来，她对着镜子看，是好久没有笑了，感觉自己都不会笑了。

她想不能这样消沉下去了，要控制情绪，与其抱怨生活的不顺，不如走出风雨，让心灵望见彩虹，她要给自己寻找快乐。

于是，她开始读小说，如《青春之歌》《钢铁是怎样炼成的》等，张海迪身残志坚、自学成才的事迹鼓舞着她。

诗敏从低落的情绪中走出来了。阅读让她自信起来，她的脸上露出了久违的笑容，诗敏看见那个清洁阿姨从内心给了她一个微笑。

十一月十日，是诗敏二十岁的生日，连她自己都忘了。

下午五点钟，当陈子昂站在她面前，说特意来请她吃饭时，诗敏还没有反应过来为啥请她吃饭。

“傻瓜，今天是你的生日。”陈子昂温柔地凝视着她。

诗敏满脸疑惑：“你怎么知道我的生日？”

“你忘了，是我带你去后勤部报到的，你填的表。”

陈子昂对她这么有心，温暖着她的心，诗敏感动得滴下了两行泪。她分不出是高兴还是伤心，陈子昂送给她的笔记本和钢笔令她激动不已，她笑着笑着就哭了起来。

陈子昂说：“哭吧，哭出来就舒服了。”并在她肩上拍了拍，接着说，“一切都会过去的，一切都会好起来的。”

这时，刘小莉也来了。她知道诗敏的生日，特意来看她，带来了几个水煮鸡蛋。

诗敏感动得流下泪水，这是快乐和幸福的泪水。晚餐的时候，陈子昂请了几个同事一起吃饭，没有蛋糕，没有鲜花，就这样简简单单地给诗敏过了生日。

在她记忆里，没有谁给她过个生日，诗敏也习惯了，生日年年都有，但今天是诗敏最快乐的一天。

晚上，刘小莉和诗敏聊了很多秘密，聊到很晚。诗敏说：“我和汪建分手了。”“汪建想出国，他姐姐反对，我们迟早也会分手。”

“我怀孕了，休学一年，准备躲在乡下生小孩儿。”小莉轻描淡写地说。

“小莉，乡下太苦了，你爸妈不知道你怀孕吗？你的那个男朋友呢？”诗敏心痛小莉。

“我不想告诉我爸妈，他们会抬不起头，认为我丢了他们的脸。我男朋友要我打胎，我不想打。我是偷偷跑出来的，我准备去一个远房亲戚那里住。”

诗敏想留她在这里多住几天。小莉怕被别人发现，强制她去医院打胎，不敢久留。诗敏就把手里的钱全部给了小莉。

话说肖俊锋生日那天，他晚上回家吃饭，他妈煮了一桌丰盛的晚餐。吃饭的时候，他妈想起送走的那个女儿，眼眶溢满泪水，她牵挂着那个女儿，她心里多么痛呀！

她儿子生日，也是她女儿的生日。俊锋的妈妈吃饭时唠叨着：“不知道她在哪儿？有没有人给她过生日，有没有吃鸡蛋？”

肖俊锋的妈妈从厨房里拿出四个鸡蛋，递给俊锋两个。每到这时，他妈都会煮四个鸡蛋，那两个是留给她日思夜想的女儿。

他爸安慰着他妈妈。她妈妈每年都会回老家打听消息，但二十年了还是没有一点儿头绪。接着她又说道：“她该读大学了，不知道她生活如何？”

饭吃到一半的时候，俊锋的妈妈突然说：“那天回老家喝喜酒，我好像看见那个女人了。”

一家人正吃着饭，全都停下筷子惊讶地问道：“在哪儿？见到谁？”

第二十八章

早上八点，诗敏站在新店铺门前，望着门口上面挂着的匾额“新风副食批发部”，她的心情有点儿兴奋。经过半个月的准备，她终于把货物都整理好了。

今天批发部开张，诗敏想起刘主任在大会上说做生意一定要讲“诚信”“和气”，诚信才能赢得回头客，和气生财，财源滚滚。

刘主任在大会上还说：“希望你们好好干，对工作要积极，服务态度一定要好。成立了批发部，标志着供销合作社打破传统思维，我们有零售结合批发两种模式，开启新的时代，增加利润，提高效益。”

诗敏也感觉到供销合作社要立足于当前经济发展，就必须要横向发展、多元化发展。她正沉浸在自己的世界里，刘主任喊了几声，她都没听见。

隔壁老王来了，大声喊道：“王诗敏，你想什么呢，刘主任叫你都听不到？”诗敏这才回过神儿来。

刘主任站在她身后。她笑了笑打了招呼，说道：“今天批发部开张，听说请了镇上的宣传队来敲锣打鼓舞狮子，刘主任，是吗？”

“是的，为了宣传。”刘主任双手抱在胸前，三角眼透出自信的眼神。

快七点半了，秋风带着一丝凉意。好在太阳从东边出来了，阳光照射在诗敏身上，一时间又变得温暖如春。

这时，批发部门口来了几位顾客，有一对夫妻开着拖拉机来了。刘主任和他们热情地打招呼聊天，只听那个男的说：“镇上有批发市场对我们好，这下方便了，以后不用去城里出货了。”

八点整，批发部的大门打开了，宣传队敲锣打鼓好不热闹，吸引众多顾客进店选购商品，两件以上都按批发价销售。

王诗敏等人站在自己的岗位上，谭春燕开票，李敏收款，王诗敏和隔壁老王发货，新开张第一天，顾客挺多的。

这一天正是赶集日，各乡镇小店的负责人一大早赶来出货，他们都是开着拖拉机来的。以前是赶到县城里去出货，如今镇上开了一间批发部，方便了附近的村民，他们装满了一车一车货物，运回各村里的小卖部。

第一天开张，打了一个漂亮仗，一天的销售收入超过第一门市部一个星期的总和，营业额超过了预期。

他们忙了一天，送走了最后一个顾客，诗敏就开始整理货物。

快下班了，诗敏把单据交给谭春燕。春燕说：“要下班了，我赶快把这些单据整理好。”

诗敏站在那儿，望着她清秀的面容，她身材修长，亭亭玉立，又是商业学校毕业的。诗敏羡慕她长得漂亮又有才，羡慕她坐在办公室里工作。不像自己整天都是跑来跑去搬那些货物，她暗暗下决心，将来也要在办公室里上班。

“春燕姐，你好漂亮，头发乌黑发亮，你用什么洗发水？”

“我是用旺旺黑芝麻洗发水。”

“就是我们商场卖的那种旺旺黑芝麻洗发水？”

“是的。”

“哦。我也去买来用。今晚我们部门聚餐吗？”

“是的。走，下班了。”春燕见其他人都走了，接着说，“我们一起去餐厅吃饭。”

晚餐的时候，她们两个赶到餐厅，其他人都到齐了。

“你们两个去哪儿了？迟到要罚酒。”老李的声音在餐厅里回响。

隔壁老王旁边刚好有两个座位，诗敏没有注意就坐在了他的身边。吃饭的时候，他用筷子夹菜给诗敏。诗敏见是用他的筷子夹菜，心里很不舒服。

诗敏冷冷地说：“别夹了，我自己来。”

隔壁老王故意在同事面前表现出对诗敏的热情。诗敏就把身子侧向春燕。

谭春燕站起来举着杯：“来，我们干杯！为我们批发部生意兴隆，财源滚滚！干杯！”

他们全都站了起来，喊道：“干杯！”

隔壁老王就对诗敏说：“干杯！我们来干杯。”

谭春燕喝着酒，她的脸现出红晕。她和诗敏碰杯后，开心地说着一天的趣事，气氛非常活跃。

李敏不是很会喝酒，却被隔壁老王劝酒喝了两杯，她醉醺醺地说：“我们就像是在一个大家庭里。我们一定要大干一场，争取拿的工资能在县里排第一，以后让别人都羡慕在我们批发部工作的。”

这时候，陈子昂急匆匆地走了进来，说道：“嗨，你们都在呀，我终于找到你们了。”

“不是找到我们，是找到诗敏吧！”采购员老李端起酒杯站了起来。

“我是路过这里，顺便来看看同事。正好遇上你们庆祝开张，我也来凑个热闹。”

采购员老李招呼陈子昂坐在他的身边：“你是特意来看王诗敏的，别不好意思。”

“都看，都看。”陈子昂的脸红到脖子上了。

“来，来，帮我喝了这一杯。”诗敏端起酒杯对陈子昂笑了笑，声音里透出喜悦。

陈子昂见诗敏喝得满脸通红，他站起来接过诗敏的酒杯，就给大家敬酒。陈子昂特意敬隔壁老王三杯酒，因隔壁老王好酒，之后他们几个人把隔壁老王给灌醉了。

晚餐后，陈子昂把诗敏送回宿舍。他凝视着醉醺醺的诗敏，她脸色红晕，眼神里情意绵绵，撩倒了爱着她的子昂。他冲动得想拥抱她，但又不敢。

这时，诗敏拖住他不放手，不准他走。陈子昂的双手控制不住，就把诗敏抱在怀里。诗敏眯缝着双眼，主动去亲吻陈子昂的嘴唇。

陈子昂的情欲被点燃了，他们两个吻着吻着就倒在床上，诗敏喊着汪建的名字，她满脸通红，还自己解开外面的衣服。

诗敏口里喊着：“汪建，汪建。”陈子昂从火热的情欲里清醒了，她没有爱上他，还爱着那个汪建。

陈子昂思想斗争了一会儿，最后还是把诗敏推开：我不能乘人之危，我要她真正爱上我才行。

没一会儿，诗敏就睡着了。陈子昂帮她洗了脸、擦了手，泡了一杯茶放在桌子上，然后关上门就走了。

陈子昂走在夜色中，心里极其难受，他不知道是不是还要执着地去爱她。他想来想去，最后还是觉得要跟着自己的心走，没有诗敏，他如何活？不管她爱不爱他，他爱她就行了，只要她没有结婚，他就要守护她，他只要她能幸福。

第二天早上，诗敏醒来了，她看见桌子上的一杯茶，就想起昨晚她喝醉了，是陈子昂送她回来的。她见自己穿着衣服睡了一夜，昨夜什么事儿都没有发生，一下子对陈子昂产生了好感，往事一幕一幕地浮现在脑海中，陈子昂长期以来的呵护让她的内心感到温暖。

时间过得挺快，诗敏转正三个月了，但看到工资条上写自己是集体工，她还是有点儿自卑。她羡慕谭春燕是固定工，还是干部。

诗敏认为集体工丢人，这全是自卑心理和虚荣心在作怪。

“集体工”这三个字像一座大山一样压在诗敏的心头。从那以后，她多愁善感，情绪很低落，对工作也没有那么主动，这一切都让谭春燕看在了眼里。

谭春燕了解她的心事后，便开导她，一连几天下班后都陪着她。诗敏渐渐不纠结这个了。

谭春燕很喜欢看书，性格温柔，热爱生活，善解人意。诗敏喜欢和她聊心事。

谭春燕告诉诗敏，没有考上大学，可以利用业余时间参加自学考试取得大专文凭，工作和学习两不误，也一样可以圆自己的梦想。

经过一段时间的心理疏导，诗敏的情绪渐渐好起来了。她终于明白了，遇到伤心的事儿，必须学会调整自己的心态，只要自己不倒，生活就不会倒。

诗敏从此脱胎换骨似的，对生活充满信心，憧憬着美好的未来。

谭春燕还告诉诗敏，自己正在读电大本科。她还说："女人一定要努力学习，只有追求心中的梦想，让自己变得更好，将来才会过上自己想要的生活。"

诗敏时常想，遇到谭春燕是自己的福气，她就是自己的摆渡人。

年底，单位开年度表扬大会。诗敏对工作积极肯干，任劳任怨，服务态度好，得到顾客的一致好评。这一年她被评为先进工作者，还入了团。

第二十九章

新的一年开始了，谭春燕带着诗敏去县城购买了自学考试方面的辅导书。谭春燕的男朋友在县教委工作，正好是负责自学考试这方面的，他想给王诗敏一点儿建议。诗敏说喜欢英语，她说将来要坐办公室，要离开那个小镇。

诗敏参加成人自学考试，报选了英语专业。她想，一定要圆大学梦。

从那以后，诗敏每天晚上都学习到很晚。她买了一部录音机用来学英语。早上听读英语，然后跑步，工作勤勤恳恳，这日子过得充实且有意义。读书学习让她的生活充满希望、积极向上，她找到了人生的价值。

一天晚上，陈子昂来了。诗敏告诉他自己报了成人自学考试英语专业。

“你怎么考英语？考会计更好。”陈子昂好奇诗敏报考英语专业。

“我喜欢英语，我想离开这里。”

“自学考试很难。我是考国际外贸专业，已过了六门课程。”

“你知道有自考都不告诉我，真不够朋友。”诗敏假装生气。

“自学考试很难，我就没有说。”

“再难我也要读，我要圆大学梦。”

陈子昂欣赏诗敏这股干劲儿，他笑了笑：“很好，我们一起努力。”

他们两人沿着马路散步。天黑了，散步的人也少，诗敏转身往回走，说：“今晚你去小强那儿睡吗？”

“我今天住招待所，下午来之前就订好了。”

“哦。”诗敏低着头向前走。

“诗敏，我妈要我和她同学的女儿结婚。”

“很好呀，你们又是青梅竹马。”

“我不喜欢她，我只喜欢你。”陈子昂再一次表白。

“不行，你不能爱我。我还是想他。”

“我不管，我等你！等你十年、二十年。”陈子昂坚定地说。

“你别等我呀，你还是听你妈的话吧。”

陈子昂已经表白了几次，诗敏一次又一次地拒绝。子昂的执着只是感动了诗敏，诗敏依然放不下心里的那个人。

冬去春来，几个轮回，三年不知不觉就过去了。在工作上，王诗敏从售货员做到仓库保管员；在学习上，她的自学考试，两科要补考。

一路走来，艰辛也是值得的，王诗敏庆幸自己没有虚度时光，她想：“只要努力，没有达不到的目标。”

寒假的时候，妹妹来看她，两姊妹睡在床上聊着心事。诗书告诉姐姐，她爱上了周子洲，想要姐姐帮忙。

“姐姐，陈子昂对你那么好，你为什么不答应他呀？”

“我现在忙着考试，哪有心情想其他事儿。”

“姐姐要是恋爱了，我想周子洲可能就会对我好了。”

诗敏知道妹妹的意思。妹妹为了爱而那么痛苦和失落，诗敏想妹妹那么喜欢周子洲，自己应该为妹妹尽一点力，帮她完成心愿。

诗书和周子洲很般配，他们两个才是郎才女貌。

诗敏答应妹妹，她给周子洲写信，说给他做媒。诗书要姐姐抓住机会，陈子昂对她一片真心，很难得。再说陈子昂的家庭条件不错，他的父亲还是当官的。

“妹妹，你就不要管我了，这是要看缘分的。”

一天下午，刘小莉突然来了。她对诗敏哭诉着，她女儿两岁了，她的男朋友还不肯结婚，原因是要她生了儿子才行，说广东人重男轻女，封建思想严重。

“这怎么办呀！你女儿都这么大了，还不结婚？小孩要上了户口才可以上学。”

“我认识一个香港人，他说，只要我愿意结婚，他就可以把我带到香港去。”

“能行吗？小心遇到骗子。”

“不是的。他的姑妈喜欢我，四年前他就追我，他说我不结婚他就有机会。”

两人聊了一夜心里话。诗敏告诉小莉，她想去广东打工。小莉很高兴，说她学了英语，现在广东正大力推进改革开放，广州、深圳需要懂英语的人才。

她们说好了，未来靠自己去把握，她们两个要改变自己的命运，就要抓住机会。

小莉的到来，让诗敏知道该如何做了。

春节来临，陈子昂再一次向诗敏表白。这不知是第多少次了。他执着地爱着诗敏，诗敏被他的真诚感动，他的爱终于融化了诗敏冰冷的心。

诗敏投入到陈子昂的怀抱里，她亲吻着含着泪水的他。

“我有女朋友了。”陈子昂在诗敏耳边轻轻诉说着。

陈子昂拉着着诗敏的手不停地问：“你爱我吗？”

诗敏不好意思地点了点头。

“我爱你，是想给你幸福！”陈子昂在诗敏额头上重重吻了三下。

“我想去广东那边找工作，我的自考毕业证也快拿到了。”诗敏认真地说着。

“你去哪儿我就去哪儿。”陈子昂接着又怯怯地问，“今晚我不走，行吗？”

“不行。”诗敏在他脸上打了一下，“等我三十岁就嫁你。”

“我想年底就娶你！”

“别吹了，你做不了主，你妈那一关还没过呢。”

他们两人的路还长着呢，诗敏心里是知道的。陈子昂的妈妈会同意吗？果不其然，半年后，这平静的生活就被打乱了。

第三十章

五月的一天下午，诗敏搭便车回家，一个小时后她站在了家门口。刚想敲门，房间里传来吵闹的声音，她侧耳倾听，原来是玩扑克的声音。她摇了摇头，唉，老爸又在赌博了。

诗敏想起妈妈说她爸近来迷上了赌博，每个月的工资就是拿去还赌债。她妈哭诉的情景历历在目，她爸欠的赌债已经严重影响她的生活了，这几个月她妈总是问她要钱，害得她到处借钱。

诗敏站在门口，忐忑不安地拿出锁匙开

门。门一打开，一阵烟雾扑面而来，呛得诗敏眼睛都睁不开，不由得埋怨起来：“爸爸，你们打牌抽烟又不开门，你看小小的房间像啥？”

“诗敏回来了。”许有财看起来洋洋得意。他手里抓着一把扑克，眼睛却死死盯着诗敏，那眼神让诗敏胆战心惊。

“老王，你的女儿回来了，我们已经说好了，不许变。”许有财提醒道。

“知道。”诗敏的爸爸不情愿地回话，他望着诗敏那充满青春活力的样子，心里有那么一丝内疚。诗敏的爸爸侧眼望了一眼许有财，见他的眼神色眯眯的，此时他心里特别后悔！

“老王你的女儿越长越漂亮，怎么一点儿都不像你们夫妻。”韩癞子抓着扑克同样色眯眯地望着诗敏。

诗敏没有表情地望着他们，从心里厌恶赌博。

“你这个韩癞子的嘴这么臭。”诗敏的妈妈从厨房里走出来听见韩癞子这样说，她心虚地骂着他。

“妈妈。”诗敏轻轻地叫了一声，就直接进房间了。

“女儿回来了，打完这一局就不要打了。你整天就是赌，再赌家都没有了。”诗敏的妈妈一脸不悦，口气里充满了火药味儿。

“你放屁！”诗敏的爸爸很凶，好像他又输了，眼睛都红了。

“我叫你们别打了，这有错吗？天天打有什么意思？”诗敏的妈妈骂骂咧咧地走进厨房。

“不打了，被她吵得手气差。”诗敏的爸爸把扑克一摔，手一挥。

“走了，走了。”其他几个人起身走了，许有财坐在那儿不动。

吃饭的时候，诗敏的爸爸假惺惺地哭着说：“女儿，爸爸对不起你，没经你同意，就把你许配给许叔叔了。”

“为什么呀？你这样把我许给大我十几岁的赌徒。”

“爸爸欠了他的钱，没有办法呀！”

“你太自私了。”

“诗敏，我不会亏待你的。”许有财厚颜无耻地说。

“你住嘴，滚出去！你别做梦了。”诗敏大发雷霆。

“老王，你女儿不同意，你就准备还我钱吧！”许有财说完气冲冲地走了。

诗敏没有吃饭，她问她妈详细情况。

“我真说不出口，你有一个好爸爸。”诗敏的妈妈讽刺地说。

“爸爸对不起你！都怪那赌博，我欠了他好多钱呀！”她爸爸却低着头，装出委屈的样子。

“你爸爸欠了好多赌债，那天喝了几杯酒，就把你许配给许有财了。”

“天呀！许有财那么老，你们欠了他多少钱？”诗敏质问她爸并且大声说道，“你们怎么能这样，我已经有男朋友了。”

“不行，我们欠了他很多钱。你如果不嫁给他，那你必须拿钱还他。”诗敏的妈妈哀求着。

“你还是不是我亲妈？”诗敏对着她妈喊道。

“不是……哦，是，是。”她妈脱口而出，但她马上又否定。一瞬间诗敏的生母占据了她的脑海，她的内心有那么一点点内疚，接着说道：“诗敏呀，你爸赌博成瘾了。家里欠了很多外债，你的工资才那么一点儿，你几年的工资都无法还清呀。”

“这是你们的事儿，要嫁你去嫁。”诗敏对着她妈喊道。

她爸对着诗敏的脸就是一巴掌，诗敏脸上立即露出五个手指印。

诗敏惊愕地望着她爸，眼泪唰地就流出来了。她转身回到楼上，拿起她的东西就冲出门外。

“反正你爸已经把你许配给老许了，你不嫁就拿钱来还他。我是见钱眼开，也答应了这门亲事。”诗敏妈妈在她身后嚷嚷道。

“你们太过分了！天下没有像你们这样的父母！”诗敏哭泣着。

这时，隔壁的周妈站在走廊里见诗敏哭着跑出来，就问道：“诗敏，发生什么事儿了？”

诗敏含着眼泪朝前面冲，她妈站在门口还说：“死丫头，还是这个性格，一说就跑。”

诗敏泪流满面，这次她不会再委屈自己了。

没过多久，陈子昂又来了。

那天，子昂要带她去见他的父母，诗敏的心情复杂得无以言表。她只能和盘托出，她的父母把她当成商品去还他们的赌债。

陈子昂听了这件离谱的事儿，非常气愤。他心疼诗敏，怎么会有这么狠毒的父母。他安慰诗敏，说这件事让他去处理。

次日傍晚，诗敏的整个身体只有一个感觉，每个毛孔都散发着忧伤。她站在河边，想起父母那样对她，泪水模糊了双眼，百思不解，为什么父母会这样对她？

“诗敏，你站在河边干什么？”谭春燕刚好路过。

“春燕姐。”诗敏只是叫了一声。

春燕听同事说诗敏到处借钱，猜她又遇到了烦恼。

诗敏没有立即回话，只是望着河水。岸边有红花柳树，盛夏的热风吹拂，在河面掀起一层涟漪，热风拍打在她的脸上，她只想这风快快地吹走心中的不快。

“诗敏，发生什么事儿了？听说你向老王借钱，他可是别有用心，你千万要小心他。”

诗敏再一次把她父母的所作所为一五一十告诉了春燕。春燕听了非常生气：“哪有这样的父母呀！”

“诗敏，不要听他们的，不要屈服，可以去妇联告他们。我家有亲戚在妇联上班，我明天就带你去找他们，让妇联来帮你。”

“这样不好吧！他们毕竟是我的父母。”

“这事儿你千万不要听他们的。现在是新社会了，婚姻不能包办，他们如果执意那样做，你就去告他们，你得保护自己。”

春燕的一席话，让诗敏的情绪平复了不少，总算找到了对策：如果她的父母执意要她嫁，她就毫不留情地把他们告上妇联。

与此同时，陈子昂去诗敏家见了她爸妈。诗敏的妈妈见过子昂，她想从子昂身上捞一把，就说陈子昂想娶他们的女儿，就先拿见面礼，然后订婚。

他们之间好像是一场谈判，诗敏父母的言行令陈子昂痛恨。但他爱诗敏，便全盘接受了她父母的要求，并且还帮着把她父母的债务还清了。

这件事总算圆满解决了，诗敏对着陈子昂不停地说：“对不起！对不起！我拿什么来还你，我唯一有的就是一心一意地爱你！”

春燕得知陈子昂把这件事儿处理得那么好，一个劲儿地说：“你遇到这么好的男人，一定要好好珍惜。他是真的爱你，他家条件那么好，也不在乎你的条件。”

“是呀，我认识他三年多了，他一直在我身边陪着我，安慰我，保护我。如果没有他，我不知道如何渡过一个又一个坎。”诗敏内心深处涌出爱意，是陈子昂温暖了她的世界，是陈子昂给了她生活的勇气。

一天中午，她们两人吃饭聊着天，谭春燕说道：“诗敏，我这个月结婚。”

“太好了，春燕姐，祝你们永远幸福！”

“我们都要永远幸福！”

月底，刘主任主持开月度大会，总结一个月来的销售指标完成情况，要求工作完成得好的要介绍经验，没有完成任务的找原因。

王诗敏每个月都完成了销售任务，刘主任表扬了她工作出色。另外，刘主任批评了李伟在工作上不积极、不负责任，造成直接经济损失，这个月要从他工资里扣出赔款。

结婚之日，春燕在县城里摆酒，现场很温馨，到处弥漫着幸福的味道。此时，陈子昂的心情特别好，望着诗敏，脸上洋溢着幸福，他和诗敏干杯，和同事干杯。同事催他们快点儿结婚。他说：“快了，快了。”他喝完白酒又喝红酒。诗敏叫他别喝那么多。他说：“高兴，多喝两口不怕。”

那晚他醉了，他说：他就想醉，好有胆。诗敏不好意思地打了他一下，后来，他吐了一地，诗敏照顾了他一夜。

于是，他们的关系真正变得十分牢固了。诗敏休假的时候去陈子昂那儿住，他们的关系已经公开了，这件事儿终于传到陈子昂妈妈那里。

一天上午，天气不错，因为不是赶集日，顾客不多，诗敏就拿着一本小说坐在柜台前看得津津有味。

这时，来了一位打扮得像城里人的中年妇女。她站在诗敏前面，静静地观察着，站了十来分钟，她敲了敲玻璃台面：“姑娘，你叫王诗敏吧！”诗敏这才抬起头看了一眼，感觉有点儿面熟，看她的穿衣打扮就是生活在优越环境里的人，她的眼神里透出不可一世、有点儿瞧不起人的感觉。

“我就是。你是？”

“我是子昂的妈妈，你现在有时间出去聊一下吗？”

诗敏收拾了东西，跟着走了出去，她心里想：“一场更大的风暴要来临了！”

第三十一章

陈子昂的妈妈走在前面。诗敏不知道她要去哪儿，跟着她来到一辆黑色的小车前，她气喘吁吁地说道："你们分手要多少钱？"这口气听起来是那么瞧不起人。

诗敏被这突如其来的问话惊呆了。

她忍住心中的不悦，抬起头凝视着子昂的妈妈，轻声说道："阿姨，我和子昂在一起不是为了钱，不是你想象的那样。"

陈子昂的妈妈严厉地说："我要告诉你，子昂有未婚妻，他们俩青梅竹马，希望你不要纠缠子昂。"

“我没有纠缠子昂。”诗敏脸色灰白，她的心揪着疼痛。

“告诉你，陈子昂要找一个配得上他的女孩儿，你的家庭，我是不能接受的。”

“阿姨，我听陈子昂的，你有什么跟子昂去说吧！”诗敏强忍住泪水说完，转身头也不回就走了。

“喂，喂，你还没回我话呢，什么素质？！”陈子昂的妈妈讨了个无趣。望着诗敏的背影，她知道，儿子不会听她的，她能有什么办法拆散他们呢？

陈子昂的妈妈回到家里，想到了一个妙计，她要用这个方法让她儿子娶上她喜欢的儿媳。

陈子昂的妈妈坐在沙发上，想起诗敏家的情况，她就来气，这个儿子怎么会喜欢这样的家庭出身的女孩：她的父亲好赌，她的妈妈又没有工作，她的条件也不够做她儿媳妇的。她简直无法理解儿子的眼光。

她想和江局长攀上亲家，他老婆是她的同学，家庭背景好，他们两家早就有这个想法，他的女儿江丽燕做她儿媳是她梦寐以求的事儿。江丽燕和子昂青梅竹马，她又那么喜欢子昂，眼看好事就成，突然杀出来个程咬金，是这个很不起眼的王诗敏阻碍了好事。

陈子昂的妈妈越想越气，陡然间她的头很痛，心口很不舒服，她就轻轻躺下，想喝热水。

正当她昏沉沉的时候，有人来敲门。她努力走过去把门打开，迷糊中见来人是江丽燕，她眼前一黑就昏过去了。

江丽燕求邻居帮她送子昂的妈妈去医院，然后她才在医院打电话通知了子昂。

陈子昂急忙赶到医院，他妈正在急救室抢救。江丽燕见他来了，流着泪水说道：“医生刚才说，阿姨再晚几分钟送来就有危险。”

“我妈现在怎么样？”陈子昂焦急地问道。

这时，两个护士从房间里推着一辆车出来，上面躺着一个人，全身盖着一块儿白布。

陈子昂吓得六神无主，他哭着立马扑上去。掀开白布一看，不是他妈，才松了一口气：“不是我妈，不是我妈。”

江丽燕拖着子昂，安慰道：“阿姨没事儿的，没事儿的。”子昂转身站在急救室门口朝里面望去。

一会儿，门打开了，两个护士推出一辆车。陈子昂看见是他妈妈，就冲上前去：“妈妈，妈妈。”他就跟着护士一起推车。

“你妈脱离了危险，现在送去病房里。”护士说。

他妈妈躺在床上，脸色灰白，嘴唇毫无血色。子昂站在那儿，望着江丽燕一会儿给他妈端水，一会儿为他妈擦脸擦手。

他妈妈慢慢睁开了双眼，拉着丽燕的手说：“燕子，谢谢你！幸好你来看我，否则阿姨……”一时间，竟不知道该如何说下去。

“妈，你吓死我们了。”子昂走近他妈身边。

他妈把头侧向一边气冲冲地说：“这都是被你气的。你看丽燕多好呀，那个乡下妹子有什么好？！”

“妈，你去找她了？”

“我告诉你，想你妈多活几年，你必须和她分手。”

“阿姨，您别生气，这对您身体不好。”

“燕子，你扶我去上厕所。”

陈子昂溜出去给诗敏打电话。他告诉诗敏他妈病了，还问她和他妈说了什么，他妈一回来就病了，现在正在医院里。

诗敏拿着电话久久地站在那儿，她不知道未来会发生什么，只听到最后一句：“我近来没有时间来看你。”

这时，晓曼抱着她的女儿来看诗敏。她的女儿已经一岁了，长得很像她的爸爸，简直是一个模子刻出来的。

“宝宝，叫阿姨。”晓曼抱着孩子，见诗敏站在那儿发呆。

诗敏眼眶溢满了泪水，望着晓曼。

“诗敏，发生什么事儿了？”

“没什么，刚才接到子昂的电话，他妈病了。”

“哎，我还以为你们吵架了。”

这时，谭春燕进来了。她和晓曼的宝宝玩了一会儿，见诗敏的眼睛红红的，心事重重，就问道：“诗敏，今天早上来的那个女人是谁呀？”

“是子昂的妈妈。子昂刚打电话来说他妈住院了。”

“他妈要子昂和你分手，就来找你。没有说通你，自己倒气病了，是不是？”春燕一口气说了这么多。

“唉，父母不同意，这爱情会遇到很多烦恼，我和我妈妈闹了好几年。”晓曼想安慰诗敏，却说出另一番话。

“诗敏，我告诉你，你别退缩，子昂的妈妈说服不了儿子就来找你，你要坚持。”春燕心疼诗敏。

“他妈身体不好，子昂是孝顺的孩子。”诗敏不想子昂为难，她有预感，子昂的妈妈决不会罢休。

店里来了客人，她们就把话题转移到供销社要搞承包制上。晓曼说她要马上上班，等承包后就没有岗位了。

老王从门外走了进来：“哟，这么齐，三个女人一台戏呀！”

“晓曼，你还不上班呀，等承包后就没有岗位了，你来不来我们批发部？”老王当自己是领导。

晓曼的宝宝哭着要走。“宝宝饿了，要吃了，我们回家去。”晓曼抱着宝宝温柔地说着。诗敏送她到门口，望着远去的晓曼，诗敏多么羡慕她如今的生活呀！有家有爱有小孩。

日复一日，月复一月。诗敏在等子昂的好消息，他说过他一定会说服他妈。如果他妈不同意，他们就先去拿结婚证，生米煮成熟饭。那时他妈也就会同意。

不知道陈子昂发生了什么事儿，他有两个月没有来了。诗敏已经学会控制自己的情绪了，爱情不是她的全部，她相信子昂是爱她的。

一天晚上，诗敏正在房间里看书，突然传来一阵局促的敲门声，并伴有一个女人的喊叫声："开门，你这个不要脸的东西。"

门外伴随着老王的骂声。诗敏把门打开，见是老王的老婆，她手里拿着一张纸，气势汹汹来质问诗敏："是你勾引了老王，让他给你画像，你这个狐狸精。"

诗敏目瞪口呆地望着这个女人，手里拿着一张纸在她面前挥来挥去，还骂了一些难听的话。

诗敏把那张纸拿过来一看，上面画着自己的裸体。诗敏又气又羞，她转向老王骂道："你这个流氓！流氓！"随后她把那张画撕碎："你真无耻！"

两个女人骂过老王又争吵起来了，直到有人把刘主任叫过来。刘主任狠狠地批评了老王。老王承认了错误，他说是凭着想象画的。

这件事儿在小镇上成了人们茶余饭后的谈资。从此诗敏就防着老王，她跟刘主任说要换岗位。

一个星期后，诗敏的妈妈听说诗敏被一个男人欺负了，她立马赶到诗敏的单位，来到批发部找到诗敏。她了解到诗敏没有受到什么伤害，这才松了一口气，接着问道："那个人是谁？"

这时，刘主任来了，他首先向诗敏的妈妈道歉，又说搞完承包制，就给诗敏换岗位。

诗敏的妈妈望着女儿那张脸，去年见过的那个女人浮现在眼前，太像了，诗敏跟她长得太像了。想起二十年前她们在医院生孩子的情景，幸好同房的妇女生了双胞胎，她才有了诗敏。但她没有对诗敏视如己出，她对诗敏的愧疚日益加深，内心又很矛盾，要不要寻找诗敏的生母，来帮她改变生活环境？但她又自私，怕她们母女相认后自己会失去诗敏。

“妈妈，你吃了中饭再回家吧！”诗敏唤她妈妈。

“好呀，我们好久没有一起吃饭了。”诗敏的妈妈心里想，她要去寻找女儿的生母，让诗敏过上她应有的生活。

她妈妈回家之前找到刘主任，希望他们多多关照王诗敏，并请求给她换宿舍。

这场风波因为供销社内部要改制，人心惶惶，大家都去关心自己的命运，而渐渐被人遗忘了。

差不多又过了一个月，中秋临近，诗敏没有子昂的消息，她感到寂寞和孤独，就去县城里找陈子昂。

诗敏到子昂的单位，他的同事告诉她，陈子昂请假了，他妈妈生病了。

诗敏留下了一封信放在陈子昂的桌子上。

一个星期后，王诗敏收到子昂的来信，这是他们认识以来第一次写信。诗敏阅读后，心情格外沉重，原来子昂的妈妈用绝食来阻止他们的恋情。诗敏不明白子昂的妈妈为什么那么恨她。信里还说，如果他们结婚，他妈就死给他看。子昂信里没有提分手一事，但诗敏了解子昂的心情，一边是他妈妈，一边是她，两个女人他都不想伤害。

她仔细地看着来信，发现信上还有泪水的痕迹。她自言自语："我该怎么办呀？"

她只有写信安慰子昂，为了他妈的身体，他们把这份爱藏在心里吧！

中秋节，诗书和周子洲来到她这里过节。诗敏为妹妹高兴，她终于恋爱了，她喜欢的人也爱上她了。

他们三人一起吃月饼、赏月。晚上的月亮很圆很圆，诗敏遥望着明月，想起陈子昂曾经说过，将来不论发生什么，不论在什么地方，他们一定要在月亮下想着对方。

诗敏望着月亮，不知道陈子昂此时是否像她一样的心情，她说了一句："中秋节快乐！"

第三十二章

中秋节过后，诗敏一想到老王画的那张裸体画，她就怒火中烧，像是被一条脏兮兮的疯狗咬了一口似的，令她作呕。她很想离开这里，去一个没有人认识她的地方。

刘主任对诗敏还是挺关心的，叫后勤部及时给她换了房子。如果还是住在老王的隔壁，不知道他还会做出什么事儿来，只是工作暂时没有办法调整。

很快又到了她的生日。诗敏坐在小小的房间里，想起去年的今日，她拿出陈子昂送她的一个精致的笔记本和一支漂亮的钢笔，她一直不舍得在上面写字。

诗敏翻开笔记本，上面是陈子昂的留言："敏，生日快乐！祝你天天开心，我永远爱你！"

诗敏陷入深深的回忆中，她不怪子昂，目前的她确实没什么值得陈子昂的妈妈去接受她。

这几年陈子昂对她的好，让她有勇气战胜一次又一次的挫折，因为他的爱让她不再孤单。

陈子昂那无助的眼神、疲惫不堪的样子，在她脑海里挥之不去。

诗敏心疼他，不想为难陈子昂，她主动地提出分手了。

爱情啊，在现实面前不堪一击！

诗敏眼里噙着泪水，在笔记本上写着此时的心情：子昂，我从没有亲口说出爱你，现在真想亲自对你说声：我爱你！

思绪万千，诗敏想起这几年所发生的事情，都是因为她不够优秀，她的家庭、她个人的条件都是那么不尽如人意。她给自己重新制订了计划，这几年不再谈恋爱，专心工作和学习，争取尽快完成自学考试，拿到文凭就离开这儿，一定要改变命运。

诗敏收拾好自己的心情，她不再怨天尤人。生日没人陪没关系，那就让书陪伴，生活一样充实有意义。

晚上有点儿静，不知道谁在拉二胡，那优美欢快的旋律传到她的耳边。诗敏笑了笑：我的生日不孤独。

过后，诗敏拿起英语书大声朗读，沉浸在知识的海洋里。诗敏是快乐的。

过了一会儿，传来“咚咚咚”的敲门声。

诗敏想：“这么晚还有谁来？”便问道：“谁？”门外的人没有回话，于是她接着又问道，“你不说话我就不开门。”

“咚咚”又敲了两下。

“是子昂吗？”诗敏的第六感告诉她来人正是陈子昂。

“开门吧！是我！”

诗敏打开门，一见是她日思夜想的陈子昂，她感动得被泪水模糊了双眼。

“别哭了，我不是来了吗？”子昂抱着诗敏。

“我以为你不会再记得我的生日了，我们都分手了。”

“傻瓜，我怎么会忘了你的生日。”

诗敏感动得一会儿哭、一会儿笑，陈子昂总是想尽自己的能力给诗敏带来安慰和快乐。

那天晚上，诗敏和陈子昂感觉格外的幸福，分外的相亲相爱，他们都忘了渴望幸福却得不到的痛苦。

清晨，诗敏送走了陈子昂，不舍的泪水不听话，她想起子昂对她说：“我们是有缘无分。”

在这个小镇上，她好像没有可以聊天的人了。子昂也离开她了，她仿佛掉进了深渊，孤独和寂寞袭击着她，她再一次思索人为什么而活，为什么她的爱情总是留不住。

次日，诗敏的妈妈来看她了。良心让她妈很不安，于是她回老家去寻找诗敏的生母，而且已经有线索了。但她怕失去诗敏，所以不想让诗敏相认。

诗敏的生日她都忘了，她是来向诗敏要钱的。这一次，诗敏无能为力了，她为了家里已经欠了一身的债。

肖俊锋生日的次日，他妈妈王艳又去老家了。她来到亲戚家开的酒店，她就是在这间酒店见到了那个女人，是那个女人带走了她的女儿，她一直后悔那天没有走上前问清楚。亲戚一见到她就说："又来打听消息了。"他接着朝后院喊道，"李菲，你表姐来了。"

房间里的女人走过来："姐姐，你终于来了，前几天有一个女人来打听，她说找一个朋友。她描述出那个女人五十多岁，盘着头发，她的皮肤白，气质好。她一说完我就想到你。我告诉她，她说的这个人可能是我表姐。"

"真的呀！"王艳的眼睛睁得大大的，她愣了一下，接着兴奋地说，"太好了！"

"可惜，她没有留下地址。当时客人多，我走开了一下，回来就不见她了。"

"你找她有什么事儿呀？"

“有事儿。这样吧，我写下我的地址，下次她再来就给她。”王艳从包里拿出钢笔写了地址交给李菲。

“好！你吃了饭再走吧！”

“谢谢！不吃了，我有重要的事儿去办。”王艳失落地离开酒店，她想总有一天会找到那个女人和自己的女儿的。

十一月下旬的一天下午，天空布满了乌云，大风一阵比一阵猛烈，批发部门口的那些树左右摇晃着，满地的灰尘吹向空中，一些纸张在空中飞来飞去。诗敏望着天空，一场暴风雨就要来临了。

批发部还有两位客人没有走，诗敏赶快帮他们打好包并催促道：“秋连，要下雨了，你们赶快走，迟了就要淋雨了。”

顾客全部走了。离下班还有半个多小时，李敏就说：“诗敏，天要下雨了，我今天要赶车，先走一步了。”

“嗯，好的。”

“诗敏，要下大雨了，我先回去看看小宝宝。”晓曼在诗敏耳边轻轻地说。

“好的，你去吧！这个时候也不会有客人了。”

批发部一下安静了。诗敏见老王在那儿整理商品，她想，后天又要赶墟了，今天的货车还没有到，等下班就没有搬运工了。

这时，老王走了过来。见晓曼和李敏都不在，心怀鬼胎的他暗喜，靠近诗敏，用他那咸猪手在诗敏屁股上拍了拍："小王呀，你什么时候还我的钱？"

诗敏知道这个老流氓又想打她的主意，生气地说道："你别动手动脚。你的钱我会尽早还你，要实在没有就用我的国库券顶你的债务。"

"小王，我快要离婚了，你嫁给我吧。"

"你有病呀！"诗敏走开了，接着骂道，"你真恶心、无耻。"

老王觉得无趣，但他还不死心，对着诗敏的背影喊道："我喜欢你很久了。你等我，我一定要你嫁给我。"

"神经病！"诗敏收拾好东西就准备下班。

这时，倾盆大雨说来就来了。风雨声让诗敏很不安，她怕老王耍流氓，便冒着大雨离开了批发部。

晚上八点多，外面还下着小雨，装货的车来了，诗敏被叫去加班。搬运工把一车货下到了仓库里，诗敏和同事整理各自的货物。

不一会儿，那个同事整理完她的货物，说先走了。仓库里只剩下诗敏和老王两人在整理货物。

老王见另一个同事走了，诗敏还在那儿整理货物，他此刻正满脑子打诗敏的主意。

不一会儿，诗敏把货物也整理好了。她刚走到老王身边，老王看她的眼神让她一阵恐惧，她想快速地冲出去。

突然，老王冲过来抱住了诗敏，不停地亲吻她。诗敏大喊着："救命，救命。"她奋力反抗。

"别叫了，外面下着大雨，没有谁听得到，你乖乖听我的。"

诗敏被他抱得紧紧的，她用脚踢打他，用尽全身力气推开他。老王稍微松了一下，诗敏就咬住了他的耳朵，痛得他松开了手臂。诗敏挣脱了他的魔爪，奋力跑到南货仓那边。

老王还不死心，追过来。这时，诗敏拿起圆桶盖朝老王投过去，见什么就抓起来朝他打。老王还是一个劲儿地想强占诗敏，仓库里乱七八糟，噼里啪啦的响声被雨声淹没，恐惧向她袭来，但她告诉自己绝不能胆怯，否则真会被这个人渣得逞。她看见那个纸箱上有一杆秤，便立即冲过去抓起那杆秤，秤砣还挂在上面，诗敏挥起秤杆拼命朝四周挥舞。老王刚好追过来，正巧被秤砣击中头部。他顿时血流如注，当场就倒下了。

诗敏惊恐万状，打开门就跑到外面去了，刚好遇到值班的同事。同事见诗敏跌跌撞撞地从仓库里跑出来，还大声喊着："我打死了流氓。"

"诗敏，发生了什么事儿？"

诗敏看见同事，她的脚一软就跪在地上："我打死了老王，他想强暴我。"

值班同事跑到仓库里，看见老王倒在地上，头上流着血，他们赶紧打 120。

120 很快就到了，帮老王包扎好，就送进医院去了。

得到消息的刘主任第一时间赶到现场，并了解了事情的来龙去脉。公安局也来人了，带走诗敏去录口供。

次日，陈子昂听说诗敏出事了，迫不及待地赶来看她。他到公安局了解了详细情况，诗敏纯属正当防卫。他见到了诗敏，叫她不要怕，还承诺会为她找律师来打这场官司。

然后，陈子昂又去医院看了老王，他的情况不太好。陈子昂见到他非常气愤，无法理解老王竟然做出这种不道德而且严重违法的事儿，简直不是人。人渣该死，但他目前又不能死，他死了诗敏会很麻烦。陈子昂找到了主治医生，要他们想尽办法抢救他。

诗敏的妈妈来了。她哭了好半天，想到这个时候必须去寻找诗敏的亲生父母了，只有他们才能救她。

第三十三章

天气渐渐转凉了。诗敏在公安局看守所里待了两天，她一想起那晚的情景，整个人还是会心有余悸地吓出一身冷汗。

绝望、无助、孤独、寂寞一起袭来，诗敏惊慌失措，以为打死人了，自己也逃不了。

“王诗敏，有人来看你了。”看守所的警察喊道。

诗敏跟着警察来到接见室。她见是陈子昂，眼眶顿时溢满了泪水。诗敏透过窗口问陈子昂：“我什么时候可以出去？”

“老王抢救过来了，你应该也快了。”

陈子昂安慰着诗敏。诗敏气愤地说道：“我是自卫，他想强暴我，我这是自卫。”

“公安局已经调查清楚了，只是要走法律程序。”陈子昂把他了解的情况如实地告诉了诗敏。

“你一定要帮我。”诗敏用祈求的眼神望着陈子昂。

“放心，我等一下去找警察。”

这时，看守警察说：“见面时间已到。”

诗敏不舍得离去，刚走到门口又回头对陈子昂说：“我要尽快离开这里，我受不了了。”

陈子昂点了点头。他目送着诗敏的离去，眼里有泪，心情沉重，他恨自己不能帮她。

王诗敏回到拘留室，有人问她：“是你的父母来看你吗？你很快就可以出去了吧。”

王诗敏摇了摇头，躺在床上流着泪。哭了一会儿，她不明白，出了这么大的事儿，爸妈为何都不来看她一眼。

诗敏想了很多，想起她的童年，爸爸还是很爱她的，她和妹妹吵架时，妈妈总是打她，都是爸爸护着她。如今爸爸沉溺赌博，对她的爱渐渐消逝了。她不明白妈妈为什么总是看不惯她，不论她做什么都是错的。

妈妈现在去哪儿了，见了一面就再也不来了。诗敏的心很痛，爹不疼，娘不爱，在这样的关键时刻，她的家居然都没有给到她温暖。

往事挥之不去，想起汪建说过，等她二十四岁就娶她，那时她是那么投入，结果却换来那般惨痛的收场。

陈子昂对她好，给了她温暖，如今发生了这件事，他的母亲一定会更加强迫他远离自己。

诗敏害怕在这里待很长时间，因为她看不到未来，担心完不成自考……因为想得太多，夜晚目不交睫。

第二天下午，刘主任等人也来看她。他告诉诗敏，他们正在为她说情。他一个劲儿地安慰诗敏，说她很快就会出来。

听到这些，诗敏的心情又好了起来，她盼望着，等待着。

陈子昂天天来看诗敏，他的母亲极度不满，更加反对他们在一起，怕诗敏影响她儿子的前途。

陈子昂的母亲又开始装病，他只好又带她去看医生，还在医院办了住院手续，据说她血压高、心口痛。

陈子昂无奈，只得答应他妈的要求，只要诗敏平平安安地回家，他就会同意和江丽燕结婚。

诗敏在看守所里待了一个星期，度日如年，她不明白，自己是正当防卫，为什么也要调查这么久。

星期六上午十点钟，看守所的警察叫她出来。诗敏见她爸妈来了，他们身边有两个警察，还有一对年龄大过她爸妈的夫妇。

一个警察之前问过她话；另一个警察像是领导，很严肃的样子，他对那个年龄大的男人说道：“王诗敏这起案件我们调查清楚了，她是属于正当防卫，现在可以回家了。”

那个年龄大的男人扶着那个打扮得体、看起来很有身份的女人，她双眼含着泪水说不出话来，抓住诗敏的双手只是哭。诗敏望着她觉得好面熟，像是在哪儿见过。

这时，诗敏的妈妈指着他们轻声说道：“诗敏，这……这是你的亲生父母。”

诗敏惊诧地望着她爸妈，又望着拉着她的手哭泣的女人。她一下子糊涂了，长这么大，怎么突然来了亲生父母认她?

“我是你的妈妈。”那个女的停止了哭泣，双手更加紧紧地抓住诗敏的手。

诗敏半天没有反应过来。女人的眼神是那么温柔，但她看起来却是那么疲惫不堪、心事重重的样子。

她依然紧紧地抓住诗敏的手，像是永远不想再放开一样：“是妈妈对不起你！我们找了你二十几年，让你受苦了。”

“我是爸爸，你不用怕，我们来接你回家。”站在旁边的男人身上散发出迥异于常人的气质，他一身正气，气宇轩昂。

诗敏的眼泪哗啦啦地往下淌，她还是用怀疑的眼光望着她的生母，这一切来得太突然了，她无法相信这是真实的。

在她印象中，她的妹妹才不是亲生的，诗敏做梦都想不到竟然自己不是爸妈亲生的。往事一幕一幕，诗敏泪如雨下。

眼前的这对夫妇是她的亲生父母，她突然感觉到她被爱包围着。在这绝望的时刻，能有这幸福的事儿，她反而哭得更厉害，要把内心所有的痛苦都释放出来。

这时，陈子昂也赶来了。他见有这么多人来看诗敏，不知道发生了什么事儿，他还带来了一位律师。

诗敏的妈妈向其他人介绍了陈子昂，告诉他是诗敏的亲生父母来认她。

陈子昂为诗敏高兴，她终于可以摆脱困境了。

诗敏的生母望着陈子昂一个劲儿地说："感谢你照顾了诗敏。我们是诗敏的父母。我们在省城住，她爸在省轻工厅工作，我是广东财经学院的教授。"

"肖部长，我出去把手续办一下。"一个诗敏之前没注意到的穿得很整齐的中年男子说完，就和其中一个警察一起走了出去。

诗敏的生母看着女儿惊恐万状，她流着泪，依旧紧紧地抓住诗敏的手，哽咽着："妈妈对不起你！让你受苦啦。"

诗敏的养母也挤出几滴泪水。

这时，他们全部来到警察局办公室。

半小时后，诗敏从警察局走了出来。陈子昂跑过去拥抱着诗敏，他们全部站起来走向诗敏。她的生母紧紧地拥抱着她，为她擦去脸上的泪痕："我们可以回家了。"

晚餐的时候，诗敏的两位妈妈都对她照顾有加。她的生母不停地夹菜给她，还问了她小时候的一些事情。诗敏怕她两位妈妈都不开心，就告诉生母，她小时候过得很好。

诗敏的生母突然哭了起来，她说女儿出生几天就离开了她，他们夫妇没有看到女儿的成长，没有为女儿做任何事，也没有给女儿一点儿爱。她内疚，对不起女儿，请求诗敏原谅他们。

诗敏的生父举起酒杯对王忠成说："感谢你们的养育之恩，感谢小弟，诗敏永远是你们的女儿。"说完一饮而尽。王忠成也干了一杯。

陈子昂看到诗敏有两位妈妈的爱，他的脸上终于露出了久违的笑容。他不顾妈妈的强烈反对，义无反顾地为诗敏跑前跑后，如今她没事了，他就要离开诗敏了，他的心在滴血。

晚上他们全部住在县城的招待所里。诗敏和她的生母睡在一起，生母似乎想从现在开始，把这二十多年亏欠女儿的爱全部弥补回来。

那一夜，她们母女聊了很久。诗敏也放下了心中的疑惑和疙瘩，她理解生母当时被环境所逼，才把她送给养父母。而亲生父母这么多年来寻寻觅觅证明他们是爱她的。生母告诉她，他们会尽快把她的工作调到他们身边，他们再也不能把她留在这个小镇上。

一个月后，诗敏的工作调动终于搞定了。单位的同事都羡慕不已。知道诗敏的生父是省城的大官，有的人就开始巴结她，说这小姑娘好命，有这么好的父母。还有人吹牛说，早就看出她不属于这里。

人逢喜事精神爽，诗敏像换了一个人似的，走路都哼着歌。她已经走出了阴影，胖了很多，脸蛋也红润了。

这天，诗敏回到家里，见到她的养父母，她把这个好消息告诉了他们。养父母对她的态度相当好，养母说道："诗敏回到亲生父母身边，也要常回家来看看我们。"

"爸妈，你们放心，你们永远是我的爸爸妈妈，这是我的家。"

诗敏偷偷地问她妈："爸没有生气吗？"

她妈告诉她，爸爸最初不能接受，养了这么多年的女儿竟然不是亲生的，他责怪他的妻子瞒了他这么久。不过，当他知道妻子承受了这么多年的痛苦时，他才理解她也是为了他好才这样做的。如今，诗敏的亲生父母条件这么好，他想对他们家也大有好处，也就原谅了她。

诗敏的妹妹说，她早就知道这个秘密。

生活又恢复了平静，诗敏拿到了大专文凭，准备继续读本科。

晓曼听说这一切后，半开玩笑地说："诗敏，你的苦日子到头了，你的命运终于改变了。以后发达了，别忘了我。"

"谢谢你陪了我那么久，如果没有你，我的生活不知道会是啥样。”

月底，诗敏把批发部的工作移交给新来的同事，彻底告别了生活工作几年的地方。曾经是那么想离开这里，可当她真正要离开时，内心还是有几分不舍，这里有太多的记忆，无论酸甜苦辣……但人生终究要往前走。最后她带着简单的行李坐上了南下的火车，憧憬着美好的生活。

第三十四章

次日，诗敏下了火车，就来到问讯处等她哥来接她。一想到她有个双胞胎哥哥，还有一个姐姐，她心里甜滋滋的，她想象着哥哥的样子。

诗敏等了好一会儿，左顾右盼就是不见有人来接。正当她焦急万分的时候，她远远看见肖俊锋朝她走来。见到他，她就非常自然地想起了汪建。等他走近，诗敏问道："肖俊锋，好久不见，你也来接客人吗？"

"王诗敏，我来迟了。"肖俊锋一脸的笑容。其实，他早就感觉到她很可能就是他妈妈一直寻找的女儿。

“你是来接客人吗？”诗敏又问了一句。

“是的，我来接我妹妹。”肖俊锋兴致勃勃地望着王诗敏。

“接我的人还没有来？”诗敏着急地说道。肖俊锋笑而不答。

肖俊锋从上到下瞧着王诗敏，他若有所思，我的妹妹就在眼前，我妈妈天天想夜夜盼的女儿就要回来了。她是多么开心，妈妈不再受苦了。

肖俊锋忍住心中的喜悦，笑着问王诗敏：“你在等谁呀？”

“你是接谁呀？”诗敏从肖俊锋的笑容里看到了熟悉的影子。她接着问道：“你有一个双胞胎妹妹？”

“你有一个双胞胎哥哥？”肖俊锋故意装神秘。

他们两个捧腹大笑，这个世界真小，原来他们是兄妹。

诗敏望着天上掉下来的哥哥，她傻笑着：“我们两个三年前就认识了，怪不得，那时见你很亲切。”

“我那时就想问你，你怎么那么像我姐姐？因你急急忙忙，又见你心情不好，就没有问了。”

肖俊锋接过诗敏的行李，两人对视一笑。

肖俊锋小心翼翼地提起诗敏和汪建分手的事儿：“他明明是很爱你的，你们怎么会分手？”

“有缘无分吧！”

“哥哥以后帮你找一个好的。”肖俊锋安慰着，接着说，“小妹，我们回家。爸妈等你回家吃饭！”

“我们回家吧！”诗敏就是喊不出“哥哥”两个字。

诗敏一听说“回家”，感觉很幸福，这幸福来得太突然了，她一直纠结着自己的出生，也怀疑过。要不是这次的横祸，或许她的养母依旧不会说出来。

他们肩并肩地走着，肖俊锋说道：“妈妈那天说我的妹妹有消息了，我就想到你。我的感觉很奇妙，自上次见到你，我一直感觉你就是妈妈要寻找的女儿，后来因工作忙，也就忘了这事儿。”

诗敏又想起了汪建，这世上太巧了，她的初恋和她哥哥是大学同学加室友，这是什么缘分呀！

火车站在他们身后渐渐远了，诗敏沉浸在从未有过的幸福中，她问肖俊锋：“外婆的身体还好吧？”

“还不错！外婆就是整天挂念着你，她说常梦到你。”肖俊锋不由得加快了步伐。

诗敏想象着外婆他们在家等她的情景。

一个半小时，他们来到省委家属大楼前，门口有值班人员。肖俊锋告诉诗敏，外来人要验身份才能进入。

他们两人穿过一条大街，肖俊锋指着前面一栋五层楼说道：“我们住在三楼，外婆正站在那儿。”

诗敏看见外婆和一个女孩站在阳台上朝她们这边望来。

肖俊锋挥了挥手，那个女孩也挥了挥手。

“那是姐姐俊美。”俊锋说道。

看到她们，诗敏突然流下了高兴的泪水。

另一边，俊美扶着外婆去沙发上坐：“外婆，你的孙女马上就要回来了。”

“妈妈，你就坐下来，别走来走去，他们就到楼下了。”诗敏的妈妈正在准备中午饭，这是迎接女儿第一次回家。

今天正好是周末，他们家像过年似的，全家人都聚在一起迎接诗敏回家，这是家里二十多年后的第一次大团圆。

“咚咚咚”，一家人等了很久的敲门声传了过来。

“俊美，你去开门。”外婆听到敲门声。

一家人全部站起来迎接他们，外婆的眼眶已经溢满了泪水。

“外婆，外婆，我把你的外孙女接回来了。”俊锋带着诗敏走了进来。

这时外婆站了起来。她七十多岁，一头乌发，她的皮肤保养得很好，气质优雅。她动情地说：“我的宝贝回家了。”

“外婆。”诗敏轻轻地喊了一声，向外婆走去。

外婆见诗敏长得很像她的女儿，见到她特别亲切。外婆拉着她的耳朵看，她记得送走的那个小女孩，她的左耳边上有一颗痣。外婆看到诗敏那个部位确实是有一颗痣。

外婆非常激动："她就是我的外孙女，她的左耳边有一颗痣。"她拉着诗敏的手说道，"总算找到你了，是外婆对不起你！"外婆说完，眼泪像断线的珠子似的不停往下滴，拥抱着诗敏久久不松手。

"外婆，你也抱抱我吧。"俊锋开玩笑调侃。

"傻小子，你这都吃醋。"外婆轻轻地拍打着俊锋的脸。

诗敏的妈妈笑道："我看她第一眼就知道她是我的女儿，她眉眼间像我，她一笑起来和俊美一样有两个小酒窝。"

"终于找到了，真怕这一世见不到我的外孙女。这下好了，我可以安心了。"外婆当年把小女孩儿送出去，二十多年来一直深感内疚。她想在有生之年一定要寻找到那个小女孩儿。每到生日之际，她女儿就要大病一场，她知道那是相思病。

"诗敏，这是你的姐姐俊美。"外婆笑容满面地指着俊美。

俊美浅浅一笑，拥抱了一下诗敏："欢迎妹妹回家。"

诗敏一一见过亲人，她望望外婆、姐姐、妈妈、哥哥，她心里暖暖的。

她刚想问爸爸，就听到房间里传来爸爸的声音："回来就好。今天是好日子，我们要好好庆祝。"诗敏的爸爸捧着书从房间里走了出来，他看起来心情特别好。

"爸爸。"诗敏见爸爸手里拿着一本书，想到自己马上要考试了。

“俊美，你带妹妹去她房间。”妈妈面带笑容，端来水果放在桌子上。

外婆一直拉住诗敏的手，带着她进了房间，并说道：“你妈知道你要回来，把这房间重新刷白了。敏敏，你喜欢不？”

诗敏笑了笑，爽快地回道：“外婆，我很喜欢，这窗帘是我喜欢的颜色。”

“你喜欢粉红色？我也喜欢。”俊美说道。

诗敏把简单的行李放在椅子上，她望着新刷的墙壁白白的，房间里的摆设都是一个女孩喜欢的，看出妈妈是用心来装饰这间房的。诗敏一会儿摸着床上的丝绸被子，这是她喜欢的粉红色的被子，一会儿拍拍书桌，坐在椅子上，这房子里一切的一切都是她梦寐以求的。

诗敏很激动、很兴奋，她双眼含着泪水，温暖一点点沁入她的心房，有亲妈的孩子像块宝。

诗敏心情愉悦，她和外婆坐在沙发上聊天，俊美端来热水给她们，外婆叫她吃水果，一会儿拿了一个大苹果给诗敏，一会儿又拿糖果给她。

俊美叫诗敏吃芒果，说这个水果好吃，很甜。

外婆不停问她小时候的情况。听说她受了很多委屈，外婆擦拭着眼泪，自责地说道：“都是我的错！都是我的错！”

诗敏被满满的爱包围着，从来没有享受到如此的待遇，她感觉自己被家人捧在手心上，幸福感弥漫着整个心房。

“外婆，你的外孙女这下不会再丢了。”俊美见外婆抓住诗敏的手不放。外婆凝视着诗敏，那眼神里透露出满满的爱意。

“外婆，”诗敏拥抱着外婆，把脸靠在外婆的脸上，“外婆，我回来了。”

“诗敏回来是我们家的大喜事。外婆对不起你呀！”

“妈，别这样说了。”妈妈王艳接着又说，“我们可以吃饭了。”饭已煮好，俊美在摆碗筷。

“俊锋，雅丽怎么还没有来呀？”外婆喜欢管事，她没有看见俊锋的女朋友。

“外婆，她还在路上。”俊锋回话。

“雅丽，她以后就是我嫂子，那太好了。”诗敏已经没有陌生感了，刚来时还担心融入不了这里。

菜和饭都摆好在桌子上了。

“等雅丽和舅舅来了就开饭。”妈妈说道。

“我出去接雅丽。”俊锋说。

诗敏告诉外婆，雅丽是她高中同学，她们是在一个矿里长大的，雅丽的家庭条件也还不错。

外婆知道她们两个是老朋友，就放心了，以后她们相处就不会有什么矛盾。

刚说到雅丽，雅丽就来了。她们一见面就热情拥抱。雅丽说：

“太高兴了，你是俊锋的妹妹，这世界太小了，我上次见到你就觉得你们长得那么像，谁会想到你们竟是兄妹。”

“是呀，世上的事儿很奇妙。”诗敏的声音透露出自信。

在此前二十多年的人生中，诗敏是多么羡慕雅丽的家庭，她的父母非常爱她，她是在有爱的家庭里长大。那时，她是那么高傲。如今，诗敏在她面前不再自卑了。

“这都是缘分，有缘总是能相遇的。”俊锋牵着雅丽的手说。

“我们去桌子那边坐，准备开饭了。”他们一家人围着桌子，外婆叫诗敏坐在她的身边。雅丽的内心有一点点醋意，感觉诗敏一来，全家人的爱都给了她。

“阿姨，表舅怎么还没来？”雅丽想到舅舅对她一向很好。

这时，一阵敲门声传来。俊锋走上前去开门。表舅进来就说：“喜事呀，外甥女终于回家了。”

他看见诗敏坐在那儿，“嗨，小王，好久不见！你果真就是我姐的女儿，这真是太好了。”

“郑指导员，我们可真是太有缘了。”诗敏见当年一直很关心她的指导员一下子变成了舅舅，顿时心潮澎湃，不由自主地站了起来。她想起他曾说过，她像他姐姐。

“你们两人怎么会认识的？”俊美问道。

“我们认识很多年了，我那时还在部队没有转业。”

郑指导员坐在诗敏爸爸旁边，他端起一杯酒，站起来说：“姐姐终于找回了小女儿，这是大喜事。我先干一杯，等我慢慢告诉你们。”

“你曾说过在部队有个小女孩儿长得像我，说的就是诗敏吗？”诗敏的妈妈突然想起郑指导员曾说有一个小女孩儿很可怜，长得像她，她当时没有在意，否则她们一早就能相认了。

“真的要感谢老天爷，我们家俊锋早就认识诗敏，雅丽和诗敏又是同学，小弟也认识。”诗敏的爸爸心怀感激地说道。

“原来老天爷早就安排好我们相见。”表舅喝完一小杯酒，笑着说道。

外婆夹着一个鸡腿放入诗敏的碗里，心疼地说道：“敏敏，你多吃点儿肉，回到家里不要讲客气。”接着又夹着一个鸡腿给雅丽。

“谢谢外婆，我碗里装不下了。”诗敏一脸的幸福。她回到家里，感到温馨，外婆、爸爸、妈妈都怕她吃不饱，她得到了浓浓的爱。

“敏敏，你有男朋友没？”外婆凝视着诗敏，她想了解诗敏的生活。

“妈妈，让诗敏先吃饭吧！以后慢慢问她。”诗敏的妈妈知道陈子昂对女儿很好。

外婆笑了笑：“我想早点儿喝喜酒，最好俊锋、敏敏两人一起结婚，我就心满意足了。”

“这个主意好！外婆。”俊锋和雅丽异口同声地说。

“是不错！”诗敏笑了笑，她已经喜欢这里的一切，喜欢外婆的和蔼可亲，她感觉自己已经融入这个新家了。

午饭后，雅丽叫诗敏去她房间里聊天。她们来到诗敏的房间里，雅丽的眼睛睁得大大的，她惊讶房间重新装修了，买了粉红色的新床、新被子、新窗帘，房间里所有的东西都是新的。雅丽羡慕诗敏，如今的诗敏是灰姑娘变公主了，一丝醋意在她心头升起。

她们两个坐在书桌旁边，雅丽开玩笑地说：“诗敏，你现在的感觉一定是像中了大奖吧。”

“我喜欢家里的气氛，感受到久违的父爱、母爱。”

“是呀，有文化的家庭就是不同。”

“你和我哥哥终于恋上了，这太好了。”

“你和汪建还有联系吗？他没有毕业就出国了。”雅丽知道他们分了手，接着又说道，“那一年中秋节他去看你，你躲着他。他回来非常生气，半年后他就出国了。”

“有这事儿吗？我不知道他去过，我们之间可能有误会，或许我们是有缘无分。”

“唉，太可惜了！”

“你一说他我就想他了。”

“其实，他是爱你的。”

“唉，一切都回不去了。”

诗敏望着雅丽，想起最后一次见汪建的情景，不由得思绪万千，他们真的回不去了。

第三十五章

新的一年还有一个星期就要到了，诗敏独自来到汽车站。她的运气真不错！最后一张票被她抢下了。

车来了，诗敏上车找到前排座位坐下。她望着窗外急匆匆的行人，想起汪建曾经在这座城市里生活过，突然一个念头在她脑海里一闪，要是在这里能遇到汪建那该多好呀！

“这里有人坐吗？”一个年轻人问。见诗敏没有反应，接着他又问了一次。

诗敏这才从思绪中回过神来，朝他一望，

诗敏惊喜异常，她的脸上立即泛起了红晕，喊了声：“汪建。”

那人疑惑地望着她，诗敏再仔细一瞧，这个人不是汪建，只是长得那么像他。她不好意思地摇了摇头，有点儿难为情地说：“没人。”

那个人就在她身边坐下，但他的心却被她触动了，他不安地坐着。

诗敏平静了一下情绪，心想：“他怎么长得那么像汪建，刚才真是眼花。”

诗敏背靠在椅子上，抬起头，双眼望着前方，但她眼角的余光却打量着坐在身旁的他。他们长得确实有点儿像，但气质完全不同，这位看上去书生气很浓，两人的性格反差大，他可能是从事艺术行业的。

诗敏坐在那儿很不自在，她有点儿紧张，侧身望着窗外，背一直对着身边的他。

她心里在想：“见鬼了，见到他怎么会是这样的心情。”她以为放下了那段感情，原来子昂还是没有完全走进她的内心，如今遇到一个长得像初恋的人，竟然会这么心烦意乱。

诗敏想了很多，她眯着眼睛假装睡觉，但她感觉身边的他也在注视着自己。

客车已经驶出车站了，路边的树枝一闪而过。她再次陷入了胡思乱想中，好久不见，不知他现在哪里。她轻轻地叹了一口气，

“唉，何时可以再见？”

过了一会儿，诗敏的思绪被车里的喧闹声拉回到现实，她瞟了一眼身旁的小伙子。他正在看书，车厢后座有人在吵架，他也没有抬头。诗敏凝视着他的脸。或许她的目光过于灼热，让对方有了感应，他才抬起头望着诗敏浅浅一笑。诗敏这才收回自己的目光。

两小时后，汽车到东莞总站，诗敏跟随着行人下车，邻座的那位小伙子直接朝马路边向前走。诗敏望着他渐渐远去的背影，好像有点儿不舍。

这时，诗敏被赶车的行人撞了一下，她才想起还要赶车去单位。

面包车大约行驶了一小时，来到了中堂糖粉厂，售票员对着诗敏喊：“你到了。”

下车后，诗敏沿着一条宽宽的水泥马路行走，她看见右边一栋栋高楼大厦伫立在那一棵大榕树旁边，榕树下坐着一些老人，还有些人在运动。大榕树的另一端有一幢别墅，非常大气和高档。诗敏想：“这是什么人的房子，这么高档？”走近一看，见是税务所办公大楼和工商银行，不远处还有一家百货商店。

诗敏心想：“这里像世外桃源，真是个好地方。”

不一会儿，诗敏到总部办公大楼门口。刚好有一位中年妇女从里面走出来，诗敏问她：“请问叶厂长办公室在几楼？”

“在二楼。”

“谢谢！”诗敏走到二楼办公室，又问了一位女孩儿。

她带着诗敏去了叶厂长的办公室，然后转身就走了。

诗敏进去自我介绍了一下，就把她爸的一封信交给叶厂长。

叶厂长接过信，很热情地说：“请坐，肖厅长给我打了电话。”

办公室里的那个女孩儿端了一杯茶水放在茶几上，诗敏说了声谢谢，然后坐在沙发上。

叶厂长用手撕开信封，拿出信纸打开看。

诗敏有点儿紧张，她坐在沙发上一边喝着热水，一边打量着叶厂长。叶厂长五十岁左右，中等壮实的身材，留着平头，穿着灰色的夹克，显得沉稳干练，从见面的那一刻起诗敏就感觉叶厂长是一位和蔼可亲、很有亲和力的领导。

叶厂长看完信后，又打了一个电话，才转过身问王诗敏：“你是肖厅长的女儿，你怎么姓王呀？噢，知道了，跟你妈姓。”

诗敏笑了笑，不语。

按照叶厂长的指示，诗敏被安排在莞中面酵厂。

诗敏离开总部办公大楼，然后去后勤部办理了报到手续，房管所的工作人员把她带进了女生宿舍。

女生宿舍比较干净。房间里有两张床，其中一张明显已经有人了。诗敏把另一张床打扫干净。旁边有张小木桌，诗敏整理好东西，去商店买了床上用品等，随后还给家里和朋友写信报平安。

之后诗敏把信投进邮筒里，就在厂里的生活区到处走走看看。这里有十几栋家属楼，其间还有平房。环境优美，到处是花草树木。有个菜市场，不是很大，卖猪肉的只有两档，有一档卖鱼，有农村大妈卖青菜，还有点心、油条、糕点等。

诗敏朝着饭堂走去。路边有一个篮球场，几个年轻人正在打球，紧挨着的是一片绿油油的足球场。周边绿树成荫，一群老人坐在一棵榕树下打扑克，他们玩得正欢，说着诗敏听不懂的方言。

中午十二点多，诗敏见很多穿着淡黄色工作服的男男女女踏着自行车下班回家，有些人用好奇的眼神望着诗敏。诗敏喜悦地朝人群里张望："哇，一下子涌入这么多人，看来这是大厂。"

诗敏到了食堂门口，朝里面望去。食堂挺宽敞，感觉有商场那么大，里面摆了几十张桌子。

饭堂里已经有很多人在排队打饭，诗敏从没有见过吃饭要排那么长的队。好不容易轮到她了，只见那些菜很清淡，没有辣椒，根本就没有合胃口的菜，她就随便挑了点儿菜。

在饭堂里，诗敏看见早晨和她一起坐车的那个小伙子。她惊讶又兴奋，就像见到老朋友一样，迫不及待地和他打招呼："嗨，原来你也是这里的。"

诗敏端着饭就坐在他对面。他的脸上也露出惊喜："原来你是来我们厂啊！"

诗敏点了点头，低着头吃饭，她有点儿紧张，不太敢看他。

“我叫高立凡，在厂宣传部上班。”

听他自我介绍，诗敏笑着说：“我一见你就猜到你的工作，果然没有猜错。”

“哦，我像搞文艺工作的？”

“是的，从事什么职业就有什么样的气质。”诗敏回话，然后继续低头吃饭。

“你喜欢唱歌吗？到时候我去歌厅表演就邀请你去看。”

“好呀，我喜欢听人唱歌。”

他们边吃边聊，高立凡很细心，他叫诗敏吃鱼时小心鱼刺。诗敏有被照顾的感觉，一股暖流涌上心头。

分开的时候，高立凡说：“我还不知道你的名字。”

他们两人相视而笑。诗敏拿出她的报到表给他看，上面有她的名字。

高立凡看后，告诉她，他住在八栋男生宿舍。九栋是女生宿舍。

他们两人留下了联系方式。初次相识，仿佛是老朋友相见，彼此给对方都留下了好的印象。

诗敏很开心。来上班第一天就认识了一个朋友，并且这个朋友还有点儿像她的初恋，真是有缘，她不会感到孤独了。

第三十六章

下午，诗敏去单位报到，她被分在销售部做后勤工作。肖部长带着诗敏去她的办公室：“这是你的办公桌。”然后指着旁边的女人说：“韩小雪，你的徒弟来了。那个是胡志红。”

韩小雪对诗敏笑了笑，然后继续低头做她的事儿。

“哟，来了一个靓女。”胡志红热情打招呼。

“你这小子不能乱来，她可是叶厂长亲自介绍的。”肖部长半开玩笑地告诫胡志红，然后交代了小雪把一些工作移交给王诗敏，说完他转身就出去了。

诗敏坐在办公桌前，见桌面上有灰尘，就拿起一块儿布擦桌子。之后，她坐在办公室里享受着这美好的感觉，这一切来得那么容易，这让她想起她的亲生父母，他们在尽力补偿对她失去的爱。

诗敏见韩小雪桌子上堆了许多凭证，就问道："小雪姐，我可以帮你做什么？"

"你先用计算器帮我统计一下这些数据。"小雪把一些票据交给她。

这时，进来了两个青年人。他们把一个文件袋交给小雪，就站在小雪身旁看了看王诗敏，然后说道："来了新同事？"

"许强见到靓女就高兴。"小雪调侃。

"别这样说我，谁不喜欢靓女！"许强嘻哈哈地说。

"你们这些跑业务的就是花心，见到靓女就想勾。"小雪把他们交来的资料袋拆开。

"嗨，靓女好！"许强走近王诗敏身边。

诗敏抬头笑了笑。

"靓女，你老家是哪儿的？"许强问道。

王诗敏笑了笑，没有回话。

"我叫许强，是湖南永州的。"

"是老乡。"诗敏这才回话，她抬起头，见他长得很像刘德华。

“他是不是长得像刘德华？”胡志红问王诗敏。

“有点儿像，特别是那鼻子。”诗敏点了点头。

“我们都叫他小刘德华。”小雪告诉王诗敏。

一会儿，他们就聊得比较熟了，办公室里的气氛一下活跃起来。“下班我请大家吃饭，为王诗敏接风洗尘，欢迎她加入销售部。”许强笑着说道。

“太好了，听者有份。”胡志红说着广东普通话。

这时，肖部长走了进来，他望着许强说道：“许强，你们几个回来了，今晚销售部聚餐。小雪，你提前下班去餐厅订位。”

办公室几个人哈哈大笑，小雪开玩笑说：“许强这一餐留到明天请。”

“好！”许强满口答应，他心里想，要是能追到新来的靓女就好了。

一会儿，小雪带诗敏去订位了。

她们两人一路聊着厂里的事情，小雪把刚才来办公室的销售人员的情况讲了一下，提醒诗敏做销售的人很会说话，油嘴滑舌。

晚餐的时候，诗敏开始比较低调，听着他们喝着酒吹着牛，不知谁提议：“请新来的美女介绍一下自己。”

他们的眼光落在诗敏的身上，她的脸唰地一下子红了，她站起来，端起小酒杯说道：“我叫王诗敏，敬大家一杯，请多多关照。”诗敏说完自己就喝了一口。

“喂，你只喝了一口，要喝完才够诚意。”其中一人说。

诗敏爽快地就大口喝完。

“够意思。”有人拍手鼓掌。

诗敏喝酒的兴头来了，接着喝了三四杯白酒，她的脸慢慢变红了。有人说：“王诗敏能喝酒，去做销售好，陪客户喝上几杯白酒，就能把销路打开。”

“是呀！”有人说道。

这时门开了，高立凡走了进来。肖部长招手说：“来，来，加一张椅子。”

高立凡看了一眼王诗敏，见她端着一杯白酒站起来，脸上红红的。

“王诗敏，你别喝酒了，再喝就会醉。”小雪坐在她旁边，不让她喝了。

高立凡敬了一下肖部长，又敬了大家，叫诗敏随意，一点点就行，他的眼神示意她别喝了。

诗敏读懂了他的眼神，就说道：“我也不能喝了，再喝就会醉。”

“王诗敏，你和销售人员喝不醉才怪呢。”小雪早就劝诗敏别喝，她就是不听，高立凡叫她不喝，她就听他的。

小雪观察到他们两人的神情，似乎很亲密。高立凡会撩女孩儿，看来诗敏又成了他的目标猎物。

高立凡的为人，诗敏还不了解。他很会讨好人，会唱歌，他的声音吸引女孩，他还很善于对女孩说一些甜言蜜语，有多少女孩为他伤透了心。小雪想，要提醒王诗敏别上当受骗。

晚上聚餐到九点钟才散去。有两位同事喝醉了，幸好高立凡来了，否则王诗敏不被他们灌醉才怪呢。但这一次聚餐后，厂里开始流传销售部来了一个会喝酒的女人。

晚上，诗敏睡觉特别香，酒让她一觉睡到天亮。

次日，诗敏去办公室上班，小雪很有耐心地教她工作上应该注意的事项。

有一天吃午饭，小雪问诗敏是怎样认识高立凡的。当她知道高立凡和她那么有缘，小雪在心里暗暗为诗敏担心，特别是他长得像她的初恋，小雪就想到，他们俩有戏了。

周六晚上，高立凡邀请诗敏去镇上的歌舞厅唱歌、跳舞。诗敏第一次听到这么好听的声音，她被高立凡的歌声深深打动了。那晚，高立凡还教她跳舞，诗敏玩得很开心。回来的路上，高立凡要牵诗敏的手，诗敏拒绝了。

高立凡没有不高兴，反而把自己的情况全部告诉了诗敏。

当听到高立凡说他刚结束了一段恋情时，诗敏心里愣了一下，他怎么和自己一样的情形？当听到他说思念一个人是如何的痛苦，诗敏的内心被深深刺了一下，他们俩真是同病相怜。

“我们认识还不到一个月，感情这事儿，暂时不谈，我们都没有准备好来接受下一段恋情。”诗敏冷静地说道。

一个月后，诗敏已经接手了全部工作，小雪带她去车间了解生产情况，熟悉产品。诗敏看到一个外国人，就用英语和他打招呼，小雪很是惊讶地问道：“你会说英语？”

“我会一点儿。”

“天呀，你会英语，这太了不起了，我们单位来了几个法国专家，那你在销售部做，大材小用。”

“我那水平不怎么样。”

“你太厉害了！”小雪想不到新来的同事这么厉害。

没过多久，厂里人都知道销售部来了一位年轻漂亮、会喝酒、懂英语的女孩儿。

高立凡经常来销售部看诗敏，说是送资料路过，晚上他们两个又一起散步。厂里就又传他们两个在谈恋爱了。

一天晚上，他们两人一起散步，月色朦胧，微风轻柔拂面。

高立凡鼓起勇气再一次向诗敏表白。诗敏觉得自己不是那么多情，他只是长得像她的初恋。

诗敏笑着说：“我心中有人，听说你也有未婚妻。”

“我们分手了。”

诗敏沉思了一会儿，就说道：“太晚了，我们该回家了。”

那夜，她想了很多，她不知道是否真的喜欢高立凡，还是潜意识把他当成了汪建。这份感情，诗敏从一开始就感觉他是汪建，好像汪建从没有离开过她似的。

之后，诗敏看到高立凡就很不自在，她在躲避他。

日子就这样平静地过着。有天晚上八点多，诗敏正在房间里看书，有人急促地敲着门。

诗敏打开门，一个女孩气势汹汹地冲了进来，直接说："你是王诗敏吧，你和高立凡是什么关系？"

王诗敏听她这么说，立马猜到她的身份，就说道："我和高立凡是同事，其他什么关系也没有。"

"高立凡是我的未婚夫，他要和我分手，他说他爱上了你。"

"高立凡对我说过，你们已经分手了。"

"是因为你，他才要和我分手的。"

"目前，我们什么事儿也没有发生。"

听到这句话，这个女孩放缓了口气："我该怎么办？他不爱我了。"声音里充满了无奈和痛苦。她又求诗敏帮帮她。诗敏只能无语。

送走女孩儿后，诗敏陷入深深的沉思中……

第三十七章

一个星期六的中午，肖俊锋来看她，他妈妈说不放心她，非要他来。他们两人去小店吃饭。正巧，在路上遇到了高立凡，诗敏告诉高立凡说是她男朋友来了。

高立凡的脸上立即露出了不悦的神色，但他还是控制住了自己的情绪，转身离去。他不知道自己是如何回到宿舍的。

吃饭时，俊锋问她："刚才那个人在追你吧，你不觉得他长得像汪建吗？"

"我第一次见他还以为是汪建。"

"你喜欢他吗？"

“我也不知道。但是，我会想他，每次和他在一起聊天，还是很开心。”

“我听妈妈说陈子昂对你很好，他为你做了很多，你们没有来往了吗？”

“陈子昂他妈帮他找了一个门当户对的，他们可能都结婚了。”

“外婆还要我们兄妹一起办喜酒，看来还是我先办。”

“肯定你先，我刚来新单位，况且我都没有男朋友。”诗敏笑了笑，做了一个鬼脸。

“刚才那个同事，他好像很喜欢你，你为什么拒绝他？”

“我不想欺骗他，在我没有确定我是不是真的爱他之前，我想让时间来定。”

肖俊锋就直接说：“是不是因为他长得像汪建，你才和他来往，让他爱上了你？其实你也喜欢他，只是你不知道是对他有感情还是忘不了汪建。”

诗敏点了点头，她近来一直挣扎。她不想投入一段感情，不是因为爱一个人而找一个替代者，那样既伤了别人也伤害自己。

俊锋上车时还提醒诗敏，要学会放下以前的事儿，才会有新的恋情。

高立凡几天没有来了，诗敏有那么一点点儿失落。

之前，高立凡没事儿就会找机会来看她，其他同事也笑她。

有人八卦，说王诗敏不会接受高立凡。

但又有人说，王诗敏看不上高立凡，说诗敏的爸爸是当官的，她也不属于这里。

一天晚上，高立凡从医院回家。他始终不明白，王诗敏为什么不接受他，他也感觉到诗敏在躲他，他不甘心。如果不喜欢他，为何又跟他一起去散步、看电影。他想了很多，还是要去问清楚，究竟是什么原因？

那夜天气寒冷，高立凡的心情和这天气一样冷冷的，他的脸上布满阴郁。他来到诗敏宿舍的门口。

高立凡敲门，没有回话。正想着，这么冷的天气，她能去哪儿呢？

这时，阿玲走过来，说："王诗敏休假回家了。"

高立凡失望地离去。

王诗敏从家里回来，收到高立凡的一封信。她不知道他信里会写什么，因为他对她表白了几次，她都拒绝了，没有哪个男的会不计前嫌一如既往。

王诗敏读着高立凡的信："这几天一直在想，我们之间可能有缘无分。你说过我长得像你的初恋，你不爱我，只是喜欢，你说过爱和喜欢是不同的。我还是要感谢你！虽然你给我带来了痛苦，但也给我带来了更多的快乐，因为你让我爱上了你。你拒绝我是不想伤害我，是因为你的善良。所以，我不得不尊重你的决定，但我依然会爱你，我会为你祈祷，愿你爱的人也会爱你。”

诗敏读完信，她的心情久久不能平静，感觉对不起高立凡。当时动机不纯，只是想到自己的快乐，却没站在高立凡的角度想。人是有感情的，特别是爱上了一个人，就意味着痛苦和快乐并存。

之后，高立凡和王诗敏告别了，他要去深圳创业。

春节放假了，诗敏在家里吃了团圆饭。初二，她踏上北上的列车回老家拜年。她的养父母如今对她一改往日的态度，和她说话很客气，小心翼翼地和她相处。诗敏不习惯，就对她爸妈说：“我永远是你们的女儿。”

大年初四，诗敏高中同学聚会。路上，她遇到了王芳。王芳告诉她汪建也回来了。诗敏的内心一阵慌乱，她假装轻松地说道：“外地的同学都回来过年，真好！又可以见面了。”

她们两人走到湘江酒店，诗敏一直很紧张，她有些害怕见到汪建，可又在人群中寻找熟悉的他。

她们进入包厢，诗敏兴奋地和同学打招呼，小莉走上来和她拥抱，然后拉着她的手在靠窗的沙发上坐下。诗敏没有看到汪建，有点儿失望，轻轻地问小莉：“听说汪建也回来了？”

“他说迟点儿来。”

王诗敏这才松了一口气。有同学轻声地问王诗敏的亲生父母一事，她如实回答。有人羡慕诗敏有这么好的父母，说她的命运改变了，还在国有企业里有一份好工作。

诗敏笑了笑。她不停地朝门口望去，她在等待着，复杂的心情令她忐忑不安，她怕见到汪建，但又渴望能见到他。

正在焦虑不安的时候，诗敏站起来朝窗外望去，一个穿着黑色风衣的男人带着一个女孩谈笑风生地朝他们走过来。诗敏的脸红到耳根，整个身体颤抖着，她的心一阵揪痛，急忙上卫生间去静静心。

王诗敏看着自己的一张脸，五官倒也精致，只是眼眶里闪着泪水。她突然想大哭，泪水沿着她的脸颊滴下，她用水轻轻洗去泪痕，笑着走了出去。

诗敏看到汪建站在同学中，格外耀眼，容光焕发，诗敏脸红心跳地站在那儿。

汪建在人群里寻找诗敏，刚想问，转身见诗敏站在那儿发呆，他亲切地喊："诗敏，你现在才到。"

"人家早就到了。"小莉回话。

"人都到齐了，我们上桌子那边坐吧。"班长说道。

汪建被请坐到上上席位，他叫上诗敏和他的女朋友一起坐下，其他同学也都坐好了。

菜上齐了，他们喝酒敬酒，天南海北聊着，在笑声中回忆着过往。诗敏静静地坐在汪建的身边，她的心很安宁。汪建给他女朋友夹菜，又给诗敏夹菜，诗敏心里有点儿不舒服，就说道："不用了，我自己来。”

汪建敬了诗敏一杯酒，同学们也没有起哄，因为女朋友坐在他身边，大家说话慎重，生怕不小心说错话会引起什么不快。

汪建的女朋友去卫生间了。小莉说汪建带女朋友来搞得大家说话也不自由。

汪建笑了笑，轻声问了诗敏的一些情况。他听到她现在能这么好，真心为她高兴。诗敏从他眼里读到了她想要的感觉。她知道，他们回不到过去。汪建要了她的地址和电话号码。

吃完饭后，诗敏说有事儿要先走，汪建就说送她到楼下。他们两人默默无闻地走到门口。

“我们分手那一年的中秋节我去找过你，你隔壁的大叔说你进城看你男朋友去了。”汪建突然说道。

诗敏愣住了，那一年她是多么痛苦呀，莫名其妙就分手了：“你去找过我？”诗敏疑惑道。

“是的，我还写了几封信给你，你都不回。”

“有这回事？难道有人把你的信扣压，导致我们误解而分手了？”

“唉！我们是有缘无分。”

诗敏脑子里浮现出她的来信都是隔壁老王交给她，她曾经也怀疑过，为什么总是收不到汪建的来信？

现在想起来，一定是他在搞鬼。她凝视着汪建。他眼里满是浓浓的爱意，只是他们现在已经不是当初。

分别时，汪建对诗敏说了声：“我能抱一下你吗？”

诗敏含羞地说道：“你的女朋友在楼上。”

“她是我导师的女儿。”汪建紧紧地拥抱着诗敏。他想在她脸上亲吻却不敢，只是用手轻轻地拍了诗敏的头，接着问：“你有男朋友了吧？！”

“有了。”诗敏只想气气汪建，随口而说。

说完她就后悔了。她恨自己的性格，个性那么强，在他面前一点儿也不示弱，明明那么喜欢他，那么放不下他，却口是心非。

诗敏离开汪建，躲在树后望着汪建在那儿站了一会儿，才上楼去了。

诗敏感觉很委屈，埋怨汪建不懂她，她说先离开是想汪建能挽留她，谁知他还送她走。

次日，诗敏去她曾经工作过的小镇，她要去看看晓曼，也想打听一下那个仇人，为什么要这样害她？

第三十八章

诗敏离开新风镇有三年多了，镇上有一点点变化，那座山好像没有以前那么高大。镇上起了些新房子，操场两边搭了一排简易的铺位。如今的人比那时候多，小拖拉机在路上川流不息，人来人往，今天正好是春节后的第一个赶墟日。

诗敏在路上遇到一个熟人，是熟人先认出她来。她告诉诗敏，她曾经的同事都调走了，晓曼调到办公室去上班了。

于是，诗敏直奔商业部门办公室，她见到了刘主任。刘主任热情地邀请她进他办公室坐，诗敏敬重他。他们聊了一会儿，刘主任就说道：“老王早就被单位开除了，出了那件事儿之后又查出他挪用公款。另外他还交代扣压了你的信，承认做了很多伤害你的事儿。”

“我的那些信还在吗？”诗敏听后非常气愤，骂了一句，“那个可恨的东西。”她也清楚，时过境迁，那些信估计早就丢失了。

刘主任正在他的书柜里翻拣，说道：“我好像是放在这柜子里了，不知道夹在哪一本书里。”

诗敏站起来走到书柜前，她也认真寻找。刘主任又说：“去年八月中旬，老王的老婆找到我，说老王去世之前，说对不起王诗敏，他私藏了你几封信，交代他老婆要我想办法把信转给你。哎，我也老了，藏东西自己都寻找不到。”

“如果收藏在这柜子里，就能找得到。”诗敏把柜子里的书搬出来放在桌子上。

诗敏正担心那些信找不见时，刘主任突然想起来，他把那些信放在家里了，他说回家去取。

“那麻烦你跑一趟，我去晓曼那儿等你。”

诗敏从刘主任办公室走了出来，她的心说不出是什么滋味，高兴也好，伤心也罢，这些都过去了，失去的也追不回来了。

“诗敏，好久不见，你变漂亮了。”晓曼见诗敏款款而来，进了办公室，立即站起来迎接她并牵着她的手。

“晓曼，你还好吧，好久不见！”

“我呢，不怎么好。看来你一定很好，回到亲生父母家了。”

“我还不错。刚才刘主任说我有几封信被老王私藏，他回家去取了。”

“有这事儿？老王把你男朋友的信私藏，害得你们分手了。”

“可能是吧，我前男友也对我说他给我写过很多信。”

“这么说，你们解释清楚了，又可以续缘了。”

“缘早就断了。你的婚姻如何？”

“我的故事就长了，这几年你一定想不到我发生了什么事儿！”

“有什么事儿？你小孩应该上幼儿园了吧。”

这时办公室有人进来了，他是来拿资料的。王诗敏坐在那儿望着晓曼，她的脸上有淡淡的忧虑，眼睛有点儿红肿，像是哭过似的，从她脸上看好像过得不太好，她会发生什么事儿？她不是找到一个爱她的好丈夫并生了一个女儿吗？

“走，快吃中午饭了，我们去茶餐厅聊天。”

她们来到枫叶茶餐厅。诗敏跟着晓曼走过长长的过道，诗敏喜欢餐厅的装修风格，喜欢桌子上面铺垫的红色的小方格桌布，喜欢天花板上那些吊灯，淡淡的黄光柔和弥漫出浪漫的气氛。因为离吃饭的时间还早，服务员多过客人，餐厅里播放着邓丽君的歌。诗敏听着，她想起汪建，多么希望能和汪建有这个机会再续前缘。

她们俩在靠窗的桌子边坐下，诗敏望着窗外，往事涌上心头。其实她不愿意去想，离开这伤心地已经几年了，确实要学会放下。

这时，服务员给她们倒好了茶水。晓曼端着茶水，喝了一口，说道：“刘主任帮你去取信了吗？”

“那个人渣私自扣留我的信，害得我和汪建分手了。”

晓曼笑了笑：“他也得到了报应。”

“你开始说你近来过得不好，你发生了什么事儿？”

晓曼放下杯子说道：“我离婚了。”

诗敏瞪大眼睛，不相信地问道：“什么？你离婚了，这是什么时候发生的事儿？”

“说来话长，我都想不到我的婚姻这么脆弱。你是知道的，我妈妈开始一直强烈反对，说他家是农村的。他穷，我不嫌弃。结婚后，我们开了一间录像厅，后来承包五金柜，我们一起创业，是我找关系拿到康佳电视机的代理权。后来，我们有钱了，他就被一个小女孩给迷住了，女孩怀孕偷偷地为他生了一个儿子，直到她带着小孩来找我。你说我哪能忍得住，一气之下，我们就离婚了，他要店铺，我要钱。”

“你们就这样分手了，吵都没吵，你就这样放过了他？”

“服务员，服务员，我们点菜。”晓曼没有回话，她叫来服务员。服务员站在她们身边写单。诗敏没有食欲，她很郁闷：曾经爱得那么火热，爱得要死要活，最后还是分开了。

“诗敏，到你点了。”

诗敏看着菜单只点了一个炒面。

“你只吃这么一点儿吗？是不是我影响了你的心情？”

“听了你的事儿，我的心情很乱。我一直爱着一个人，这几年，他从未离开过我。我这样痴情，到头来也是和你一样，只是让自己受伤。或许，我们女人不要太爱一个人，谁爱得多谁就会受伤。”

“我还是相信爱情，虽然伤痕累累。如果遇到爱的人，我还是会狠狠去爱。”晓曼说完，会心一笑。

晓曼的笑容感染了诗敏：“是呀，要么不爱，爱就要狠狠爱。”

她们俩用茶水干杯，诗敏说道：“愿我们早日遇到爱情！”

“对，愿我们早日遇到爱情！”晓曼开怀大笑。

吃完饭后，她们聊了很久，彼此都得到了安慰。天气虽然很冷，但她们的心却感到暖暖的。

她们正准备离开时，诗敏透过玻璃窗看到汪建和一个男的朝餐厅走来。她呆呆地望着，晓曼顺着她的视线望过去，她擦了擦眼睛：“天呀，那不是你的汪建吗？”

“是汪建，但不是我的了。”诗敏的脸上泛红，心想，我进来时就想到他，真是心有灵犀。

“有戏，你的缘分又来了。”晓曼接着说，“你继续待在这里，我先走。”

“我还是不见他，我要去刘主任那儿拿信。”诗敏怕见到他，会让自己更加痛苦，她相信有缘始终会相见的。

于是，她们俩从另一个门口走了出去。诗敏的双脚仿佛被铁链锁住似的，艰难行走，她看到汪建他们坐在她们刚才的那个位置上。

“哎呀，我的手套没有拿。”诗敏突然发现手一阵冰冷，原来把手套丢在凳子上了。

“你还是去拿吧！天气这么冷，没有手套，手会冻伤的。”

晓曼大步地朝前跑去，唱起一句歌词：“妹妹，你大胆地往前走呀，往前走……”

第三十九章

汪建和他表弟走到靠窗的桌子边坐下，他看见凳子上有一双红色的手套，手套是那么眼熟，难道是诗敏来过？他脑海里一闪过这个念头，就忍不住笑自己睹物思人。

诗敏含情脉脉地来到汪建面前，她有一点儿紧张。还没等她开口，汪建惊喜道：“真的，真的是你来过，我猜这手套是你的。”汪建把手套递给诗敏。

“我刚才忘了拿手套。你们也来了，这里的菜不错。”

“你好！好久不见，你还记得我吗？”

另一个人问道。

诗敏这才瞧见他，在记忆里寻找：“噢，几年不见，你是建建的表弟？”

“以为你不记得我了。”

“坐坐，你吃过了，等我送你回去。”汪建的眼神里满是爱。

诗敏接过手套，不敢看汪建的眼睛，她低着头说：“不用了，我去拿点儿东西就回去。”

“我们有车，一起回去。”汪建真诚邀请。

诗敏一再拒绝，她不想去打扰他的生活，也不想让自己永远走不出这段无疾而终的情感。

诗敏从汪建手上接过手套。她转身离去时，泪水在脸上滑落，她的内心挣扎着，她多么想和汪建多待一会儿，但自尊心极强的她就是不低头。

往事如烟，诗敏曾经在这个小镇上工作了三年，在这里留下了很多的回忆，忧伤比快乐多，或许这就是人生吧！曾经遇到的坎坷以为过不去，时间让她已能笑着面对。

诗敏到刘主任办公室里。刘主任正等候多时，他也泡好了茶水。诗敏喝着茶水并把那些信小心地收在包里。刘主任打着官腔：“老王也走了，你不要再恨他了，他得到了报应。”

诗敏没有回话，这个人害她不浅，把她的恋情拆散，差一点儿还夺去了她宝贵的贞操。她急不可待地对刘主任说：“谢谢你帮我收了这些信，我想回家了。”

诗敏想独自去看这些信，回味那早已经消逝的恋情。

走在回家的路上，诗敏忍不住还是打开了一封信。她看后确实很委屈，不过又转念一想，如果他们是真爱，怎么会那么轻易就因为误解而分手？再说，这事情也过去这么久了，就让它成为过去吧！

第三天，诗敏就回工作单位了。令她没想到的是汪建追到单位来找她。汪建说，他还是放不下她，从见到她的那一天起，他想他们重新开始。他知道是他误会了她，他对诗敏说他在国外想她、牵挂她，他和导师的女儿没有谈恋爱，他只是当对方是妹妹，他的心里全是诗敏。

诗敏听后想了很多。她很冷静，汪建在国外，自己在国内工作，他们如果在一起，要面对很多实际问题，诗敏觉得这样没有安全感。

第二天，汪建要回去了。诗敏说谢谢他的爱，她习惯现在的生活。

诗敏委婉拒绝，汪建失望地离开，最后他留下一句话，他的心里永远有她的位置。

诗敏释然了，曾经念念不忘的人来到自己身边，因为各种原因，那份爱已经不是曾经的了。

随着工作日益忙碌起来，诗敏过往那些情感上的坎坷似乎渐渐都被冲淡了。

一天，诗敏收到陈子昂的来信，得知陈子昂的妈妈逼他结婚了。他在信里说他仍然爱她。诗敏内心有一点点失落，他曾经那么爱她，为她付出了那么多，也陪伴她度过了迷茫而艰难的岁月。

四月的一个周末，天气晴朗，一树一树的新绿叶布满了树梢，红花黄花就那样在风中不舍地摇摇欲坠，它们依然在努力绽放自己的美，给大地增添了满目的激情和满满的新意。

诗敏休假回到家，她妈妈的朋友给她介绍了一位中学老师，诗敏不肯去见。妈妈说："你现在不小了，我朋友介绍了几个都不错，我看他们的条件好。你说的那个陈子昂，他那么听他妈妈的话，太没有主见了，我认为他也没有担当，我反对你去找他。"

诗敏只是淡淡地说："陈子昂对我很好，但他结婚了。"

"这就好。听妈的话，妈妈一定帮你找一个条件比陈子昂好的对象。"

诗敏在家里享受着父母浓浓的爱，她哥哥结婚了，她和嫂子雅丽相处得不错。

诗敏告诉雅丽："汪建又向我表白了，我拒绝了。"

雅丽惊讶汪建竟然跑到单位去找她，这让她确定汪建的真心，无奈情已逝，缘分已尽。

诗敏想她的爱情这么不顺，一定是天老爷忘了她，忘了给她绑姻缘红绳。

时间就这样匆匆而过，诗敏在这儿工作两年了，一切都很顺利，她的心情很不错。她很有语言天赋，来了半年就能讲一口流利的广东话。

诗敏换了新的工作内容，专门负责应收未收的货款。她看到有几笔销售货款挂账很久，就汇报给部长。部长说那客户姓赖，他们就是不给货款。

诗敏听后，就说让她去试试。部长考虑再三，同意让她去。

诗敏和负责这片区的销售经理一起前往，他们去那老板那里，绝口不提货款一事，和他聊家常，问他们有什么困难，诗敏尽量帮他解决问题，给他提出一些好的建议。见诗敏胸有成竹了，那个销售经理就去其他地方办事儿去了。

诗敏就天天到那个老板店铺去看，还陪他喝茶。半个月过去了，他就被诗敏这样纠缠着。那个老板见她办事执着，实在不好意思欠账了，最后把几年的货款全还上了。

通过这件事，王诗敏懂得，作为一个成功的销售员，必须具备一定的专业知识，还要懂得如何和客户沟通，才能够及时收回货款。

于是，诗敏去新华书店购买销售方面的书，她要从书中学知识来用于实际操作。

想不到，三个月后货款全部收回来了，诗敏还帮公司销售了几十吨货。客人初次见诗敏就愿意在她手上拿货，原因是诗敏待人热情，喝酒爽快，说话很有分寸。诗敏自信，为人不卑不亢，赢到客户的好感。

销售部部长发现诗敏在销售这方面很有天赋，工作能力强，能吃苦，爱学习，是可以好好培养的对象。

诗敏从追账到做销售工作，从什么都不懂做到销售部门经理，她一年有大半年时间出差在外地，带领五十几个销售人员奔赴第一线。

年底，销售人员全部回来开年度总结大会，诗敏的团队超额完成了销售任务，得到了领导的表彰，她的团体个个都是精英。在她的努力下，她和客户建立了深厚的感情，她手头上掌握了几个大客户，有他们的支持，她很轻松就能完成任务。

第四十章

尽管工作上表现得异常优秀，但诗敏的个人问题依然没有解决，急得她父母到处托人帮她介绍对象。她妈常说她快三十了，工作做得好，还不如嫁得好。

诗敏只是笑了笑，听妈妈的话，她去相亲时真的是遇不到满意的人，这些男人从各方面来说都不尽如人意，条件好的年龄大，年龄合适的又觉得没有安全感。她想找一个聊得来的，那种有很多话可以说的人，灵魂上能相通，这确实太难了，有趣的人太难找了。

诗敏的母亲知道女儿根本就没心思去相亲，那就只好随她了。诗敏安慰她妈：“一切随缘，缘分没来就好好工作。”

四月的一个星期五下午，同事文静来到诗敏办公室。她见办公室里只有诗敏一个人，就轻轻地走到诗敏身边：“诗敏，你有没有对象？”

“没有。”诗敏不好意思地回答道。

文静是一个热心人，她喜欢诗敏的性格，她家境好，人也长得漂亮，就想介绍她老公单位的职员让他们认识。

“明天下午去我家，介绍一位朋友让你认识。”文静邀请诗敏去她家做客。

“文姐，你想帮我介绍对象？”诗敏见文静很神秘，还东张西望的。

“我老公单位的财务主管是你的老乡，我看他文质彬彬，性格也好。那天他来我家找我老公谈工作，我就感觉你们很相配，要不要介绍你们认识？”

“不要吧，谢谢！”

“你别那么高的眼光，来我家见见，看你们有没有缘分？”

“我哪敢眼光高呀，只是我不想相亲罢了。”

“你们见见面，看有没有缘分嘛。”文静就喜欢帮人做媒。

“谢谢！我真的不想相亲。”

“你来我家看看，我没有跟他说这事儿，我只是感觉你们很般配。”

“谢谢！”诗敏送走文静，心想，文静真是热心人。

文静为诗敏介绍对象遭拒绝，她仍不死心，出门时又说：“诗敏，相信我，我看人很准的。”

过了几天，文静又来了。诗敏被她的热情感动了，就答应去见一次面。

于是，五月下旬的一个周日，诗敏买了水果，坐上去城里的中巴，赶赴文静家里。

在路上，她一直想，那是什么样的人？听说是老乡，姓陈，做会计，这些让她想起陈子昂。

几年没见，不知道他过得好不好，想起他对自己一片真情，只可惜他们有缘无分。

诗敏又想到，找对象还是要找爱自己多一点儿的，这样就不累。

回想起她对汪建爱得是那么痴情，到后来还是走不到一起，那是多么痛苦的一件事。

幸好！她已经放下了这一切。诗敏轻轻地叹了一口气，朝遥远的天空放眼望去，今天的天气真好！阳光明媚，微风吹拂在她的脸颊上，她的心情格外舒畅，难道真有好事来临？她的脸上露出了笑容。

一个多小时后，诗敏就来到文静家附近。她找到 B 区二座，朝楼上望去，三楼的窗口正好站着一个年轻的小伙，他穿着一件白色的短袖衬衣，看上去很精干，还很面熟，这是谁呀？怎么有点儿像陈子昂？

诗敏忍不住笑了笑，她飞快地来到二座301号，敲了三下门。诗敏有那么一点点紧张，这次相亲和往日的心情不同，难道缘分来了？

诗敏正想着，门开了，眼前站着的人真的是陈子昂。

“诗敏，是你呀！”

“子昂，是你呀！”

几年不见，他们怎么都想不到是在这样的情形下再次相遇。诗敏大方地笑起来说：“文姐要我见一个朋友，原来是你啊！”

“诗敏，你来了，坐坐。”文静听见他们欢笑的声音，从厨房走了出来，“原来你们认识呀！”

“我们有几年没有见面了。”陈子昂望着诗敏，她变得越发漂亮了，身上散发着独特的气质。

诗敏被陈子昂看得不好意思，她的脸颊刷地就红了，急忙叫了一声：“文姐，不好意思，打扰了。”

陈子昂倒了一杯茶水递给诗敏，示意她坐在沙发上，他也坐在她身边。

“你们都认识，这就不要我介绍了。”文静端着水果盘从厨房里走了出来，“诗敏你吃水果，小陈帮我照顾诗敏。”

“文姐，我们曾经是恋人，只恨我们有缘无分。”陈子昂告诉文静。诗敏不好意思地低下了头。

“啊，是这样呀！诗敏，我就说了你们有缘。”文静开心地一笑。

“你们两人坐，我去厨房准备午饭。”文静转身去了厨房。

他们俩相视而笑，诗敏的内心却有种说不出的喜悦，太高兴了，他们这样都能相遇。

他们俩久别重逢，有说不完的话，陈子昂把他这几年经历过的事儿全部告诉了诗敏。诗敏的心隐隐作痛，可怜的陈子昂受了这么多苦。

陈子昂的眼神里透出一丝忧郁，往日的情景在他脑海里闪现。

他说当时来广东打工就是为了逃婚。诗敏故意提着嗓子：“现在什么年代，婚姻还要父母做主。”

“没有办法，有的事儿你不清楚。”陈子昂做出无奈的样子。

他们坐在沙发上喝茶聊天，诗敏突然朝厨房里喊：“文姐，许总呢？”

“他帮我买东西去了。”文静走出来坐在沙发上，“想不到你们俩早就认识，这个世界真小，有缘就会相见。”

“是呀，我们也有几年没见，要不是你约我们，或许子昂永远不会见我。”

“哪里，哪里，我想等我混出名堂就去找你。”

“陈子昂，这就是你的不是了，你现在不是干得挺好呀！”文静喝着茶水，起身去厨房。

“你坐一下，等我帮你去炒菜。”陈子昂的脸上露出不自然的笑容，想不到许总请他来吃饭是让他来见王诗敏，他心存感激。

文静说道:“不用你,你今天好好陪王诗敏,她可是我的领导。”然后进了厨房。

“文姐过奖了。”王诗敏望着文静的背影，她老公做生意很成功，有钱了依然是那么爱她，羡慕她过上了女人想要的生活。

陈子昂凝视着诗敏，见她脸上的笑容很浅很浅。

这时，许总从外面回来了。他手里拿着一瓶酱油，见他们两个都来了，他就打了招呼直接进了厨房。

“阿文，那个女孩儿就是你的领导，她好年轻呀！”许总轻声细语。

“是呀，她爸爸是厅级干部。”

“后台这么硬，你说他们两人会成吗？”许总带着怀疑的口气。

“不知道，不过他们早就认识。”

文静侧耳倾听，陈子昂怀着感激的心情诉说：“两年前我就来到东莞了，刚来时在星火电子厂做会计，去年五月应聘到南方物流公司做财务主管，也就是许总的公司。许总是我的贵人。”

“你来了也不找我？还说想我。”诗敏开玩笑地调侃。

“我结过婚，无法面对你，也不敢打扰你的生活，只是默默地想着你。”

陈子昂忧伤地凝视着诗敏。诗敏的心里莫名其妙地产生了怜悯之心。

“你出来打工，江丽燕没有意见吗？”

“江丽燕已经去了另一个世界。”陈子昂的声音有点儿嘶哑。他的头转向窗外望着天空，他内疚没有好好对待江丽燕，也没有能力给诗敏幸福的生活。

诗敏静静地坐在子昂的身边，听他诉说心中的困惑。

“你想听我的故事吗？”

诗敏点了点头，凝视着陈子昂。陈子昂从口袋里拿出烟，右手熟练地点火，抽了一口说：“不好意思，我去阳台抽一支烟。”

“他学会抽烟了。”诗敏望着子昂的背影，心里想，几年不见，他变了。

“小陈，你可以在厅里抽烟。”文静端着菜放在桌子上，接着说，“小陈，吃饭了。”

许总拿着两瓶啤酒放在桌子上：“广东五月就这么热，天热喝啤酒才舒服。”

“要不要来点儿白酒？”文静问她老公。

“不用了，天气确实热，还是喝啤酒吧！”陈子昂抽完一支烟就来到餐桌旁边。他见摆放着丰盛的一桌菜，觉得文姐真是太能干了，轻轻松松就能做一桌子菜。

陈子昂夸奖文静：“许总真有福气，找到了这么贤惠的妻子。”

“你以后能找到比我更好的，聪明能干、漂亮又贤惠的妻子。”

陈子昂听后哈哈大笑：“那就好！靠文姐介绍。”

“不用我介绍，马上就有了。”

“文姐煮的菜看起来就好吃，今天我们有口福了。”诗敏坐在桌子边，示意陈子昂也坐下。

这时，许总从房间里走了出来，他瞟了一眼还在厨房里忙碌的文静：“她很能干，找妻子就是要找文静这样的女人，单纯，心地又善良，做事任劳任怨，最主要的是她付出不求回报。”

“谢谢夸奖，这么多年的付出，老公认可也值得。”文静对她老公说，脸上露出幸福的微笑。

“真羡慕你们！”诗敏对文姐说。

“诗敏，你真不错，能干又聪明，工作做得那么好。”

“我哪有文姐说的那么好。”

“诗敏你就别谦虚了，只是你的婚姻大事该考虑了。”文静话锋一转，她想把他们拉在一起，接着说，“我看小陈很不错，你们两个真有缘分，两个都不小了。”

诗敏笑了笑，她瞟了一眼陈子昂。陈子昂正望着她，四目相视，陈子昂的眼神里写满了爱意。或许是他的爱意感染了她，诗敏的心温暖如春，她有那么一点点的感觉，脸上泛起了红晕。

第四十一章

吃完中午饭，陈子昂送诗敏去车站坐车。他们一路聊着，诗敏静静地听着。子昂说他学抽烟是因为内心很压抑，经常失眠，漫漫长夜，抽烟、喝酒让自己可以忘记很多事儿。

诗敏安慰着子昂，想起文姐说，陈子昂的工作能力特强，许总欣赏他有才华，说陈子昂是潜力股，要她抓住他。想到这里，诗敏忍不住笑出声。

“诗敏，你笑什么？”

“笑你。”诗敏调皮地说道。

他们快走到车站，她的内心有那么一点

儿不舍，感觉和子昂待在一起踏实安心。

“诗敏，我们多多联系。”陈子昂不舍。他希望重新开始，不知诗敏还能不能接受他。

“这是我的地址。”诗敏把她的名片递给陈子昂。

陈子昂接过名片一看：“几年不见，刮目相看，你工作做得很出色。”

“感谢你曾经帮我，这是我以前借你的钱。”诗敏从口袋里拿出钱交给陈子昂。

“不用了。”陈子昂果断地拒绝，接着说，“你现在这么好，我很欣慰，你的命运完全改变了，我还要努力。”

“我们一起努力，早日过上我们想过的日子。”诗敏坐上汽车，说完挥手告别了陈子昂。这次的相见重燃了他们心中的爱。

诗敏到家接到陈子昂打来的电话，他们在电话里又聊到了未来，诗敏要陈子昂考虑是否自己创业，她愿意和他一起。

陈子昂从诗敏的话里感觉到他们有未来。这时，他开始思考诗敏的建议。

六月、七月、八月就这样过去了，他们两人来往比较多，陈子昂有时间就去看望诗敏，又像以前那样陪她聊天、散步，他们相处得很愉快。

诗敏出差一个多月，陈子昂想了很多。他每天第一件事就是给诗敏打电话问好，他在电话里跟诗敏汇报每天的工作情况，诗敏好像是他的领导，他习惯请教诗敏生活上、工作上遇到的事情，诗敏总能给他出好主意。

陈子昂感觉离不开诗敏似的，他们俩越来越有共同语言，有聊不完的话题。

两个月过去了，思念如潮水似的席卷子昂的心头，往事一幕一幕在他脑海里闪现。夜晚，他躺在床上辗转难眠，等迷迷糊糊进入梦乡时，梦里都是诗敏。他梦到牵着诗敏的手不知道去哪儿，他们走着走着，诗敏突然又不见了，他到处寻找，就是找不到，他哭着大声喊叫，把自己也吓醒了。

陈子昂再也无法入睡。他长长叹了一口气，梦里是她，醒来还是她，他是真的很爱很爱她，明天要向诗敏求婚，他要娶她。

次日，诗敏刚好休假，她来到陈子昂的单位，只想看看陈子昂的工作环境。她了解到物流公司的业务比较繁忙，这个市场有很大的发展空间，有了一个新的想法。

诗敏突然出现在陈子昂的办公室。子昂惊喜地说道："请坐，我正想下班去看你，我有重要的事儿对你说。"

陈子昂叫诗敏坐在他办公桌的对面，端了一杯白开水给诗敏。

"我也有重要的事儿对你说。"诗敏笑了笑，"难道我们俩想到一块儿了？"

陈子昂凝视着诗敏，他有点儿兴奋："那你先说。"

诗敏把自己的想法全部说了出来，说得很详细，并分析了物流市场的前景和趋势。

陈子昂听完诗敏的分析，也认可这行业有潜力，他说道：“你说的这些，我也认可，只是我没有资金，也没有信心。”

“我认为你具备条件，你应该自己出来成立一家物流公司。”

“走，我们出去说，在公司里说这个不太好。”陈子昂带着诗敏穿过繁华的马路，来到了他的出租屋。

王诗敏第一次来到他的出租屋。陈子昂说：“这是本地人自建的房子，只有一个大厅，里面有三间房子，每间房子配卫生间和简易厨房，我这里比你那房子差远了。”

王诗敏默默地跟着子昂穿过大厅。厅里阳光不是很充足，陈子昂开了灯，诗敏才看清厅里摆着沙发。

这时，一个女孩从一间房子里走了出来。陈子昂和那个女孩打了招呼，那个女孩在诗敏的脸上停留了十几秒。诗敏好奇她这样看自己，等她出了门口，诗敏就问陈子昂：“你们这是男女合租房子呀。”

陈子昂笑了笑：“单位租的，隔壁还住着一个小伙子。”

诗敏有些醋意：“你们共用一个客厅，抬头不见低头见。”

“哟，吃醋了。”

“美得你！”诗敏不好意思地反驳道。

陈子昂有点儿得意，他走到门口神秘地说：“我房间很乱，千万别吓到你。”他慢慢打开门并且做了弯腰动作：“领导大人，请视察工作！”陈子昂的幽默引得诗敏“咯咯”地笑个不停。

诗敏站在门口朝房间里望去，映入眼前的却是整洁、干净、一尘不染的小小房间。房间里有一个书柜和书桌，这是房间里最耀眼的家具。

“你的房间不错呀！看不出你是这么爱干净，我的房间都没有你这么整洁。”

诗敏走到书桌旁边，见桌子上摆着一本《市场营销管理》，她拿起翻了翻说：“这本书写得很好，你也有兴趣看这方面的书了。”

“学习学习，做销售是一门学问，你是怎样成为销售能手的？”陈子昂知道诗敏是销售经理，对她佩服得五体投地，他也决心买这类图书学习。

“我是边学边干，做销售最主要的是要熟悉自己的产品，能吃苦耐劳，寻找客户，通过质量、服务和价值建立顾客满意度。”

“我先学习理论知识。”

“对呀，我正想对你说，你应该去做销售，做销售工资高，也可以锻炼一个人的综合素质。”

“我已经对许总说了，想去做营销，我有资源。”

诗敏听后非常赞成，他们聊了很多关于销售方面的话题，也聊到去创业，陈子昂表示有机会可以考虑。

这时，陈子昂冲了一杯咖啡给诗敏。诗敏接过喝了一口，感觉味道很不错。

“你这咖啡味道不错！”

“这是雀巢咖啡，我有一个同学在那儿做财务。我们公司也有他们的业务。”

房间里弥漫着浓烈的咖啡香味，诗敏眯着眼睛尽情享受着。

陈子昂情不自禁地欣赏着她。

诗敏睁开眼睛时正好看见陈子昂目不转睛地望着她：“你这样看我干吗？你不是说有事儿对我说吗？”

“我不敢说，怕说了从梦里醒来。”

诗敏笑了笑：“说呀，不说出来怎么知道。”

这时，一阵敲门声打断了他们的谈话。

陈子昂开门，见是合租的沈娟。她手里拿着一包东西递给子昂：“刚才去办公室，传达室的大爷说你忘了取。”

“哦，是我妈寄来的。”

那个女孩儿站在门口望着诗敏，诗敏点了点头。以女人的第六感诗敏怀疑她是有心来探视。诗敏站起来说：“进来坐！”

“不用了。”女孩儿朝陈子昂抛了个媚眼转身就走了。

诗敏看到她这样望着子昂，心里有点儿不舒服。她坐在那儿，脸色有点儿阴沉，沉思自己为何会有这样的心情？难道自己又陷入了情网？

“你在想什么？”陈子昂见诗敏低着头沉思默想。

“没想什么。时间不早了，我该回家了。”

陈子昂本来想对诗敏表白他内心的想法，刚才沈娟的到来，他感觉诗敏有些不高兴，他怕影响双方的心情，话到嘴边也就没有说了。

子昂送走诗敏，后悔没有勇气说出放在心里许久的话。

夏天过去了，冬天悄悄来临。陈子昂换了新工作，调到了运营部，负责开拓市场。

陈子昂凭着他的人际关系和交际能力，为公司签订了几单大业务，每个月都有五十个货柜，公司有稳定的收入，比去年同期增长了百分之三十。许总认可子昂的工作能力，任命他为销售部长兼财务主管。

陈子昂把这个消息告诉了诗敏，他们约好周末一起庆祝。这个时候，他们两人的关系不知从何时起，已经明确了，此时的感情已是如胶似漆。

中秋节，诗敏带着陈子昂去见她父母。她父母早就认可了，催他们早点儿领结婚证。

正当他们准备领结婚证时，陈子昂的妈妈打来电话，要他马上回家，说他爸突然病重。陈子昂带着诗敏赶回去时见了他爸最后一面。他爸临终时拉着他们俩的手说要他们在一起，并且要他们照顾好他妈妈。

诗敏流着眼泪要他爸放心，她会照顾好他们。陈子昂的爸爸在妻子怀里再也没有醒来。

一个星期后，陈子昂办完他父亲的丧事。他的母亲不愿意耽误子昂的工作，催他们回去，让他妹妹陪她去办其他事情。

陈子昂回到工作单位，仍牵挂着他的母亲。他的精神压力大，食不甘味，夜不能眠。诗敏安慰他，还请假陪了他半个月。

陈子昂这才振作起来，他感觉自己责任重大，下决心要去创业。正当酝酿大计时，他遇到过去的同事王力。他们俩去茶餐厅喝茶聊天，陈子昂把自己的想法告诉了王力，两人一拍即合。

王力在一间电子厂做厂长助理，工厂是香港老板经营的。他发现只要有订单，这生意就好做，问陈子昂是否有兴趣。

陈子昂曾经在电子厂待过，知道这行业利润高，成本不大，都是来料加工。

“你手上有订单吗？”

“我手上有几个大订单都是我寻找的。我酝酿了很久，已经在寻找厂房，只要资金到位，就可以大干一场。”王力说得陈子昂心动了，他当场就表示愿意加入。

陈子昂把这件事儿对诗敏说了。诗敏要他冷静下来，别冲动，了解清楚，看看这项目是否可行。

于是，陈子昂带上诗敏和王力面谈。他们聊了很久，仔细分析了市场行情。陈子昂对诗敏的判断非常赞同。

第四十二章

一天下午，陈子昂向许总汇报他近来正与南方中糖公司谈业务：如果能谈成，每个月都有几个货柜出口。但对方总是不松口，也没有拒绝他们，他希望许总和他一起去见一下他们的负责人。

许总听了子昂的汇报，了解了一下情况，对方这种态度，可能有两种情况：一是他们不了解我们的实力，二是他们已有长期的合作关系。

于是，许总就提议叫诗敏的爸爸帮忙约南方中糖公司的老总见面。

陈子昂也觉得这个办法好，可总感觉这会给诗敏的爸爸带来麻烦。许总建议让他再三考虑，他决定试一试。

于是，陈子昂鼓起勇气打电话对诗敏说了这件事。

诗敏一听也说好，她回去问问她爸。

一个星期后，诗敏的爸爸说，这事儿他不方便出面，这还得靠他们自己去。诗敏告诉陈子昂她有一个办法，愿意和他一起去找那位负责人。

诗敏的朋友杨总帮忙牵线，邀请那位负责人刘总去紫檀山庄度假村玩两天。陈子昂全程陪同，诗敏也和他们一起喝酒应酬。刘总听说诗敏是一位能干聪明的销售经理，对她肃然起敬，也就对陈子昂另眼相看了。他们一起陪刘总度过了愉快的周末。回家的路上，刘总对陈子昂说："你这个小伙子做事认真、踏实、有能力，我之前没有同意是因为我们对你们公司不了解，市场竞争也激烈。当然，我们公司也要和有实力的公司合作，这样大家做生意才比较放心，并且互惠互利。"

"对对，请刘总多多支持！"陈子昂谦虚地答道。

诗敏也趁机说："请刘总多多支持。"

刘总心里美滋滋的。他心里想，只要性价比较好，这点儿事他还是能办到的。过了一会儿，他就说："陈子昂你也不要着急，等我们下一批订单来了就让你们公司试试。"

陈子昂终于长舒了一口气，怀着感激之心谢过刘总。

半个月后，陈子昂就代表公司和南方中糖贸易公司签了合同，接着又和诗敏的单位签了合同，这些业绩的取得都少不了诗敏的鼎力相助。

陈子昂在工作上干得越来越好，他和广东知名电器企业签了合同。

年底，公司开年度总结大会，陈子昂被评为先进工作者。这一年他为公司做出重大贡献，为公司做大做强创造了条件，公司已有计划扩大经营。

晚上他们公司聚餐，许总特意给陈子昂敬酒。许总在心里早已想好了，陈子昂有一定的人脉资源，要留住他就必须让他拥有公司的股权，这样他就会一心一意地在公司干。

敬酒时，许总对陈子昂说："子昂，希望你明年更上一层楼，我们要借改革开放的春风大干一场，拓展市场，争取我们公司员工的收入翻倍。"

"好！"陈子昂充满信心，又有了新的想法。

晚餐后，许总又约陈子昂去办公室聊了一些事情，诚恳地邀请陈子昂来公司一起大干，还说让出一部分公司股份给他，问他愿不愿。

陈子昂沉默不语，不知道如何开口，毕竟许总提出这么好的条件挽留他。

过了一会儿，陈子昂怀着感激之心对许总说："许总，您是我的贵人，遇到您是我的福气。非常感谢您的栽培之恩，是您让我有今天的成绩，没有您就没有今天的我。但是，我想自己创业。感谢您这么看得起我。”

许总的心凉了下来，这么好的人才公司留不住。但他也理解，青年人想创业是好事儿，可惜的是公司失去了这么优秀的人才。他问道：“那你打算做哪一行？”

“我们准备做运输。不过请您放心，我绝不会带走您的客户。我女朋友在这方面有能力，她建议我先租一部大货车承包几家公司的货物运输，然后送到广州和深圳港口，主要业务是珠三角几个城市。”

“哦，真是不错！要不你还是和我一起，这样我们做成一条龙的业务？”

“真的感谢！我先做一下，等以后有机会我们再谈合作。”

陈子昂信心十足，诗敏早就把这条路铺好了，他也和几个公司的负责人都谈了这项业务。

新的一年开始了，王诗敏对她妈说，她想和陈子昂合伙成立一家运输公司。她妈了解清楚后表示赞同，并且出资大力支持，要她去找她爸的部下肖叔叔，他是公司的老总。

一个月后，陈子昂和王诗敏合伙出资成立了一家公司——王子运输公司。陈子昂是法人代表，任总经理，王诗敏是副总经理，另外招了两名驾驶员和营销员，他们的各项手续都办好了。

第一单业务是南方糖业公司刘总介绍的，他和陈子昂几次接触下来，觉得陈子昂业务能力强，有理想，年轻有为，有吃苦耐劳的精神，他们聊得来，他很喜欢陈子昂，鼓励陈子昂自己创业。

第二单业务是诗敏去找他爸爸的部下肖叔叔，肖叔叔给他公司供应部部长打了电话。诗敏和他谈了几次，他们了解后也把自己公司的运输业务转交了一部分。

幸运的是，肖叔叔还联系了他朋友公司的业务给他们。

他们公司的客户一个接一个，很多都是诗敏爸爸的朋友支持的。

诗敏做销售很有经验，也知道投入私人感情，周末她就约上客户吃饭聊天，请他们去泡温泉、吃农家菜。

王子运输公司在他们团队的努力下，业务越来越多，财源滚滚，他们信心倍增。月底的财务报表给他们带来了希望，公司越来越强大，他们的月度奖也越来越多。

陈子昂说他忙不过来，公司也想做进出口业务，他叫诗敏辞职出来，与他并肩作战，争取把公司做大。

一年后，诗敏辞了以前的工作，专心在王子运输公司干。这时，他们买了三部大货车。为了扩大公司的业务，诗敏又把她之前买的房子也卖了，筹措到的资金全部投入公司。

陈子昂最初反对，不想诗敏把自己的钱全部投入公司来，觉得这样对不起诗敏。因为他爸爸去世，要等三年后才能领结婚证。诗敏却相信他们的爱情，说没关系，等公司赚了钱就买大房子。

时间过得真快，公司成立两周年了，一切都向好的方面发展。诗敏的妈妈提议他们应该结婚了。诗敏却认为他们还是在创业阶段，等公司有钱了，能够买大房子了才考虑结婚。

其实这两年诗敏和陈子昂在一起工作，他们两人因为工作上的事儿常常意见不一致。

有好几次，诗敏决定的事儿，陈子昂不同意，说她遇事急躁。两人的性格反差大，生气的时候，陈子昂指责诗敏个性太强了，诗敏指责陈子昂办事拖泥带水，两人相处久了，矛盾越来越多，诗敏逐渐感觉两人无法在一起工作了。

一天，诗敏流着眼泪对陈子昂说："我们两人近来常常为工作上的事儿发生争吵，我们是不是要冷静下来，想想以后该怎么办？"

"是我对不起你！我没有顾及你的心情，经常认为你的想法过激不成熟，我承认你的业务水平高，承认你办事能力强，但你有时候不能在我的下属面前顶撞我，这让我很没有面子，你说我不大声说你能行吗？"陈子昂接着又认错，"是我错了，我以后再也不惹你生气了，以后你做什么事儿都是对的，我绝不反对。"

听陈子昂说完，诗敏的气消了一大半。子昂拉着她的手说：

“别哭了，你是我的领导，我都听你的。”

诗敏流着眼泪，她确实感到委屈，不知道他们的爱情能否长久，感觉没有安全感了。特别是陈子昂生气的时候，她想逃走，想去一个让陈子昂找不到她的地方。

诗敏望着陈子昂，他的优点就是做事踏实认真，有责任心，但说话比较直，容易得罪人，遇事犹豫不决，胆子也不够大，失去了很多机会。

文姐说他们俩性格互补，能走到一起。

诗敏走到窗下，凝视着天空。看到对面的房子灯火辉煌，她该有自己的房子了。

陈子昂走到诗敏的身边：“亲爱的，我知道你在想什么。”

诗敏依然望着外面，心情比刚才好一点儿，但还是感到很委屈，公司运转不错，有钱了，但他还是不提买房子和结婚的事。

“诗敏，我们去领结婚证吧！”

“你不是说要等三年后吗？”

“我妈打了电话说，你这么好的女孩，不能委屈你了。”

诗敏一听是他妈说的，心里又不高兴了：这个妈妈仔，什么都听妈妈的，他妈不让结婚就不结。想起他们迟迟没有结婚都是他妈的错，她的心里一时产生厌烦的情绪。

“又是你妈。”

陈子昂听出诗敏口气里有怨恨，他还是笑了笑说道：“我们明天去领结婚证，然后去看房子。就买对面建好的那楼盘，房产证写你的名字，作为送给你的结婚礼物。”

“真的？你知道那是多少钱一平方米？”

“我当然要买最好的给你，你天天站在这里看星星，你以为我不知道看的是什么。”

陈子昂说得诗敏破涕为笑，他们俩谈起未来，诗敏内心渐渐感到了温暖。听着陈子昂的甜言蜜语，她忘了那些不快，最后他们又和好如初了。

第四十三章

金秋十月，秋高气爽，路边的小花随风摇摆，桂花散发出浓郁的香气。陈子昂从桂花树上摘了些花插在诗敏的头上。诗敏开玩笑地说：“玫瑰花的钱都节约了。”

陈子昂拉着诗敏的小手朝民政局走去。

九点半，他们就到了政府办公楼。在保安的指引下，他们来到了民政局。

陈子昂跨进大门，走到第一张办公桌前。诗敏跟在后面，内心有点儿复杂，今天来领结婚证。

她好像是因为等得太久而没有那么迫切

了，慢腾腾地来到陈子昂身边。

办公桌后一位大约四十岁的大姐，长得像北方人，大大的脸，五官长得还算好看，皮肤细嫩。她瞧了瞧诗敏，然后眼神又落到陈子昂脸上，用一口标准的普通话说："请你们把证件拿来。"

陈子昂匆匆忙忙地从包里拿出介绍信和两张纸放在桌子上，诗敏也把相关的东西全部拿了出来，并且说："照片在你那儿。"

陈子昂又从包里拿出来放在台面上。那位大姐把台面上的资料拿在手上，仔细地核实，她先看了诗敏的资料后放在台面上，然后拿起陈子昂的资料看了看，她停了一下问："你的户口不在这里，要去户口所在地才能办理。"

"你的意思是我的资料不全，今天办不了了？"陈子昂有点儿失落。

"我们不知道要这些，你就通融一下，给我们办了吧！"诗敏祈求着。

"不行，我们要按规章制度办事。"那个大姐把他们的资料全部递给了陈子昂。

另一对小情侣迫不及待地来到办公桌前。陈子昂退到一边，心有不甘地望着那位大姐。

"走吧！下次回老家开证明。"诗敏心里有点儿不舒服，她有种不好的预感。

他们俩走出门口，谁也没有说话。走了一会儿，陈子昂小心翼翼地牵着诗敏的小手，内疚地说：“对不起！”

诗敏眼眶里溢满了泪水，努力不让自己哭出来，她也说不清为什么会流泪。

他们沿着城区最繁华的街道走着。阳光高照，秋风里透出秋老虎的味道，一阵热气扑面而来，他们俩相视而笑。

“我们干吗不开心？走，我请你去吃大餐。”陈子昂牵着诗敏朝市里最豪华的酒店走去。

不一会儿，他们就到了华侨大酒店。诗敏望着高档豪华的大酒店：“我们真的进去吗？本来领了证就可以庆祝，现在又没戏了。”

“谁说没戏，我下周就回去。”陈子昂说话的口气很坚决。

“那倒不用，元旦回去也行。”

“也好。”陈子昂和诗敏肩并肩地走着，他们一踏进酒店的大门，就被穿着红色旗袍的女孩热情接待，她带着他们走到靠窗边的一张小方桌那里。

诗敏环视周围，中午吃饭的人也不多，酒店服务员多过顾客，现在的生意可能不好做。她想起去年来这里见客户吃饭还要订位，怎么一年不到生意就这么差了？

“怎么吃饭的人这么少呀？”陈子昂同样也很好奇，听说这酒店高档豪华，想不到生意竟然这么差，真是经济萧条。

他们两人点好菜后，诗敏说：“我告诉你一件让你大吃一惊的事儿。”

“大吃一惊？还有什么比我们今天更乌龙？”

“前天，文姐给我打了电话说她要离婚。”

“为什么？”

“她说她老公赌博借了很多钱。”诗敏接着说，“不知道他们公司如何？”

“是呀，赌博多少钱都会败掉。”

他们的菜上齐了，诗敏吃着美味的炸鸡翅。美味佳肴让他们的心情渐渐好了起来。

这时，陈子昂从口袋里拿出一个小盒子递给诗敏。

“这是什么？金戒指？”

“我早就准备好了，想在这一天领了结婚证后亲自给你戴上。”

诗敏打开盒子见是金项链，她的脸上立即神采飞扬：“哇！是我喜欢的金项链，你怎么知道我喜欢这条？”

“喜欢不？”

“当然喜欢，我们就这样私订终身。”

“这么容易满足？”

“有什么办法，我早就是你的人了。”

“快吃，吃完饭我们去看房子，我买房子送给你。”陈子昂充满信心，他想，不能领结婚证，先买房子也行。

“真的买？你还差我的大房子。”诗敏很认真地看着陈子昂，她笑嘻嘻地用手摸着陈子昂的下巴。诗敏有个习惯，高兴起来就喜欢摸子昂的下巴。

“讨厌，你老是爱摸我的下巴。我现在打电话给售楼处。”陈子昂打电话约好下午两点去售楼处看房子。

“我吃完了。服务员，买单。”诗敏招呼服务员过来。

“今天总要干成一件事儿，结婚证领不了，那就买房子去。”陈子昂从钱包里拿出钱交给服务员。

他们两人打车到了售楼处，刚好售楼处人也不多。

下午两点钟，他们来到花园新村的售楼处，弥小姐早就在那儿等着他们，她这是第三次接待陈子昂。来这里买房子的大部分是香港人，她对陈子昂不太抱希望，但依然很热情。

弥小姐看见陈老板带着女孩来看房子，心想这生意准能成。她望着陈子昂：“陈老板，你都来了几次，这次可以订下了吧？！”

“只要她满意就行。”

弥小姐带着他们到展示厅看售楼平面图，介绍房子周围的地理环境，她说：“这里交通方便，附近有两个大超市，住在这里生活很舒适。这里还有学区房，从小学到初中都不用烦。”

“这里确实不错！你怎么知道这里？”诗敏看后，感觉住在这里确实方便。

“我已经看过了。我喜欢房间的布局，如果你喜欢我们就拿下。”陈子昂对诗敏说。

“我带你们去看样板房吧！”弥小姐手里拿着广告传单。

“你什么时候来过？怎么没听你说起？”诗敏再一次问。

“上个月王总来买房子叫我陪他来的。”

“他说买房子送他老婆。”弥小姐羡慕地说。

他们上到三楼，走进 01 号样板房。诗敏被房间里的装修吸引住了——简单大方，黄色的灯光柔和地洒落在客厅里，客厅南北对流，雕花的窗帘射入斑斑点点细碎的阳光，温馨、浪漫弥漫整个房间。

一瞬间诗敏就喜欢上了，特别喜欢主卧的布局，坐在窗台上视野宽广，遥望天空，还可以数星星。

“我喜欢这里。”诗敏兴奋得在房间里摸摸这里，摸摸那里。

这时，一位穿着时尚、涂着口红的女子和一位戴着粗金项链的中年男子进来了，诗敏没在意，听到女子说话声音娇滴滴的：“老公，我喜欢这里，我们买吧！”

“你每看一处都说喜欢，再看看吧。”男人有点儿不耐烦。

诗敏顺着声音望着那个女人。那个女人也看着诗敏，她喊了一声：“王诗敏。”

“吴小佳。”诗敏惊喜地走近吴小佳，接着问道，“你怎么在这里？你不是在广州吗？”

“我老公在这里开厂。”吴小佳说完有点儿不自在。

“那是我男朋友陈子昂，我们在新风镇上班时的同事。”诗敏招手喊道，“子昂，你过来。”

陈子昂对弥小姐说了一声，转身看见很久不见的吴小佳，快速走到诗敏身边。

“吴小佳，是你呀，好久不见！”陈子昂打量着小佳，几年不见，她变了很多。

吴小佳笑声很大，她不好意思，就蒙住嘴：“在这里遇到你们，太有缘了。”接着问，“诗敏，你们也准备买房子？”

“是的，正在看。”

“我已经看了好多地方，对这里挺满意，我们买在一起吧！”吴小佳提议。

“这里真的不错！是学区房，附近有两个超市，还有菜市场，日常生活方便。”弥小姐接着说，“来这里买房的大部分是香港人。”

“喜欢就买。”陈子昂见诗敏的心情不错。

“诗敏，我们买在一起吧！”吴小佳跟阔别多年的老朋友重新相聚，她太高兴了。在她记忆里，诗敏有一点儿自卑，不够自信，却单纯、可爱。如今见她非常自信，散发着职场女性的魅力，小佳轻声问道：“你和陈子昂在一起了，太好了，你的命运改变了。”

“你还记得我们说要改变自己的命运。”诗敏浅浅一笑，“见到你真高兴，你过得还好吧！”

“过日子吧，我是今朝有酒今朝醉。”小佳一副玩世不恭的样子。

诗敏轻声问小佳：“你来这里多久了？”

“我刚来，之前住在广州。你来了多少年？”

“我快十年了，时间过得真快。”

“诗敏，你过得很好吧！我从你身上看到了幸福的样子，你整个人充满朝气，精神焕发，特别自信，你的状态很好。”

“小佳，你老公是哪里人？”

“他是香港人，回内地开厂，我们厂在新塘。”

吴小佳挽着诗敏的手臂对她老公说：“她是我的闺密，我们以前住在一个寝室里，我们三个人是同事。”

小佳的老公对诗敏点了点头，并和陈子昂握手。

诗敏也点点头打量着对方。他看起来四十多岁，肥脸大头，身材高大，脖子上挂着粗粗的金项链，穿着黑色的夹克，透出男人的野性魅力，夹着一个黑色皮包，一看那打扮就像是有钱人，但他的目光狡黠，诗敏从他眼神里看出了凶狠。

“诗敏，我们买在一起好不好？”

他们一行人看了01号样板房，又看了02号样板房，小佳说：“我们去隔壁03号房、04号房看一看。”

“01号房、02号房比03号房、04号房大一点儿。”弥小姐告诉他们。

他们几个人看完样板房后，对 01 号房、02 号房比较满意。于是，他们一行人来到了售楼处。

“弥小姐，我们两家都买，你要给我们优惠多点儿。”陈子昂说。

“陈先生，我给你们的价格比王总那儿还优惠。”

“我们两家都买，应该再优惠。”吴小佳对另一位售楼的帅哥说。

弥小姐把他们选好的房子算好总价。诗敏看了看，提出再多点折扣还要把尾数去掉。小佳也是这样要求。

“这样吧，我去向我的领导再申请一下，我没有权利做出决定。”另一位帅哥说。

他们等了十几分钟，帅哥回来告诉他们，领导说只能减点儿尾数，折扣就没有了。

吴小佳的老公听说没有折扣就说不买了。吴小佳心里不高兴，听见陈子昂果断地说要买，她默默地流泪。诗敏见小佳这样，就说：“没有折扣我们也不买了。”

第四十四章

他们一行人走出售楼处，吴小佳一直生气，也不搭理她老公。诗敏看在眼里，能猜到小佳在她老公心中的地位，诗敏想："怪不得吴小佳脸上总有淡淡的忧愁。"

诗敏对子昂说："你一个人先回家吧，我想独自走走。"

"诗敏，我陪你去逛街。"小佳跟诗敏说，随即又对她老公说，"你先回去吧！今晚我和诗敏一起吃饭。"

小佳的老公只是点了点头，也没有说什么，转身就离开了。

陈子昂不放心，要她们注意安全，吃好点儿。

但他的心里有点儿烦。今天忙了一整天，什么收获也没有，领结婚证和买房子两件大事一样都没成。陈子昂望着她们的背影，失落涌上心头。

她们走了几步，小佳回头看见陈子昂还站在那儿，就说："陈子昂还站在那儿深情地望着你，他对你真好，怪不得你过得这么幸福。"

"你回去吧！"诗敏回头挥了挥手，接着说道，"每个人都有自己的烦恼，我到现在还没有结婚。"

"这都是命呀！今天气死我了，说好买房子送给我，他总想反悔，他是见我还没有生出儿子。"

"怎么回事？生儿子就买房子？"

"哎，诗敏，我的苦没地方诉呀。"小佳说完，眼里噙着泪水。

"我们找个地方坐一坐，好好聊聊。"

她们走了一会儿，两人就坐在路边的小石凳上。小佳流着泪说："我已经怀过两次，因为是女孩儿，他让我终止怀孕。他承诺，只要我生了儿子就会给我想要的东西。"

"怎么会有这样的事儿，你们没有结婚吗？"

"哪会结婚？他在香港有老婆，他老婆已经生了三个女儿，他只想要儿子。"

"你是怎么走到这一步的？我记得你之前在深圳和你男朋友

一起卖服装。”

“都是我的错！我结婚生了一个儿子，没有好好珍惜，一失足成千古恨。”

这时候，天阴沉沉的，秋风阵阵吹来，一片片叶子从树上飘下来，有的落在她们身上和头发上。诗敏用手弹去身上的一片黄叶，又望着小佳，她的脸上布满了忧愁。痛苦的回忆会让情绪失控，坏的情绪会传染，小佳的坏心情已经影响了诗敏，她也对小佳说了她的过往，两人就这样聊了两小时。

诗敏说：“我终于摆脱那些烦心事儿了。”

“原来你也不容易，吃了那么多苦，幸好你找到了你亲生父母，真是老天爷有眼，好人有好报。”

“小佳，我们的幸福靠自己去争取，靠男人是靠不住的。”

“我多么羡慕你独立自强，自己养活自己，不靠男人也能活得精彩。”

“你有手有脚，怎么就不能养活自己？”

“哎，我过惯了这种日子，好多年没有出去工作了。”

“小佳，你是传说中的二奶吗？我听说香港很多人在内地包养女人，就是为他们生儿子，天呀！真有这回事儿。”

小佳陷入深深的痛苦中，她竟然不顾自己的形象，坐在路边哭泣。诗敏只是在她肩膀上拍了拍：“小佳别这样，有人看着我们呢。”

这时候，诗敏的手机响了。她看到陌生电话，对小佳说：“我接个电话。”

她听到熟悉又陌生的声音，喊了一声：“汪建，你回国了吗？”

“是的，我刚才见过你哥哥，他说你没有出差。一个半小时左右我就到你那里，我们还是去那家‘不见不散’茶餐厅吧！”

“那里早就关门了，你到了再说吧！”诗敏挂掉电话，有点儿兴奋，感觉像是在做梦。

此时此刻，小佳的脸上还挂着泪水。她见诗敏手舞足蹈：“这么兴奋，谁要来看你？”

“小佳，你还记得不，我的初恋？”

“是你那个念念不忘的汪建？他马上要来看你？”

“是吧，他刚才打电话说他一个半小时后就到。”

“那我先走了，不打扰你。”

“别，别，别这样。我和他早就没有那个关系了，他如今生活在国外。”

小佳羡慕诗敏，这么多年了，她的初恋依然没有忘记她，还特意来看她，想起自己的现状，伤心的泪水又涌了出来。

“小佳，你也见过汪建，我们一起去，没有关系，你正好可以调整情绪。其实，我们女人一定要爱自己，得自强，努力让自己变得更好。”

诗敏想起市中心的红色西餐厅，那里的环境不错。

于是，她们打车过去。离约会还有一小时，诗敏打电话告诉汪建她们到了。她们两人坐在那儿吃着点心，聊着心事。

小佳回想着自己做了很多后悔的事儿，如果她勤俭持家，和前夫好好过日子，把他们的服装店经营好，也可以买房子，过着幸福的生活，不会像现在这样寄人篱下，连工作都没有，还不能养活自己。她越来越羡慕诗敏，她要重新规划自己的人生，别把自己的青春浪费在不可靠的男人身上，靠自己去创造美好的生活。她经常做那样的梦：被人赶出来，吓得惊醒。

“诗敏，我想离开他，他太小气了，又不守信用。”

“当然可以，就看你有没有决心。”

“你看我能重新开始吗？我想找个工作养活自己。”

“你早就应该这样了。”

“那我能干什么呢？我好久没有工作了。”小佳唉声叹气。

“你叹什么气呀，只怕你不舍得你老公。”

“呸，什么老公，一个骗子，要不是说买房子给我，我早就想离开他。你不知道他有多小气，每个月给那么点儿钱，总是哄我说给我买房子，就是想拖住我，都是虚情假意。”

诗敏刚想说下去，见汪建从外面走了进来，站在她们的面前。小佳认出他来了，站起来打招呼：“你是汪建吧！你还是以前的样子，这么多年都没有变。”

诗敏望着汪建风尘仆仆地赶了过来，她的脸上露出久违的笑容。她有点儿不好意思，也站了起来：“这么快就到了，你坐。”

“我听你哥说你没有出差，就迫不及待地赶过来了。我怕又像上次我回来，你却在北方出差，错过了见面。”汪建说完就坐下，接着说，“你是吴小佳吧！我差不多十年没有见你了。”

“是呀，那时你来看诗敏还是我帮你传信呢。”

“那真要感谢！今天我请客。”汪建坐下来喝了口茶水，喊了声，“服务员，点菜。”

汪建把菜谱递给诗敏要她点，诗敏又把菜谱递给小佳，小佳也不客气地说：“我今天心情不好，我点一个最贵的。服务员，我点这个。”然后把菜谱递给诗敏，诗敏点了牛仔骨。

“请你们吃大餐,你们却为我节约,还是试试点几个招牌菜。”汪建点完菜就把菜谱递给了服务员。

“诗敏，我今天是来给你介绍生意的，我的一个朋友从事服装贸易，他要寻找运输公司合作。我已帮你联系好了，你明天去他公司面谈。”汪建从包里拿出名片交给诗敏。

“你太有心了，感谢！跑这么远来告诉我这些。”诗敏的脸上洋溢着幸福。

小佳望着他们两人的表情，心里明白了，这两人虽然分手了，但他们还是有感情的，可惜缘分断了情未了。

“汪建，你可真好！还帮诗敏介绍生意，诗敏有你这个朋友真是幸福呀！”

“唉，只要诗敏幸福就好！”

他们三人在愉快中享受着晚餐。小佳从汪建的言行中深有感触，心里想：“为何自己遇不到对自己好的人？”

他们已经吃完饭了，汪建说：“请你们在这里吃快餐，真不好意思，今晚我要赶回广州。下次来请你们吃海鲜。”

“怎么不住一晚就走？”小佳问道。

“这么急就要赶回去，来了也不多玩两天。”诗敏恋恋不舍。

“我是特意来看诗敏的，刚好有生意介绍给她。”

他们走出红色西餐厅。天公不作美，竟然下起了小雨。刚好旁边有一间小超市，汪建就进去买了三把伞和一些小零食。

小佳走到汪建面前拿了一把伞，就说：“谢谢诗敏，谢谢汪建，今晚我过得很开心。我就先走了，诗敏，我们电话联系。”

“诗敏，我打车回广州，顺便送你回家。”

他们两人走了一会儿见到的士，汪建开车门请诗敏上车，然后把小袋子给诗敏。十分钟后到了小区门口，诗敏下车向汪建挥手告别。的士向前行驶，直到看不见了。诗敏转身见到陈子昂站在身后，吓了她一跳。

“这是谁呀？你不是和吴小佳一起，怎么是一个男的送你回家？”陈子昂说话的口气带着火药味儿。

“你吓死人，站在我身后一声不吭。”

“这是谁呀？”

“一个客户。”

“一个客户？”陈子昂不信，一个客户坐在的士上那么不舍，他生气地说道，“鬼相信是客户，客户让你恋恋不舍，是你的旧情人吧！”

“你这人怎么啦，只要看到我单独见男士你就这么不舒服，你吃什么醋呀？”

“你心虚吧。”

诗敏本来心情不错，子昂几句冷言冷语让她心烦。她不想回家，想独自在外面冷静一下，她知道他们今天什么事情也没有办成，两人心里都有火。

诗敏无语转身，朝另一条路上走去。

“难道是我说错了吗？”陈子昂对着诗敏的背影大声喊道。

天空下着细雨，诗敏打着伞走了很久，也想了很久，幸好今天没有领结婚证，她思索着这婚还要不要结。

第四十五章

陈子昂回到家，坐在客厅里抽烟。平时，他会去外面或者阳台上抽，但今天他就要在客厅里、房间里抽，看着烟雾弥漫整个房间，最初他有种痛快的兴奋感。

过了一小时，诗敏还没有回家。他就有点儿急了，这黑灯瞎火的，她去哪儿了？

陈子昂陡然想起报纸上说有一个女孩夜晚回家，遇到一个流氓，遭对方先奸后杀。他的一颗心揪着，急忙冲到楼下去寻找诗敏。

他来到路口转弯处，见到一堆人站在那

儿，有穿白大衣的医护人员，旁边停着一辆救护车。陈子昂紧张得不敢走上前去，他怕……

这时，他见担架上的人被用白布盖住了，突然冲上前去揭开看。他见是一个男人，大声说："不是，不是。"

"陈子昂，你干吗？"不知何时出现的诗敏在陈子昂的肩膀上拍了拍。陈子昂见诗敏站在他面前，惊魂未定，紧紧抱住诗敏："你去哪儿了？刚才吓死我了。"

"我就在附近散散心。"

"对不起！是我错了，原谅我吧。"陈子昂拖着诗敏赶快离开恐怖之地，他脑海里一片混乱，多么怕失去诗敏啊。

刚才的一幕提醒了他，人生有很多事儿是无法预料的，他们要好好珍惜拥有的一切。

他们回到家都检讨了自己的不对，其实都是因为没有好好说话。这场不愉快的争吵就这样轻松化解了。

夜深了，陈子昂却无法入睡，思绪万千，时间真快呀！

他们一起走过多少个春夏秋冬，年复一年，是该结婚了。

"诗敏，诗敏。"陈子昂忍不住喊醒睡梦中的诗敏。

"嗯，什么事儿？"

"诗敏，我必须把房子买下，这个星期我们回去领结婚证，我怕别人把你抢走。"陈子昂接着说，"我要给你一个家，给你幸福是我最大的心愿。"

“哦，你还不睡觉？”

“我睡不着。”陈子昂说完，诗敏转身又进入了梦乡。

第二天早上，陈子昂煮好了早餐。诗敏来到餐厅，望着窗外：“今天的天气真好，以后我的早餐你包了。”

“那当然了，我昨晚对你说了，房子我们马上买，下星期我们回老家去领结婚证。”

“我答应了吗，梦中的话也算数？”

“你可不能反悔，就按我说的去办，这两天必须去买房，我想有个家，想给你幸福。”陈子昂坐在椅子上，低头望着他准备的早餐。

诗敏坐下来吃了一口面条，娇滴滴地喊：“子昂，你煮的面条太好吃了，我要天天吃你煮的面。”诗敏傻笑着。陈子昂见诗敏温柔的样子很可爱。

“那我们按计划执行。”

“双手赞成！”诗敏拿起筷子举起双手。

“那筷子上有油。多大了，还不注意卫生。”子昂收拾碗筷进入厨房。

“我今天要去谈业务，是昨天约好的，你要不要和我一起去，免得你吃醋？”

“又来了，我哪有那么小气？！”陈子昂拿着包准备去上班。

“等等，你搭的士去上班，我要用车去谈业务。”诗敏接过子昂递过来的车钥匙。

这个月他们很忙，谈业务、见新客户、买房子、回老家领证。

一个月后，诗敏的房子买好了，结婚证也终于领了。

此时最紧要的就是装修房子。刚好，王总新家已经装修好了，他们去王总家看了，很满意，那班装修工程队转到他们家来施工。

从设计房子的平面图到装修施工，每一个步骤都是诗敏精心把关。她得出经验教训，装修就是用一个错误纠正另一个错误。她有时和陈子昂也会争吵，两人的思维不一样，审美观也不一样，最后还是陈子昂听从诗敏的。

三个月后，房子终于装修好了，家具也买好了。他们在春节期间举行了简单的婚礼。

他们婚后过得很幸福，陈子昂包揽大部分家务，诗敏不太喜欢做家务，她喜欢看书学习，陈子昂全力支持她。诗敏学习和工作两不误，又报读了华南师大总裁培训班。她是有梦想的女孩，他们公司的业务基本上是诗敏一单一单拿回来的，没有诗敏就没有公司的今天。

生活平静又有趣地过着。

一天，吴小佳突然来到，诗敏不知道是祝福她还是劝她。

小佳告诉诗敏，这次她终于怀上男孩了，还有一个月就要生了。她买的新房子在诗敏家附近，装修公司全包，叫诗敏有时间帮忙瞧一瞧。

五月的一天，许总焦急地来到陈子昂的公司。他因为赌博借了高利贷，银行不给贷款，他的资金链又断了，现在已经波及公司的正常运转了。他想卖掉他的公司还借款，问陈子昂是否有兴趣接手。

陈子昂说要和诗敏商量，尽快答复他。

许总临走时，告诫陈子昂一定不要学他去赌博，不要借高利贷，那班人是吃人不吐骨头的黑心人。

一个星期后，诗敏摸清了许总公司的情况。他因为急需资金，公司等于是贱卖，这么好的机会，诗敏哪会放弃！

于是，她把这事儿对她爸妈说了。她妈带着俊锋亲自到许总公司详细了解情况，还带了律师等相关人员一起走访，经过认真考虑，诗敏的妈妈叫俊锋也投一份进来。

陈子昂完全同意，他们公司要留资金周转，贷款有限额，既然诗敏娘家愿意投一份，这是好事。

他们顺利地收购了许总的运输公司，改名为王子鸿运有限责任公司，陈子昂是法定代表人兼总经理，诗敏的哥哥肖俊锋任副总经理。王子运输有限责任公司的法人代表转变为王诗敏，她还担任董事长，陈子昂任副总经理，王诗书任秘书。两个公司有五十多个员工。

王子鸿运有限责任公司经过几个月的运作，慢慢走上正轨，业务量也在增加。大家的心情都不错，吃饭的时候有说有笑，还约好周末去郊游烧烤。

肖俊锋来了不到半年，竟然把业务做到珠海了，他拿下了一家知名空调厂的大单。跟他一起去的业务员见证了他是如何一步一步和这家公司的负责人谈业务。过程艰难曲折，但结果还算满意，公司业务稳步增长。

两年来，陈子昂把握公司的大方向，在他的带领下，公司做大了，做强了。但与此同时他也变了，做事独断专行，他决定的事情没有人能改变。

肖俊锋和他在工作上产生了分歧，陈子昂竟然不给肖俊锋面子，在开会的时候直接批评他。陈子昂目中无人，这给诗敏带来了痛苦。

肖俊锋在诗敏面前诉说子昂的不是，还说要她注意子昂的言行。

诗敏到家后，越想越气，两夫妻为她哥的事儿经常争吵。子昂生气地说："你那哥哥整天坐在办公室炒股，对工作也不上心。你看他来了两年，就是刚来的时候工作积极，后来他喜欢上股票，哪还有心思工作呀！如果他再这样下去，我会辞退他，别以为我不知道，他在你面前经常说我的不是。他最近无中生有，说我和公司女职员关系暧昧，不是他挑是非，你回到家会这么生气？"

"你还好意思说，我正想问你，你和丁洁是什么关系？公司很多人在议论你，别让我抓到证据。"

“不是你想的那样，我们是工作关系。”

“工作关系？别以为我不知道你那小心思。你们去郊游，你那么照顾丁洁，别以为那些小跟班都是你的人，没有不透风的墙。”

诗敏说完觉得很累，就去另一间房睡觉。她躺在床上回想起他们所走过的路，感觉心好累，不想见到他。

陈子昂见诗敏去另一间房睡，便去敲门。见没有回音，他就拿酒喝，把自己喝得醉醺醺的，然后又敲门大声喊着诗敏的名字。诗敏怕吵到别人，就打开门。子昂说道：“你终于开门了，出来喝酒吧！酒是好东西，喝了能忘记烦恼。”

子昂说话时吐出浓浓的酒气。诗敏闻到一阵恶心，急忙跑到卫生间去呕吐，把晚上吃的东西全吐出来，连胆汁都吐出来了，她无力地按水冲掉。

“你怎么吐得这么厉害？！”陈子昂听到诗敏呕吐得一塌糊涂，拍着诗敏的背，“都是我的错，我的错，老婆，我是爱你的。”

诗敏吐完后躺在沙发上有气无力地说：“你走开，你的酒味儿太浓了。”说完她又冲到卫生间去呕吐。

陈子昂见诗敏辛苦，不停地呕吐，他突然清醒了，难道有了？想起她近来爱睡觉，爱发脾气，吃饭没胃口，他走近诗敏：“你是不是有了？”

诗敏吐完用纸擦着嘴问：“有什么？”她沉思了一下，“我这个月没有来例假。”她快速来到挂历前查看。

“你超过半个月了，太好了，宝宝终于来了。”陈子昂拥抱着诗敏。诗敏用手推开子昂，冲向卫生间：“不行，不行，我又要吐了。”

陈子昂笑眯了眼，追着说：“小心，小心，别摔倒了。”

这一晚他们忐忑不安，不知道是不是真的如他们所愿……

第四十六章

第二天早上，诗敏起床后又是一阵呕吐。她感觉真的是怀孕了，只想去医院确认，简直喜不自禁地对子昂说："宝宝真的要来了，我要做母亲了。"

"太好了，我去煮碗肉丝面给你吃。"

诗敏听说吃肉丝面，又是一阵恶心，她再度转身又去卫生间吐得一塌糊涂。她难受地说道："你不要在我面前提吃什么。"

"不能吃肉？那会没有营养。"陈子昂扶着诗敏走出卫生间。

诗敏感觉胃里很不舒服，想吐又吐不出

来。她右手叉着腰慢慢来到沙发上躺下："你帮我煮碗清水面，什么也不放。"

"这没有营养，看你这么难受，怎么办？"

诗敏用手擦着眼睛，因为刚才吐得眼泪直流。

不一会儿，陈子昂端出一碗面条递给诗敏。

"我要做母亲了，难受也要吃点儿东西。"诗敏坐在餐桌上一点点吃着。她的脸色不太好，但心里涌上了幸福感，盼了很久，宝宝终于要来了。

"亲爱的，我今天不能陪你去医院检查。前几天就约好去珠海见冯总谈事。"陈子昂表现出难为情的样子。

"你们那个业务谈了半年，还没有希望吗？"

"对不起！就是约了今天去签合同，太不巧了。"

"哦，这单业务很重要，我可以自己去医院。"

他们两人吃完早餐，陈子昂开车送诗敏来到了医院门口，他急忙去开车门扶诗敏下车："对不起！不能陪你去检查，你要注意安全。"

陈子昂很不安，反复说着"对不起"，诗敏反过来安慰他说没有关系。

诗敏独自来到市妇幼医院，她在挂号处遇到小佳带着她儿子在排队："小佳，星仔不舒服？"诗敏站在小佳后面。

"他感冒了。你哪儿不舒服？"

“我来验一下，例假推迟了。”诗敏在小佳的耳边轻声说。

“陈子昂呢？他怎么不陪你？”

“他今天有事儿。星仔长得多好。小佳，你带小孩儿很辛苦吧！”

“辛苦没什么，就怕他生病。”

她们两个聊了一下近况。诗敏才知小佳带着小孩回娘家了，她老公想把儿子带去香港，星仔太小了，她不放心。

“我看你挺像怀孕的样子。”说完，小佳抱着小孩转身去一楼看门诊了。

诗敏喜悦地望着离去的小佳：“我也快做妈妈了，宝宝，你一定要好好的。”于是，她小心翼翼地来到四楼妇产科。

一进妇产科大厅，诗敏傻眼了，天呀！怎么这么多人！数了数，她前面有三十几个人，她走到护士面前，把写好的病历本交给护士排队。

一小时后，护士领着诗敏走进林医生的办公室。林医生说话很温柔，她给诗敏把了一下脉，问了一些情况，然后开了化验单叫她去化验。

“医生，我是不是怀孕了？”

“你先去化验，看了化验结果才知道。”林医生说完就叫下一个。诗敏拿着林医生开的处方去交钱，按照要求取尿液送化验室。

诗敏坐在那儿等结果。她望着来来往往的女人，有的孕妇挺着大肚子艰难行走，有的走路轻轻松松，她们脸上都洋溢着幸福的神情。

这时，诗敏的手机响了，是陈子昂打来的，问她看完医生没。诗敏说在等结果，陈子昂说一小时后就可以来接她。

半小时后，诗敏拿着化验单给林医生看。林医生看着化验单说："你怀孕了。"

"医生，不会错吧？"诗敏忐忑不安地反问道。

"放心，化验单上写得清清楚楚。"林医生温柔地望着诗敏，接着说，"怀孕要注意休息和营养。"

林医生算了算时间，然后在病历本上写下预产期，并要她注意，约好下一次再来检查的时间。

诗敏从医院里走了出来，看到丁洁站在那儿东张西望。诗敏不太喜欢她，心里有根刺，想起俊锋说过她和陈子昂走得很近，要自己提防。

诗敏走到门口，刚想给陈子昂打电话，子昂就来到她面前了。他急忙问道："怎么样？"

诗敏把化验单递给子昂。子昂看了看："太好了，有了。"

诗敏开心地点了点头。陈子昂紧紧地拥抱着诗敏："辛苦了，你想吃什么？"

"还早。我们去书店买本书吧！"

“好，听你的。”陈子昂扶着诗敏走出医院大门。他凝视着诗敏，见她有些疲倦，但眼里溢满了幸福，他们的宝宝就要来了，这太叫人开心啦！

陈子昂要把这个好消息告诉他母亲，告诉诗敏的父母，他们要抱孙子了。

这时候，丁洁悄无声息地来到陈子昂身边。陈子昂似乎心虚，吓了一跳。丁洁却主动和陈子昂打招呼，她对诗敏笑了笑，直接对陈子昂说想搭他们的车回单位。

陈子昂一口就答应了。诗敏的情绪有点儿低落，说了一句：“我们要去书店。”

丁洁却摆出一副满不在乎的样子：“我正好也要去那边。”

陈子昂牵着诗敏的手往前走，丁洁跟在他们后面来到了车边。

他们坐在车上，丁洁坐在后面座位上，她嫉妒诗敏坐在陈子昂旁边，心里想那儿应是她坐的位置，怒火在她心中燃烧。她不知道何时爱上了陈子昂，她也想把这火苗压制，可命运又把他们两人连在一起。陈子昂是她的直接领导，工作上她要随时给他汇报，她从陈子昂的眼神里看到他关心自己。平时她公事、私事都和陈子昂聊，她找男朋友一事也要陈子昂帮她参谋，这样，他们成了无话不谈的朋友。

丁洁在车上故意和陈子昂谈论工作上的事儿。

诗敏听着他们两个聊工作上的事儿，感觉他们之间确实聊得来，心绪就非常乱。

小车行驶到东方商务酒店，丁洁说她到了。

陈子昂望着丁洁离去，头上的汗珠溢出来，内心好紧张，隐隐地有一丝不安。

丁洁下车后，陈子昂见诗敏一直不说话，知道她又在生气。陈子昂就为自己解释，说他们刚才单纯是在谈工作上的事儿。他抓住诗敏的小手，诗敏推开他。

“怎么又生气了？怀孕一定要保持好心情，不要想太多，这样你才能生个健康的宝宝。”

诗敏突然说道：“我不喜欢她，叫她辞职。她一点儿礼貌都没有，坐我们的车，看她得意忘形的样子，当我不存在。哪有这样的女人，分明是在挑衅我，这种人必须开除。”

“哪有这么严重呀，她在公司是一个好员工。”

“我不管，留下她会影响我的心情，我非常讨厌她。”

“好吧！听你的。”陈子昂笑了笑接着说，“现在你最大，也要等她做完这单业务才叫她辞职。”

“你别跟我玩花样，否则我不客气。”

“另外，你现在怀孕了，我想你在家休息，就让你哥暂时接替你的工作吧。你哥近来总是生我的气，让他换一下环境或许能改变他的心情。”

“这样也好，我去跟他说。”诗敏又接着数落陈子昂的不是，说她哥都是为她好，也不是无缘无故的。

不一会儿，他们到了书店并进去买了一本书。

陈子昂叫诗敏去休息，他打电话告诉两家父母诗敏怀孕的消息。诗敏的妈妈说过两天来看她。

晚餐，陈子昂做了西红柿炒鸡蛋，酸酸甜甜的。诗敏吃了几口就不想吃了，还是叫了外卖。

半个月过去了，一个月过去了……诗敏怀孕四个多月了，她心情已经好了很多。只是怀孕时的口味也随时变，一时想吃这个，一时想吃那个，等买回来又不想吃了，这样折腾着子昂。只要诗敏高兴，子昂一切都听她的。

肖俊锋调到诗敏的公司任总经理，诗敏安心在家保胎。陈子昂的母亲来看她，说工作走不开，不能照顾诗敏。她来了一个星期，反而是诗敏买菜、做饭。

诗敏的养母来照顾诗敏了，她对诗敏像对待亲生女儿一样，一碗水终于端平了，尤其是她女儿诗书离婚后诗敏一直在帮她，还给她一份好工作。诗敏在经济上帮助她们，让她感动的是，她做了那么多伤害诗敏的事儿，诗敏依然孝顺她。

诗书在公司里说是秘书，其实她还兼管财务大权，后勤工作基本上也是她负责。她调侃自己是打杂的，什么事儿都干。

一天下午，诗书去市区办事，看见陈子昂的车停在东方商务酒店门口，她就好奇陈子昂来这儿干吗。她刚想走进去打听，只见陈子昂从里面走了出来，诗书躲在一边想看看是什么情况。

陈子昂从里面走了出来，他左瞧瞧，右看看，神色慌张，之后就走向他的小车。他刚上了车，诗书正想走过去。突然，她看见丁洁从里面走了出来，“她怎么也在这里？她不是被公司辞退了吗？难道他们两人真像别人议论的那样？”诗书不敢多想。

诗书躲在旁边，只见丁洁朝着陈子昂的小车走过去，但她没有上车，也没有和陈子昂打招呼，好像根本就不知道陈子昂在车上。

诗书望着她离去，心里满是疑问，她就给陈子昂打电话，问他在哪儿。他说在市里开会。

下午四点钟，诗书从市里帮她妈买了一件衣服。她来到姐姐家，她妈妈正在包饺子：“妈，你不休息，又包饺子。”

“你姐说想吃饺子，欣欣也喜欢吃饺子。”

“妈，我给你买了衣服，你看喜欢不？”诗书把衣服拿出来给她妈看。

“这么红，花里胡哨的，我能穿吗？”

“能。姐姐呢？”

诗敏从房间里走出来，她怀孕六个月，肚子好大，看起来像怀了双胞胎似的，走路十分笨重。诗书笑了笑，母亲太伟大了，牺牲这么大。

“诗书来了。妈妈包饺子，吃了晚饭再走。”

“嗯。姐，你的肚子这么大，你是不是怀了双胞胎？”

“是吧，检查说是双胞胎，照了B超也证实了。”

“太好了！”诗书又想到见到子昂和丁洁前后脚从东方商务酒店出来，她的心一沉：“姐姐怀孕，他会不会出轨？这事儿千万不能让姐姐知道，否则会出大问题。”

吃晚饭的时候，子昂打电话说来了客户，不回家吃饭，晚上要诗敏先睡觉。

诗书问姐姐：“姐夫经常这么忙吗？”

“他呀，天天在忙工作。老婆怀孕了也不减少工作量，哪有那么多客户要陪。我看他呀，简直是工作狂。”诗敏的妈妈都有意见了。

“他近来是忙一点儿，说忙完这一阵子就陪我。”诗敏为子昂说话，她不想她妈担心。

诗书想她必须出面了解清楚，姐夫为什么和丁洁从东方商务酒店出来？他是不是真的做了对不起姐姐的事儿？

吃完晚饭后，诗书就开始调查这件事儿了，她要去找一个人。

第四十七章

一个月过去了，诗书也没有发现陈子昂有什么不正常的行为，她也就不去多想了。

近来，她发现姐夫一下班就回家，还亲自下厨，帮她妈分担家务，无微不至地照顾姐姐。诗书羡慕姐姐找了一个好丈夫。

诗敏对诗书说过，怀孕这几个月是她最幸福的时光，享受了对一个女人来说最高级的待遇。

诗敏怀孕八个多月了，双脚肿得行动不方便。为了慎重，为了能够平平安安地生下小孩，诗敏提前住进医院了。

在医院里，诗敏没有紧张和不安，精神上没有那么大的压力。在家时常担心宝宝的营养和健康情况，来到医院，护士对她安慰和细心照顾，她安心了，只是睡眠还没有那么好。

住院第三天早上，诗敏就开始肚子痛。王医生看后说还没有到时候，要她再等等。

陈子昂站在床边，心疼地望着诗敏，为了减轻诗敏的疼痛讲起了笑话。诗敏笑着肚子又痛了，就说道："你不能说笑了，快去帮我叫医生，痛死我了。"

过了一会儿，子昂叫来医生。王医生看后叫他们别紧张，跟着诗敏就被推进产房了。

陈子昂站在门外等着，他一会儿坐，一会儿走上去瞧，看着别人进去很快就生了小孩，他心急如焚地不停问护士。一小时过去了，两小时过去了，正当他急得六神无主时，护士走出来喊着王诗敏的家属，陈子昂迎上去。

护士说："如果发生危险，你是保大人还是保小孩？现在要签署一个协议。"

陈子昂没等她说完，吓得语无伦次："当然是保大人，小孩也要。"

"我们是按程序走，王诗敏还没有生。"护士安慰道。

"签这个挺吓人的。"陈子昂自言自语。他内心很不安，走到窗边，遥望天空，双手合十祈求上天保佑。

过了一会儿，护士走出来喊着王诗敏的家属，陈子昂急忙迎上去。

“恭喜恭喜，母子平安，生了一对双胞胎。”护士说完笑了笑，接着说道，“恭喜，是两个儿子。”

陈子昂揪着的一颗心终于放下了，急切地问道：“大人还好吧？”

“还好，等一下出来。”

陈子昂望着转身进去的护士，他才回过神来，他的儿子来了，是两个儿子来了，他傻傻地笑着，心里念叨：“我做爸爸了，我有儿子了。”

陈子昂内心的喜悦溢于言表，他把这激动人心的好消息告诉了双方的父母。两个宝宝一个叫金宝，一个叫元宝。

一个星期后，陈子昂把诗敏和两个宝宝接回家了。三位妈妈都来了，家里有两个小孩，闹哄哄的，三位妈妈忙得晕头转向的，还请了一位保姆。诗敏在三位妈妈的照顾下，身体很快就恢复了。

金宝和元宝长得白白胖胖的。三个月后，诗敏的养母因身体不好，要回去休息一段时间，子昂的母亲就来照顾他们。

婆媳关系是最难相处的，子昂的母亲对诗敏一直有偏见，如今诗敏生了一对双胞胎，她才总算接受。但她总是看不惯诗敏，嫌弃诗敏做事儿不用心，小孩儿也不会带。她见诗敏没有上班，只是他儿子整天在公司里忙前忙后，就心疼她的儿子。诗敏在她面前说话大声点儿，她就搬弄是非、添油加醋，害得诗敏和子昂经常发生口角。

陈子昂为诗敏说了几句好话，他妈就大闹，骂陈子昂娶了老婆忘了娘，家里的气氛特别不和谐。诗敏对陈子昂抱怨，本来带两个小孩很累，每天都不够睡，还要应付他妈对她的不满。

陈子昂开导诗敏，要她多包容她老人家，他妈比较强势，再说自古以来婆媳关系都是很紧张的。

在这样的紧张中，不知不觉两年过去了，金宝和元宝长大了不少。

一天晚饭后，两个宝宝玩了一天，吃饭的时候就睡觉。为这老人说诗敏没有带好小孩。诗敏受了委屈，就叫子昂一起去散步，她对着子昂诉苦，说金宝和元宝马上就要上幼儿园，让他们的奶奶回家，她想自己带小孩。

子昂劝说："为了小孩你忍一忍。我妈是爱唠叨，但她也是为我们好，只是她的方法我们接受不了。你就多宽容她一点儿。说心里话，我爸不在，她也是很孤独的。"

"你妈来了两年了，她也想回家。"

陈子昂沉默不语。诗敏低着头边走边想，她把对婆婆的怨气全发到子昂的身上，近来他们两人经常发生口角，搞得大家都不开心。

八月九日这天是金宝和元宝满三岁的日子，诗敏一早就提醒子昂下班早点儿回家。诗敏在家准备晚餐，诗书下午买了一个大大的蛋糕。金宝和元宝两个吵着要吃蛋糕，诗敏告诉两个宝宝等爸爸回来一起吃。元宝就要去给爸爸打电话，他叫诗书帮他拨电话。

电话拨通了，元宝大声喊：“爸爸、爸爸，今天是我的生日，等你回来吃蛋糕。”诗书没有听到声音就说：“你爸爸没有接电话。”

晚餐准备好，陈子昂还没有回来。诗敏去打电话，结果电话关机了。

“他搞什么鬼？吃饭的时间还不回来。”诗敏望着两个天真可爱的孩子，他们一直唠叨着要吃生日蛋糕。

诗书心里有那么一点儿不安，她近来发现姐夫的工作更忙，他经常加班，姐姐整天就是围着家转，也不怎么打扮了。诗书叫诗敏在家也要把自己收拾得漂漂亮亮，小心姐夫变心。

虽然是玩笑话，诗敏也注意了。他们之间沟通很少，子昂在家也很少和她说话。诗敏抗议过，抱怨子昂是工作狂。

晚餐的时候，陈子昂还是赶回来了，金宝和元宝高兴地喊着可以吃蛋糕了。

诗敏看着孩子们高兴的样子，忍住心中的怒火，这迟到的风波在吹蜡烛、吃蛋糕中翻过去了。

九月到了，金宝和元宝高高兴兴地去上幼儿园。没去之前天天盼望着上幼儿园，可去了一个星期，金宝就不肯去了。诗敏知道金宝不想去，是因为他想在家随心所欲地玩。为这诗敏硬着心肠送金宝去。幼儿园的老师对他特别关照，哭了几天，金宝渐渐就习惯了，每天记着要去幼儿园了。

诗敏已经有几年没有工作了，她想出去工作，但小孩上幼儿园需要接送。为了这个家，为了两个小孩，她不知不觉间完完全全地付出了宝贵的四年。

诗敏辞退了保姆，她每天接送两个小孩上幼儿园。陈子昂有时间也会帮忙做一点儿家务。两个小孩睡前总是要爸爸讲故事，父子感情特别好。诗敏看着三个男子汉在房间里玩打仗游戏，幸福感从她内心涌出，她也忍不住参与到战斗中，一家人玩得不亦乐乎。

金宝和元宝特别淘气，两个宝宝的性格完全不同，元宝把哥哥打哭了又帮他擦眼泪。诗敏看到这一幕，趁机表扬他，然后要他向哥哥道歉，给两兄弟讲道理。

元宝小小年龄就能看出有个性，特别聪明，元宝自小喜欢读书；金宝爱上画画，诗敏给他报了画画儿班。两个小孩在诗敏的细心照顾下，健康成长着，转眼间背着书包上小学了。

小佳的小孩被那个男人带去香港了，孤独寂寞的小佳常常到诗敏家来解闷。她们常常一起吃饭，带着金宝和元宝一起去散步。

小佳和子昂越来越聊得来，甚至超出一般的友谊，诗敏提醒子昂对小佳过于亲密了。子昂责怪诗敏多心，说她有小孩后变得心胸狭窄，两人为这事儿经常发生不快。

陈子昂不高兴的时候就喜欢去找丁洁，对她倾诉心中的烦恼，从她那里得到安慰。

丁洁最初是被冤枉的，她和陈子昂本来还没有那层情感，无端被辞工，她不甘心。她在心里暗暗下决心，一定要真正把陈子昂抓到手，她设计好陷阱，让陈子昂一步一步地掉进了她的怀里。

那是三年前，她被公司辞退，去找陈子昂诉说委屈，她说她妈妈得了癌症，家里需要她赚钱凑医疗费。说到凄惨处时，陈子昂也流下了泪水。从此，陈子昂也放不下她了。

陈子昂就成了丁洁的提款机，最初是他自愿帮她分担，后来丁洁就跟他借钱。两人一来一去，丁洁为了感谢子昂的帮助，请子昂吃饭、喝酒，两人借酒壮胆，越来越过分，慢慢地，陈子昂忘了对诗敏的承诺。

陈子昂变了，完全堕落了。

可怜的诗敏还生活在谎言中，还憧憬着美好的爱情，她以为她的爱情是纯洁的，是经得起风风雨雨的，她相信陈子昂只是爱她一个人的。

这个时候，诗敏的哥哥因借了高利贷，要求退股还款。他来到诗敏家里，说起这件事儿。诗敏不同意，再说退股这是大事儿，应该和大家商量。

陈子昂刚好从外面回来，他早就知道肖俊锋要退股，但考虑资金紧张，暂时不同意退股。

他对肖俊锋有偏见，认为公司在他的领导下，一年不如一年，员工的工资都发不出。

肖俊锋却不服气，为自己辩解，说现在是经济不景气，因为“非典”导致很多企业停工停产。那些订单因企业效益不好而取消，直接造成业务减少了。

陈子昂和肖俊锋有分歧，两人的矛盾不可调解。诗敏见肖俊锋要退股的决心很坚定，她和陈子昂商量只能随他。

肖俊锋退股后就不在公司干了，诗敏也没有时间回公司，他们决定将两家公司合并。

这时候，诗书请假一个月去旅游，她找了一个比她小三岁的男朋友，他们才谈了一个月就结婚了。

诗敏认为认识一个月就结婚有风险，担心诗书受骗。不过诗书整天夸她老公这好、那好，她感到幸福。诗敏也就没有再多说什么，爱不爱的，交给时间去检验吧。

一年又一年，花开花落，金宝和元宝小学就要毕业了，读初中就可以住校了。诗敏就可以做自己喜欢的事儿了。她要重新去工作。

诗敏太久没有工作了，脱离社会十多年，已经跟不上形势了。

她突然发现自己这么多年来，和她的同学、朋友都没有联系。

这时，汪建打来电话约她去小莉家小聚，被陈子昂听到了，他顿时醋意大发。诗敏很冷静地说：“你是不是心里有鬼，我不就是接了一个男同学的电话，至于发这么大的火？”

“你那是男同学吗？你是去见你的初恋。”

诗敏火气也来了，不客气地回道：“见了又怎么样？”

陈子昂被呛得哑口无言，怒气冲冲地摔门而出，冲入茫茫夜色中。

诗敏望着他离去的背影说了句：“莫名其妙！”

第四十八章

深夜的街道空荡无人，陈子昂陷入深深的痛苦中，游荡到凌晨两点才回家。

早上八九点钟的时候，一阵急促的敲门声响起。没等子昂开门，王诗书气势汹汹地冲了进来，对陈子昂吼道："你叫出纳给你准备三万元现金是什么意思？我们公司近来资金很紧张，你这半年来为什么老是提款？"

"你在跟踪我？看来财务部有你的亲信。"

"为了我姐，我忍你很久了，你该收手了。"

"诗书，姐夫对你不错吧，你能帮我一

个忙吗？”陈子昂用祈求的口气说。

“什么事儿？”

陈子昂低下了头，知道诗书在暗中调查他，他想诗书应该没有找到证据，她只是怀疑他从公司挪用资金。

“我近来在玩股票，从公司借钱。”

“你还不说实话。姐夫，你就从实招了吧，为了保护我姐姐，只要你们从现在开始不再来往、断绝关系，这事儿我帮你处理。”

陈子昂惊慌失措，原来她都知道他的事儿，还帮他保密。他羞得无地自容，正想甩掉那个吸血鬼。

他愧疚地说道：“诗书，你给我时间，我一定会处理好，求你千万别告诉你姐！”

沉默了一会儿，诗书气愤地问道：“你是怎么走到这一步的？”

陈子昂陷入深深的回忆，他说：“那是诗敏怀孕的时候，诗敏讨厌丁洁，非要辞掉她。我辞了她之后，感到内疚。”

“姐姐不喜欢她是有原因的，丁洁看你的眼神都能勾走你的魂。”

“当时，我和丁洁真没什么，是你姐姐疑心重。”

“真是我姐疑心重？”

“我都不知道是如何开始的，只记得有一次我去城里开会，刚巧在路上遇到丁洁。她对我哭哭啼啼，说辞了她的工作，没有收入，她家里穷，弟弟、妹妹还在读书，她妈又生病，没有住院费，想跟我借钱。当时，我心软把身上的钱全给了她。”

“后来，丁洁的妈妈出院了，她请我吃饭。我们就这样一来二去吃了几顿饭后，我们处得非常开心。”

王诗书听完后说道：“丁洁就是这样来博同情，你给钱怎么给出这么大的麻烦？记得我姐怀孕的时候，我有一次看到你们从东方商务酒店里出来，那时候你们就有关系了？”

“那时候你姐怀的是双胞胎，我实在难受，丁洁又约我去吃饭，后来就去开房了。”陈子昂说得还挺理直气壮的。

“你太过分了，这种关系保持到现在，小孩都这么大了。”诗书的火气又上来了。

“其实我早就想终止这种不正当的关系。我说分手，她就要死要活地闹，我实在没有办法。”

“你的火是越玩儿越大，竟然挪用公司的资金。”

“丁洁总是说最后一次给钱就不纠缠。唉，这一次我一定要彻底了结，哪怕她真的要告诉诗敏，我真受不了了。”

诗书不想再多听了，转身走到门口，警告说：“我给你一个月时间解决这件事儿，否则我姐知道了后果很严重。”

“是该了断的时候了。”陈子昂下定了决心。

一个星期后，丁洁又来要钱。她要了钱还不满足，竟然要陈子昂离婚娶她。如果不同意，她就要亲自去见诗敏。

这样，陈子昂就走投无路了，他想了很久，他要对诗敏认错，求得她的宽恕。

于是，陈子昂提前下班，去菜市场买菜，特意买了烧鹅回家，这是诗敏最爱吃的。他今天要亲自下厨为诗敏煮饭慰劳她，这个家一直是诗敏在辛劳付出。

诗敏下班回家，当她打开门时，一阵饭香味扑鼻而来。她整个身心立马像注入了兴奋剂，一扫全身的疲倦。

陈子昂还炒了下酒菜，走到柜子里拿出一瓶贵州茅台。

“难道你要开这瓶酒？家里又没有来客人，喝了可惜。”诗敏立即制止。

“怎么说话呢，没有客人自己就不可以喝？”陈子昂说完就把酒瓶盖打开了，又去拿了两个小酒杯，接着说道，“喝这个高档白酒，应该用这个小酒杯，才能品尝出纯粮酱香酒的美味。”子昂说完把小酒杯倒满了。

“来，来，来，喝一杯！这个酒是好酒。”

“看来你今天想喝醉不成？”

“醉了好，醉了好睡觉。”

“说，做了什么坏事儿？我发现你近来很反常。”

诗敏想起陈子昂近来坐卧不安、食欲不振，晚上睡觉辗转反侧，正疑惑，听他这么说，心里颤抖了一下。

这时，陈子昂手机来了一个电话，吓得他惊弓之鸟似的急忙挂断了。

"谁的电话？"

"卖房子的。"

诗敏忍不住又问道："子昂，你最近发生了什么事儿？每天都是这么疲惫不堪？你是不是哪儿不舒服？"

"我胃有点儿痛。"

"那是喝酒喝的。你呀，有这么好的酒不能享受。"

第二天，陈子昂吃完早餐，拿起公文包准备去上班。诗敏送他出门口，他用力拥抱着诗敏，在她耳边轻轻说道："不论发生什么事儿，我只爱你一个，永远只爱你一个。"

"你这话是什么意思？难道还有别人？"诗敏无意中反问。

陈子昂紧紧地拥抱着诗敏。诗敏像要窒息似的，一把推开陈子昂："哎哟，好难受，抱得那么紧，我出不了气。"接着又说道，"今天你怎么啦？有点儿反常？"

陈子昂心中有愧，不敢看诗敏的眼睛，怕他的眼神会出卖自己，淡淡地说道："今天我要去出差，你照顾好自己。"

"哎，我说呢，原来是要出差，搞得像做了坏事儿似的，心神不定的。"

他心里有种淡淡的惆怅，不知道能不能过这个坎，他真是肠子都悔青了，把柄被人抓住，就好像砧板上的肉任人宰割。

陈子昂想和丁洁一刀两断。他来到丁洁家，令他想不到的是，丁洁坚定地说："我要嫁给你。我陪了你这么多年，你说分开就分开，你是玩儿厌了就想把我甩掉？门儿都没有！"

"我们讲过条件，你要多少钱才肯分？"

"你要么给我五十万，要么就娶我。"丁洁厚颜无耻地说。

"这两点我都不能接受。"

"那我就去告诉你老婆。"

两人谈得很不愉快，最后陈子昂一分钱都不愿意给了，这事儿就终于闹到诗敏那儿去了。

诗敏没有问陈子昂这事儿是不是真的，她看到陈子昂近来的心情，就能猜到八九分。

陈子昂在诗敏面前承认错误，请求原谅。

诗敏哭着蹲在床边，感觉就像心被扎了一刀，哭得跟泪人似的。子昂抱着诗敏。诗敏用力推开他，大声质问："你为什么这样对我？我做错了什么？"

"对不起！是我错了，我伤害了你，我伤害了这个家，请你原谅！"

诗敏伤心欲绝，泪水打湿了她的枕巾。

很快他们就分居了。

几天后，这事儿传到肖俊锋那里，他早就看子昂不顺眼，冲到子昂的办公室，抓住子昂的衣服，对着他的脸就是两拳。最后保安上来把肖俊锋带走了。陈子昂擦去嘴角的血迹，他的胃又痛了，就坐在椅子上休息。

这时诗书进来了，见陈子昂的脸色很差，手顶住胃，她本来是想为姐姐出气，肖大哥又来打了他一顿。诗书心一软，就说："你近来好像经常胃痛。我陪你去看医生吧！"

"不用了。"陈子昂吃了止痛药，他感觉好了点儿。

诗书告诉诗敏，俊锋打了陈子昂，诗敏还是心疼他。

"姐，姐夫又胃痛，要他去看看医生吧！"

东流逝水，叶落纷纷，时光一去不复返，往事只能回味。诗敏想了很多很多，回忆一路走来，自己也有错，她在工作上投入太多，对家里照顾太少。小孩住校，他们俩经常是以公司为家，或者两人都在出差的路上，她们家的厨房好久都没有开锅。

这样，家已经不是避风港，家已经失去爱的温暖。

诗敏整夜整夜地想，他们俩搞成这样是她有错，觉得自己没有照顾好这个家，没有照顾好陈子昂。诗敏把责任都归因于自己，她在想他们的未来何去何从。

这时，陈子昂诚心诚意又来道歉。他检讨了自己，承认错误，说他心里只有诗敏，那时只是一时糊涂，把柄在她手里，被逼得身不由己，多少个夜晚，他想到不能再错下去。

三个月来，陈子昂天天回家吃饭，晚上都在家里陪着诗敏，他在诗敏面前装出可怜兮兮的样子。诗敏见他就烦，她想原谅他，但一想起他做的那些事儿觉得恶心，心就揪着痛，她始终过不了自己这关。

半年后，诗敏想要离婚，陈子昂不肯。他们俩在争吵中度日如年，在公司里装成恩爱夫妻，回到家里谁也不理谁。诗敏的心已死，陈子昂这样伤她，他们已回不到从前了。

一年又一年，他们在风雨中经历了曲曲折折，痛了、累了，不想再伤害对方了，诗敏释然了。

“原谅他就是放过自己，原谅他吧！”

第四十九章

陈子昂和诗敏的离婚大战终于尘埃落定，十五年的感情彻底结束了。陈子昂拿着离婚证，他有一丝惆怅，心像被掏空似的，他和诗敏成了最熟悉的陌生人。

他们俩从民政局出来，外面狂风暴雨。站在民政局大厅里，陈子昂望着诗敏的背影，突然有点儿后悔：“我这是怎么啦？闹了几年，如今解脱了，却像被一座大山压着似的，整个心都碎了。”

他们隔着门远远地站着，诗敏遥望着天空，她想：“这场大雨何时停呀，她一分钟也不想站在这里，十五年前他们开心地来到这儿，十五年后还是在这里结束，缘来缘去一场梦。”

过了一会儿，雨渐渐停了。雨来得快，去得也快。

陈子昂见雨停了，走到诗敏面前说：“我们一起去吃中饭吧！”

诗敏冷笑道：“有这个必要吗？谢谢你给我上了一堂很生动的课，从此以后，一别两宽，我们按离婚协议行事。”

诗敏说完头都不回地朝门外走去，她止住泪水：“我不能流泪，对无情无义的人没有什么可留恋的。”

陈子昂望着诗敏的背影，失落地转身离去。

离婚后的诗敏告诉自己，要振作起来，要尽快从坏的情绪中走出来。她把公司交给诗书和她的部下打理。两个小孩都住校，家里就她一个人，她想去旅游。

陈子昂是个好爸爸，却不是好丈夫，两个儿子还在读高一，他知道自己身患绝症，就把公司和房子都留给诗敏和两个儿子。

诗敏想不明白他为什么会放弃财产和儿子的监护权。

陈子昂精神恍惚地来到刘佳佳的家里，这是他的房子，是他家外的另一个家。

可刘佳佳却吵着要把这房子过户给她。

陈子昂面无表情地把离婚证递给刘佳佳。刘佳佳看后问了句：“真离了，离婚分到多少财产？”

“我是净身出户，全给两个儿子了。”陈子昂心情沉重地躺在沙发上。

“啊！什么？房子、公司你都不要，你喝西北风呀！”

“我留了点儿钱。我也给了你不少钱。”

刘佳佳原形毕露，她突然大笑：“你也不看看自己，你房子都不愿意给我，我会嫁给你吗？”

“你不是说爱我这个人，而不是那些房子、公司。”

“太好笑了，没有钱的男人，满大街都是。凭什么我找一个没有钱的男人。”刘佳佳用轻蔑的口气大声吼着。

陈子昂的心碎了，他是自食其果，没有好好珍惜诗敏。他想狠狠抽打自己，骂自己简直不是人。

迟了，一切都迟了，回不到从前了。

如今，他完全看清了刘佳佳的丑恶面目，知道自己病得很重，曾经以为自己和刘佳佳是真爱，其实这爱是建立在金钱上，根本不能患难与共。

陈子昂知道自己时日不多了，胃又痛起来了，他偷偷地吃了药。

吃晚饭的时候，刘佳佳没有去煮饭，陈子昂就问道：“今晚吃什么？”

“你没有吃吗？我已经吃了。”

“佳佳，麻烦你煮碗面给我，我好累。”陈子昂几乎是乞求。

刘佳佳很不情愿地去煮面条。她从冰箱里拿出鸡蛋，那鸡蛋还是子昂帮她买回来的。她觉得再也不能从他身上压榨出什么了，态度转变得非常快，恨不得他马上离开。他已经没有利用价值了。

刘佳佳煮好了面条，等她端出来时，陈子昂睡着了。刘佳佳很不耐烦地叫醒子昂。子昂说他很累，想睡觉，不想吃了。

刘佳佳一改往日的温柔，她还在生气。陈子昂离婚，房子和公司都不要，他这是什么态度，她越想越气，竟然去吵醒陈子昂。

这一晚，他们发生了激烈争吵。刘佳佳不让陈子昂睡在床上，说是惩罚他。

下半夜，陈子昂胃痛发作了，口干，喉咙痛，还发着烧。

陈子昂知道自己的病情加重了，时而发冷，时而发热，冷得全身发抖，热得满头大汗。

刘佳佳很不耐烦地拿出棉被，动作粗暴地盖在陈子昂身上。

这时，陈子昂从包里拿出药，叫刘佳佳倒了一杯白开水给他。子昂吞下了那药，就倒在沙发上睡觉。

“你近来老是胃痛，要去看医生。你吃了什么药？”刘佳佳好奇地拿着那药瓶，一看是“氟尿嘧啶”。她上网查“氟尿嘧啶”这个药的用处，结果发现是治胃癌的药。

“他怎么要吃这个药？难道，难道他得了胃癌？”刘佳佳整个人颤抖着。

陈子昂躺在沙发上，显得是那么孤独和可怜。刘佳佳一阵心酸，怪不得他离婚什么东西都不要，原来他早就知道自己的病情。

刘佳佳有一肚子火无处发泄，等了那么久，等到的是一个生着重病的男人，他的财产还是给了他的前妻和小孩，在他心里她算什么呀？

刘佳佳越想越气，心存的一丝情意也荡然无存了，他已经没有利用的价值了，她怎样才能摆脱这一切？

一连几天，陈子昂都没有出门。刘佳佳问子昂为什么吃“氟尿嘧啶”。子昂轻描淡写：“我病了，剩下的时间不多了。这是我的报应，我做了太多错事。”

刘佳佳假装流了几滴泪。

“别这样说，你应该去医院治疗，你一定能治好的。”尽管刘佳佳已经知晓一切，但听到陈子昂亲口证实后，仍然吓得惊慌失措。

陈子昂长长叹了一口气：“来不及了，已经是晚期了，我对不起你！不能给你一个家，是我害了你，误了你的青春。”

陈子昂的泪水顺着脸颊流下，他内疚、后悔伤害了那么多人，罪恶感时时折磨着他。

“子昂，我们明天去医院住院好不好？你没有钱，把这房子卖了，我们一起战胜这癌症，好不好？我有一个亲戚得了这个病，动手术就治好了。”

陈子昂点了点头。

夜晚，他睡在床上思念起诗敏和两个儿子，他不想给诗敏带来烦恼，却给她带来无穷的痛苦，回忆往事，他的心揪着痛。

刘佳佳见他忧心忡忡，就问道：“你是不是后悔离婚？我把你生病的事儿告诉你的前妻，你说她会怎么想？”

“睡觉吧！”陈子昂冷冷地说。

次日，刘佳佳带着陈子昂去医院看医生。医生告诉她，陈子昂已经到晚期了，要求他住院治疗。

陈子昂不肯住院，说浪费钱，他不想把自己的病情告诉母亲。

他们从医院出来时遇到小佳，陈子昂挽着刘佳佳面无表情地走了出来。小佳为诗敏惋惜，她冲到陈子昂面前指着他的鼻子骂：“陈子昂，你这个无情无义的人，诗敏为你付出那么多，你竟然抛弃他们母子，你迟早会得到报应的。”

陈子昂低着头急忙逃走，他深深地自责着，走着走着就晕倒了。

见陈子昂晕倒在地上，小佳跑到他眼前，她冷冷地问刘佳佳：“他怎么会晕倒，他得了什么病？”

“他得了胃癌。”

“啊，这么严重？”小佳喊道，“陈子昂，醒醒。”

她们在陌生人的帮助下把陈子昂送进医院。经过紧急抢救，陈子昂醒过来了。

“你刚才吓死我了，你怎么会晕倒的？”小佳问。

“没事儿，下次再发生这事儿，不要抢救，没用的，浪费钱。”

陈子昂说得很轻巧。

小佳说了句：“怎么会这样？你就安心治疗吧。我有事儿先走了。”

陈子昂在医生的强烈建议下还是住院了。

刘佳佳在医院照顾陈子昂半个月，累得筋疲力尽。她找借口对陈子昂说：“我爸生病了，我要回去两天。”

刘佳佳一去不复返。子昂打电话，她说来不了，她爸离不开她。

陈子昂心如死灰，幸好他身上还有点儿钱，他想出院去寺庙休养。

在医院里，陈子昂很想儿子，忍不住打电话对诗敏说，他想见儿子，叫诗敏周末带儿子见面。

诗敏去旅游了一个月，心灵得到了安慰。她遇到了一个化缘的尼姑，跟着对方去寺庙里住了半个月，她最终皈依佛门了。

之后，诗敏的心态变了，不再执着与自己没有缘的人和事儿，懂得人生无须过于执着，尽人事安天命而已。学会放下，学会原谅，她的心中已没有那么多恨了。

诗敏觉得这世上一切都是那么美好，每天生活都充满希望，她憧憬着美好的未来。

诗敏在公司里重新调整领导班子，带着他们寻找新客户，走访老客户，在诗敏的努力下，公司渐渐回归正轨。

一天早上，小佳和诗敏在“十全十美”酒店喝早茶，小佳告诉诗敏，陈子昂病得很重，是胃癌晚期。

诗敏听后很惊诧，怪不得他来电话说想见儿子。她心里久久难以平静，世事难料，他怎么得了这个病？以前只听他说胃痛，没想到这么严重，明天得去看看。

次日，诗敏买了水果去医院看他。

诗敏来到陈子昂的病房里，护士告诉她，陈子昂已经昏迷过两次，刚醒来了，昨天差不多要下病危通知了。

“怎么病得这么严重？”诗敏走近陈子昂问道。他躺在床上脸色灰白，一点儿血色都没有，才一个多月不见，他怎么就病得这么严重？

“你来得正好，你是他朋友吗？他要交医药费了。”护士进来把单据交给诗敏。

“他没有人陪护吗？”诗敏问护士。

“这两天没有，他打吊针都是我们代他请护理工。”

“我们医院规定，不交费就会停药。”护士走到门口时回头说。

陈子昂把他的银行卡交给诗敏，让她去交住院费。诗敏交完费就去医生那儿了解陈子昂的病情。

“他是胃癌晚期了。”医生很平静地说。

“医生，能治好吗？”

“要化疗，但他拒绝。如果这样下去，就剩三个月左右。”医生淡淡地回话。

“天呀，这么严重？三个月？”诗敏的心一沉，想到他们离婚时他什么也不争，原来他早就知道自己的病情。

诗敏来到陈子昂的病房。子昂无精打采地躺在床上，闭着双眼，一行泪珠沿着他苍白而疲惫的面颊滴落在嘴边，他的脸被痛苦折磨得变了形。

诗敏心疼地凝视着子昂，轻轻地擦拭着他的泪水，默默无言地抚摸着他的额头，希望这样能减轻子昂的痛苦。

此时，整个空间笼罩着一种恐惧感，也许是医院里浓浓的药水味，也许是刚才离去的那一位老人留下的阴霾气息。她听医生说他还有三个月，会随时离他们而去。想到这儿，诗敏的眼眶溢满了泪水。

“你来了，对不起！”陈子昂渴望地望着诗敏。

“你不用担心，你的病会好的，我刚才见了你的医生。”诗敏想安慰他，却不知道说啥。

这时，护士进来给子昂打针。

“你今天有人陪，不用我们找陪护了吧。”护士问道。

“你们还是帮我找一个吧。”

护士走后，诗敏望着挂的三瓶液体：“你住院怎么没有人陪，刘佳佳呢？她不来吗？”

陈子昂摇了摇头：“她不会来了，我已经没有利用价值了。”

“你们不是有真爱吗，你病了，她人呢？”诗敏想起子昂做过的事儿，心里就不舒服。

“她说我什么都没有，不跟我了。”护士走出去了他才说。

诗敏沉默不语，他病得这么重，需要人来照顾，可他们离婚了，这该怎么办?

第五十章

陈子昂住院后，刘佳佳对他们的未来失去了希望，知道陈子昂不能给她想要的爱情和物质上的满足，就转身逃走了。

诗敏打电话给刘佳佳，叫她来医院照顾陈子昂。她一口拒绝了，而且理由还很充足，她不是陈子昂的女人，没有义务去医院照顾他。

陈子昂病得这么严重，怎么办？谁来照顾他，他自己也放弃了。诗敏念及多年的夫妻情分，不能见死不救呀。他是她儿子的父亲，为了儿子她必须管。

诗敏想起陈子昂背叛他们的爱情，心中就有恨；想起他做的那些事儿，就不能原谅。但想起他还有一丝好，她的心一下子就软了。

唉，都这个时候了，还跟他计较什么？

诗敏忍着心中的痛苦，放下心中的怨恨，劝说陈子昂听医生的话，积极治疗，不要担心住院费，他们卖房子也要治病。

陈子昂感动得泪流满面，不停地说对不起她，对不起儿子，他诚心诚意地道歉。

陈子昂感激诗敏没有抛弃他，在他最困难的时候，她仍然陪着他、照顾他，他说今生亏欠，来世报答。

陈子昂告诉诗敏，他还有一套房子在金色花园小区，现在是刘佳佳在住，可以把那房子卖掉筹医药费。

这确实解决了诗敏的燃眉之急。

陈子昂的病时好时坏。在诗敏的照顾下，他安心住在医院，诗敏温暖了子昂那颗冰冷的心，他又想活下去了。

这时，陈子昂微微地睁开了眼睛，望了诗敏一眼，又无力地闭上，他深深地叹了一口气并问道："今天几号了？"

"今天是九月十日。"诗敏轻轻地回话。

"过两个月就是你的生日，不知道我还在不？"子昂从喉咙里发出一种温和而又带着几分凄婉的口气。

"你别胡说，好好治疗。"诗敏按摩着子昂的大腿，他瘦了，脸明显小了很多。诗敏一阵心酸，眼里闪着泪水。

“感谢你不计前嫌，谢谢你的宽容。”子昂心存感激。

“你别想那么多，这是我应该做的，你是我儿子的爸爸。”

陈子昂紧紧地握着诗敏的手，他的脸上露出一丝痛苦的表情。诗敏心痛地问道：“你怎么了，胃又开始痛了吗？”

“是的，很痛，我想吃止痛药。”

“医生说不能吃太多，对身体有影响。”

陈子昂痛得在床上打滚，然后用被子顶住胃，他头上冒着汗，诗敏用纸帮他擦拭。

“你忍一忍，我去叫医生。”诗敏心痛地跑出去。

医生来了，检查了子昂的身体，叫护士帮他打了一针。没过一会儿陈子昂就睡着了。

诗敏望着子昂每一次化疗后还这么难受。一次又一次的化疗，还是阻挡不了癌细胞的扩散，它们已经侵入他的肺部和呼吸系统，子昂进食都有点儿困难了，他还能活多久？

诗敏内疚没有照顾好他，她想为他多做点儿什么，想让他少一点儿痛苦。

陈子昂住院的这些日子里，诗敏事事都是亲力亲为，每天一睁眼，就是扶他上厕所，帮他擦洗全身，帮他洗漱，照顾他的饮食，给他全身按摩，然后坐在床边，紧紧抓住他的手，陪他说话，回忆他们一路走过来的点点滴滴。可是他身体越来越坏，瘦得不成人样了。

诗敏想："是时候告诉子昂的母亲了。"

次日，陈子昂又昏迷了。诗敏找来医生急忙抢救。他醒过来了，诗敏才松了一口气。

陈子昂醒来第一句话就是："我想见儿子。"

"好，马上接他们去。告诉你妈好不好？"

陈子昂摇了摇头。过后他又点了点头。

这时，他们公司的同事来看他。陈子昂精神好了点儿，他说："没事儿，我命大，阎王老子不收。"

"是、是，陈总很快就会好的。"赵强心情沉重，安慰道。

他们聊了一会儿就回去了。

下午，诗书去学校接金宝和元宝回来，两兄弟住校，有一阵子没有见到爸爸，家里发生的很多事儿，他们全然不知。

如今见爸爸躺在床上瘦了很多，他们抱着爸爸就大哭："爸爸，你哪儿不舒服呀？"

"没事，爸爸就是胃不舒服。"陈子昂和儿子们抱成一团，他暗暗地流泪。

诗敏想起儿子小时候，他们父子常常在一起打打闹闹的情景，她走过去给子昂擦去泪水，对儿子们说："金宝、元宝，你们别把爸爸弄痛了。"

金宝和元宝刚哭完，他们的奶奶和姑姑来了，一群人又哭了一场。

陈子昂的妈妈望着儿子，心痛得泪流满面：“儿子，你瘦了。”

陈子昂的妈妈哭着责怪诗敏没有照顾好她的儿子，她儿子生病也是因为诗敏，她把所有的怨气都发在诗敏身上。

诗敏默默流泪，心中的委屈无处诉说。

陈子昂听见他妈指责诗敏，对妈妈说道：“不怪诗敏，是我对不起她，诗敏没有做错什么。”

子昂的妈妈哭天抹泪，他妹妹扶着妈妈：“别影响哥哥休息。妈妈，别责怪嫂子，哥哥病了，都是嫂子一直在照顾。”

陈子昂的身体一天比一天差，医生说他的癌细胞扩散了。他胃痛得又昏了过去。

经及时抢救，陈子昂又苏醒过来了。医生对诗敏说：“他的情况很不好，你们要有心理准备，看能否度过今晚。”

陈子昂的眼睛已睁不开了。他昏睡两小时后，诗敏喊他没有反应，她急忙找医生来看。

“他已经走了。”医生检查完说。

诗敏的泪水涌了出来，坐在子昂的身边，口里唠叨：“他走了，走了，他不会再痛了。”

陈子昂走了两个多月，刚好是诗敏的生日，她妈带着她姐、哥嫂一家来陪她过生日。诗敏流着泪说：“要是子昂还在就好了，我每年的生日他都记得。认识他第一年，他陪我过生日的情景还历历在目。”

诗书一直陪着她，姊妹隔三岔五地来看她，诗敏的情绪渐渐好了起来。她从悲伤中振作起来，路还得靠自己走下去。诗敏的生活逐渐恢复正常了。

三个月后的一天上午，诗敏正在公司里整理资料，办公室的阿琴对诗敏说：“王总，有一个女人带着小孩说来找陈子昂。”

诗敏愣住了，她沉思了一会儿：“叫她进来。”

阿琴把女人带进来了，她牵着小女孩儿跨进门槛的那一刻，诗敏就看出来了，小姑娘长得太像陈子昂了。

诗敏的心像是被人用刀剐，她冷冷地问：“你有什么事儿？”

“我们找陈子昂。”这个女人忧愁满面。

“找他有什么事儿？”

“我想见到他才说。”

“那你是见不到他了。”

“这是他的女儿，我们必须见到他。”

诗敏望着她。“你们要找的人已经死了，陈子昂已经死了。”诗敏大声说着，她气得咬牙切齿，这死人做了多少伤天害理的事儿，他不死，也得被这些乱七八糟的事儿折磨得不得安宁。

“怪不得，我们有半年没有收到他的钱了。”她哭着诉说道。

这时，小女孩吓得大哭。那个女人哄着小女孩也哭：“大姐，她才三岁，我们怎么办呀？”

办公室里哭声一片。阿琴进来了，她走到诗敏面前。诗敏要她把她们带出去。

那个女人不肯出去，从包里拿出陈子昂写给她的信和一些汇款单，她想证明和陈子昂的关系。

诗敏看见她们，气得无语，看到这个小女孩长得那么像陈子昂，她心口揪着痛。

那个女人对诗敏诉说着她的困难和艰难的处境，现在陈子昂又走了，她没有生活来源，陈子昂又没有给她留下钱，她不知她们母女未来的日子如何过下去。

那个女人哭天抹泪地跪在诗敏面前，她说："我错了，请大姐原谅我，全是我的错。我小女儿没有错，她才三岁，求大姐帮帮我们。"

"你别这样。"诗敏眼里溢满了泪水。这个陈子昂简直不是人，小女孩这么小就没有父亲，她多少有些同情，但她还是冷冷地说，"你去找陈子昂要生活费吧！"

过了一会儿，那个女人停止了哭泣，她拉着小女孩儿一起跪着。

小女孩用清脆童音喊道："大妈。"

诗敏被她的一声吓到了。这小女孩这么乖、这么懂事，可怜呀，这陈子昂真不是人，做出这种事儿。

"陈子昂不在了，也没有什么可以证明她是陈子昂的女儿。

我还是那句话，你们找陈子昂去要钱。”诗敏硬着心肠拒绝。

“大姐，你如果不帮我们，那就打官司，我要争取我们的利益。”那个女人牵着小女孩气冲冲地出去。

“好呀，你还有脸打官司。你这不要脸的女人原来这么凶。”

她走后，诗敏坐在那儿想了很多，刚才的一幕让她惶恐不安，她如果真的打官司，怎么办？这个小女孩一看就像金宝和元宝。

唉，这个陈子昂，死了都这么折磨人，不知道他还有什么，他怎么是这样的人？

过了一个月，法院的传票来了，是那个女人的起诉状。

诗敏咨询了律师。律师说基于继承法的原则，婚生子女和非婚生子女有同等的继承权。

律师告诉诗敏，打这个官司肯定会输，除非男方放弃了财产，他的私生子女才无权要求分财产。

听律师这么说，诗敏就放心了。他们已经离婚了，并且约定公司和房子他都放弃了，房子和公司属于她和儿子们，陈子昂死后也没有财产可分。

经过亲子鉴定，这个小女孩确实是陈子昂的。诗敏见小女孩可怜，愿意每月按标准付生活费，这事儿就这样解决了。

第五十一章

天气越来越冷，北方飘着大雪，影响着交通运输，诗敏公司的业务也减少了很多，他们等待着春天的到来。

经过一年的努力，诗敏摆脱了那些破事儿，她也看开了、放下了，原谅伤害过她的人。阳光照耀到她的心，她对生活渐渐又充满了希望。

这天早上，诗敏去上班的路上，眼睛不停地眨。她心里很不安，她有预感，她不停地眨眼肯定会有事儿发生，唉，该来的总要来。

来到办公室，诗敏把一天的工作安排好了，她端着一杯咖啡慢慢品尝着，她的眼睛又眨了。

这时，阿琴进来了，说有一个女人抱着儿子要见她，还说是她的亲戚。

“我的亲戚？叫她们进来。”诗敏想：“这又不会是来认亲的吧？”

刘佳佳抱着一个小男孩儿进来了。诗敏见过她，在陈子昂住院的时候，诗敏要她去照顾病重的子昂，她拒绝了，如今她又抱了一个小孩儿来，什么意思？难道真来认亲？

“大姐，这是陈子昂的儿子。”刘佳佳开门见山直接说。

诗敏的心里像被一盆冰冷的水从头淋下，她已经经历了一次这样的情形，她冷冷地回道：“你小孩多大了？当然按时间来算也有可能。但是你想想，我们离婚时，陈子昂已经放弃了财产，那么他的小孩儿是没有继承权的。”

刘佳佳还想讹诈诗敏，她是走投无路，其实她也不知道这小孩究竟是谁的。

“大姐，他真是陈子昂的儿子。”刘佳佳哭着哀求着，她是没有办法的。

诗敏无可奈何，想起陈子昂病时，她无情无义、见死不救，一点儿同情心都没有，这个小孩儿绝不是陈子昂的，她今天这样来闹，必须给她下马威：“你敢去做亲子鉴定吗？”

一阵沉默，刘佳佳换了口气说：“大姐，你就帮帮我吧，我现在走投无路，娘家也不认我了。孩子还这么小，我又不能出去工作。”

诗敏已经看开了，想通了，也放下了那些恩恩怨怨。

“你想我怎么帮你？给你生活费？凭什么？你这是不劳而获。”

这时，诗书进来了，她狠狠地揭穿刘佳佳的阴谋诡计，她想用这个方法来骗取财产是行不通的。

最后，刘佳佳哭着说，请看在小孩那么小的分上帮帮她们，诗敏从柜子里拿出她的工资给了她。

刘佳佳感动得连说谢谢，承认了自己的错误。

“你应该找一份工作，把孩子养大。”

“孩子还小，找不到工作。”刘佳佳可怜兮兮的样子触动了诗敏柔软的心。

诗敏打电话给她朋友。她朋友办了家幼儿园，她把刘佳佳的情况说了，问幼儿园后勤工作招不招人。对方说看在诗敏的面子上叫她去面试。

刘佳佳感激涕零，说一定会好好工作，她给诗敏深深地鞠躬。

刘佳佳抱着小孩含着泪走了。

诗书说：“想不到姐姐这么大度，再怎么说她都是姐夫的情人。”

“哎，放过她就是放过我自己，原谅别人，心里就没有恨了。人活着都不容易，姐经历了这么多，早就看透了。”诗敏看着窗外要下雨了，不知刘佳佳带着小孩子走到哪儿了。

“姐，今晚去我家吃饭。”

“不去了，金宝和元宝马上就要高考了，我要去学校给他们送东西。”

“时间过得真快，金宝和元宝就要考大学了。”诗书说道。

“是呀，你家二宝也上小学了。”

“姐还是那么年轻漂亮。”

“哎，我这几年不知过的什么日子，陈子昂那些破事儿一件接着一件。”诗敏脸上布满无奈的表情。

“姐姐心好，老天爷会保佑的。”诗书说完转身就走了。

诗敏望着诗书的背影，她陷入回忆中……

春节来临，诗敏带着金宝和元宝回了老家，参加了同学聚会。

诗敏和她的同学感情深厚，他们是从小学读到高中，工作后各奔东西，有的同学十几年没见过面，相聚在一起，激情满怀。

吃饭的时候，大家讲笑话段子，捧腹大笑，喝酒必醉，不醉不归。同学们相互开着玩笑、揭老底，学生时代谁喜欢谁。小莉和大北分手后也是朋友，他们真的做到了。

同学聚会最喜欢说的一句话是：“同学聚会，拆了一对是一对。”讲着笑话，一笑而过。

饭后，同学们兴致勃勃，继续娱乐，K歌、打牌、玩儿麻将，玩儿得不亦乐乎。

刘小莉和诗敏两人坐在餐桌旁聊着心事。诗敏心事重重，低着头听刘小莉说同学中的趣事：谁离婚了，谁和谁又有一腿。最后，她说到汪建，诗敏才有兴趣听。

小莉突然问道：“诗敏，汪建是听了你的话才结婚的，是不是？”

“不是吧！我哪有那么大的本事。”

“你知道汪建的女儿叫什么名字？”

“不知道，与我有关系？”诗敏的脸上露出惊诧的表情。

“他的女儿中文名字叫汪念敏，这不是思念你吗？”

诗敏忍不住大笑：“这个汪建，怎么能这样？”

她的笑声传到打麻将的同学那边，其中有一个同学问道：“王诗敏，这么高兴，有什么喜事？”

“咦，汪建怎么没有回来？”有人问话。李霞接着说：“听说汪建离婚了。”

“打你的麻将，瞎八卦啥！”一个同学立即制止。

刘小莉又告诉诗敏：“汪建的妈妈向我打听你的情况，知道你老公走了。”

“她打听我干吗？”

“可能想你和她儿子续缘吧！”小莉开玩笑道。

诗敏若有所思：“我们有缘无分。”

那夜，诗敏很晚才回到家。她的儿子已经睡了，她的养母还在看电视，说：“这么晚才回来，玩儿得很开心吧！”

“还行。妈还不睡？”

“等你。那个汪建的妈妈问你的情况，她告诉我，她儿子夫妻俩总是因你吵架，现在离婚了。他妈还告诉我，她孙女叫念敏。”

“唉。”诗敏叹了一口气。

“你也别想太多，明天早上你们还要赶车。”养母的一句话温暖了她的心。

次日，他们回到家，金宝和元宝投入了紧张的复习中。

每到夜深人静时，诗敏会想起子昂，想他们在一起的点点滴滴，回忆已经过去了的快乐，回忆已经淡化的痛苦。子昂绝情伤害了自己，是可恨，但他已走了，没有什么不可以原谅的。想到这儿，诗敏深深地叹了一口气，儿子长大了，马上就要高考了，可惜子昂看不到了。

金宝和元宝很懂事，他们的学习成绩很不错，老师说元宝考中大没有问题，金宝稍差一点儿。诗敏说只要儿子高兴，健康成长，人品好，不管上什么大学她都满意。

三个月后，元宝如愿考到理想的大学，金宝考到二本，诗敏为他们高兴。可金宝却说要出国，他说他们班上有同学去澳大利亚留学，他也要去。

儿子要去国外读书，诗敏最初不同意，不舍得儿子去那么远。后来想到汪建在那里，她也就同意了。

为了儿子，诗敏联系了汪建请他帮忙，汪建非常高兴，愿意给金宝担保，还告诉他们如何办各种手续。

因为儿子，诗敏和汪建联系多了起来。他们由开始聊诗敏儿子的事儿，到后来，他们两人到了无话不谈的地步。

一年后，金宝如愿去澳大利亚上了他喜欢的学校。诗敏还不放心，请汪建在异乡多多关照。汪建说："请放心，我的女儿也在那所学校就读。"

一天晚上，诗敏正在看小说，突然小佳打来电话，她在电话里哭得非常伤心。诗敏不知道发生什么事儿，她在电话里不停地诉苦，说她这一辈子白活了，不值得，给一个男人生儿子，如今很惨，儿子不属于自己，老公也不属于自己，她说没有活下去的精神支柱了。

诗敏安慰她，并劝她该有自己的生活。小佳自己也说想离开害了她一辈子的男人。诗敏不耐烦地说道："你早就应该离开不属于你的男人。"

最后，小佳在电话里说了很久。直到诗敏眼睛都睁不开，她才制止："小佳，你现在的心情好点儿没？"

“发泄完了就没事儿了，我是因孤独和寂寞，一时痛苦不堪。”

“很晚了，该睡觉了，明天再做出正确的决定吧！”

之后，诗敏有时间就约小佳吃饭、聊天，诗敏苦口婆心地劝她趁现在还年轻，尽快离开那个不属于自己的男人。但小佳都没有行动。直到有一天，那个男人的老婆叫了一班人把小佳痛打了一顿，并打官司把她住的那所房子收走了，她才醒悟，后悔没有早点儿离开。

第五十二章

光阴似箭，一眨眼的工夫，元宝大学毕业了。他不愿意来诗敏的公司上班，说要去大公司干，那样可以锻炼自己的能力。

九月的一天，诗敏和蔡总去庄园西餐厅吃饭，他们认识很多年了。

诗敏只是想感谢他曾经帮她公司渡过难关，还帮她公司介绍业务。他对诗敏好不是一天两天，已经有十多年了，他们之间有着深厚的感情。

诗敏知道他爱着自己，但她只当这是兄妹感情，他却并不放弃。他对诗敏说过，他想给诗敏幸福，只要诗敏不嫁，他就等。

诗敏的心快被融化了，但知道她是被他感动而不是爱。诗敏不接受他的爱情，但喜欢和他聊天、聊心事，他常帮诗敏出主意，处理很多事。他也知道诗敏心里有人，但他说不在乎，自己愿意等。

“找我有什么事儿？请我来这里吃饭又是遇到烦心事？”蔡总风尘仆仆地赶来，没坐下就说。

诗敏笑着示意蔡总坐下，说道：“果然很了解我的心事。”

“咱们认识十年多了。”蔡总坐下来凝视着诗敏。

他们点好了菜，诗敏低头搅着咖啡，叹了口气：“唉，每次遇到烦心事都找你，这次该怎么办？”

“什么事儿让你这么为难？”

“我儿子找了对象。”

“这是好事儿呀，老大还是老二？”

“是元宝。”

“这是好事儿。”

“可女孩儿比元宝大五岁呀。都说女大三抱金砖，可这大五岁就不合适了。”

“妹子呀，你就听我的，元宝长大了，他会有主见的。只要他们相爱，她对元宝好，大几岁又有什么关系？”

“我要去看看他们，我还是接受不了。”

“儿子的事儿不要管太多，他们相爱，你不同意，强逼他们分手，反而会让他们和你对着干，你就让他们自由发展，说不定相处一段时间后那感觉就没有了。再说孩子还小，你就别操心了，或许他们只是玩玩而已。”蔡总接着说，“你还是想想我们的事儿吧，我就不明白，为什么我就是走不进你的内心？”

“不好意思，我们太熟了，我把你当哥哥，我对你真没有那种感觉，你也知道男女之间没有爱是不行的，我和你的爱是兄妹感情。蔡总，我帮你介绍一个吧！我闺密，你也认识的。”

“这是你拒绝我的理由，没有爱上我就直说，转那么多弯干吗。”蔡总半开着玩笑。

“蔡总，我真不适合你，你要找一个能够照顾你生活的女人。”

“介绍就不用了，你不结婚，我就等你。”蔡总说得好像真是那么专情，其实诗敏知道有钱的老板喜欢玩玩而已，他们越得不到，越想拿下来，以显示自己的本事、虚荣心。

“我心里有人，但我不想结婚，我很享受现在的生活。”

“明白，我知道，还是那句话，你有事儿可以随时找我。”蔡总说这话是发自内心。

他们两个吃饭、聊天，一晃三小时过去了。路过花店，蔡总还买了十九朵玫瑰花送给诗敏，说友谊长长久久。

周末，诗敏去看元宝。元宝约了他女朋友一起来吃饭。诗敏第一眼望见那个女孩儿，长得很秀气，保养得很好，根本看不出她比儿子大那么多。

一餐饭后，诗敏看出她很懂事，会照顾人，性格又好，开朗活泼，诗敏想："如果不涉及年龄的话，她还是很满意的。"

诗敏问到她家里的情况，问她家住在哪儿时，诗敏听后惊讶得说不出话来。

"怪不得长得那么像，你妈是刘小莉？"

"阿姨，你认识我妈？！"

"这是什么缘分呀，我和你妈是发小。"诗敏惊喜交集，她竟然是小莉的女儿，看来她妈也不会同意呀。

当刘小莉知道女儿和诗敏的儿子谈恋爱，她反而开通，只要女儿喜欢，自己就没有意见。她说，元宝这小伙子，她看着他长大，人品好、聪明，又是诗敏的儿子，她完全同意，只要女儿能幸福，她就支持。

这段婚姻想不到这么顺利。诗敏也想通了，只要儿子幸福，那就支持他的选择，她相信儿子的选择没有错。

金宝也来信了，他在国外从大学读到博士，现在又在大公司工作，也有女朋友了。诗敏感到欣慰，儿子长大了，都很优秀，有一份好工作。

诗敏读着儿子的来信，看着镜子里的自己，泪水沿着她的脸颊滑落：老了，岁月不饶人，自己眼角的皱纹都那么深了，甚至发现自己有几根白头发。一时间，她的情绪十分低落，想到两个儿子都长大了，眼看他们就要成家了。到时候，自己会不会孤独寂寞终老？一想到这些，她心里就害怕，自己是不是也要找个伴？想到这儿她又不好意思地笑了，又想起了远方的那个人。

夜晚，诗敏躺在床上辗转反侧，经过几十年的奋斗，从一无所有到如今拥有一定的财富，我是不是应该为社会做点儿什么？

于是，她在公司成立了基金会，专门捐赠那些无依无靠的老人。每到节日的时候，诗敏就动员一些员工去养老院看望老人，给他们送生活用品，给他们送去温暖。

日子就这样静静地过着，诗敏把心思全放在公司上，她想把公司做大、做强。刚好有招商引资的新政策，外资企业可以减免税，这对诗敏的公司是一个重大的利好和机遇。

这时，汪建公司的老板想来中国寻找合作企业，派汪建来中国出差。他先去广州、深圳有意向的几个公司调研走访，看能否有合作的机会。

办完事后，汪建特意来看诗敏。诗敏正好叫上小莉一起，他们三人坐在东城西餐厅品尝佳肴。窗外车水马龙，行人来来往往，诗敏坐在窗边凝视窗外的天。风轻拥着云，化作漫天的雨丝，飘洒着，满树的枝叶随风而动。诗敏坐在汪建身边，嘴角上扬，满心欢喜，还有那么一点点害羞，她日夜思念的人来到了身边，但她却装作无所谓。汪建对她执着的爱医治了她那颗受伤的心，她却不敢轻易打开自己的心，她要保护好自己，等待有一天如她梦中那样，头发白了、走不动了，爱她的人依然把她放在心上。

“你多吃点儿。”汪建夹菜放在诗敏的碗里，又夹菜给小莉。

“我今天托诗敏的福，也被人照顾。”

汪建笑了笑：“小莉，你的女儿找对象没？”

“我的女儿和诗敏的儿子正在谈恋爱，我们会成为亲家。”

“是吗？这太好了。”汪建好奇又开心地说。

“小孩他们幸福就好。”诗敏默认了。

“金宝在你那边工作，他现在怎么样？”小莉又问汪建，他正为诗敏倒茶水，对诗敏呵护有加。

“挺好的，金宝很优秀。”汪建为诗敏高兴。

“我想叫金宝回来帮我，我们公司想做大、做强，全面发展，我也打算招商引资。”

“汪建就是回来投资的，这儿有现成的。诗敏，你公司有外资进入就叫中外合资企业。”小莉热心提议。

“这太好了，你回来投资考虑下我们公司，你可以去我们公司看看。其实物流这个行业有很大的市场，但竞争却很激烈，必须有一流的服务团队和不断健全的服务网络。我们想在华北、华东、华南、西北、西南等建设健全的服务体系，想招资全面布局。另外，我们在珠三角、长三角等地区为基地架设辐射全国三级城市以上的物流服务网络，提供物流运输、仓储分拣等个性化的物流解决方案。我们有宏伟的周密计划，希望我们有合作的机会。”

“这很好！明天去你们公司看看，我私人也可以考虑投资你的公司。”

“这是个好主意！汪建你够爷们儿，你真应该帮诗敏，她一个女人也不容易，把公司做得这么好。”

“是呀，我是挺佩服她！”

半年后，汪建和他的老板来到诗敏的公司考察。经历了调研，考察团一次又一次商谈，最后他们正式签订合同参股经营，汪建为外资代表全权负责，他们占股权 60%，诗敏 30%，公司 10%。公司改名为中外鸿兴物流合资公司。

汪建到公司上班，诗敏轻松了很多，他们经常在一起讨论工作上的事儿。

有时，下班了他们一起去吃饭、散步，这样的生活诗敏感觉才有意义，情不自禁地从内心涌出幸福的感觉。

原来幸福是相爱的人在一起生活、工作，每天可以见到喜欢的人，这一天就充满了激情。

汪建的心里有诗敏，诗敏的心里也有汪建，但诗敏不想说破，她很享受这样的生活方式，彼此之间没有压力。

春天来了，万物复苏，又是一年芳草绿，路边的小花静静地绽放。

汪建又一次向诗敏求婚，诗敏却拒绝了。她怕在一起会不习惯，怕会失去这份历经坎坷来之不易的真情。

一天晚上，汪建不知道从哪儿喝得醉醺醺的，他来到诗敏家，突然说道："诗敏，我们结婚吧！我不能再等了，我等了你这么多年了，我真的不能再等了。"

"你喝醉了，有事儿明天再说吧！"

"诗敏，我爱你！我爱你！我们明天去领结婚证吧！"汪建借着酒醉不停地说爱她，爱了那么久，等了那么久。

那夜诗敏心花怒放，盼着明天的到来。

第五十三章

周末小莉约好来诗敏家玩儿。自她女儿和元宝恋爱，小莉常来走动，她想为女儿能早点儿嫁到诗敏家做点儿什么。

汪建正好也来到诗敏家，他要亲自下厨煮饭给她们吃。他让诗敏和小莉去客厅聊天。小莉看到汪建这么体贴，还是想促成他们早点儿结婚。她对诗敏说过几次，诗敏总说怕结婚了，反而相处得没有现在这么自由自在。

这时，小莉又趁机说："你看汪建多好，诗敏你要抓住他。像汪建这样的成功人士，是那些年轻女孩的抢手货。”

“唉，以后再说吧！汪建对我说过几次。”

“诗敏，你真幸福，你的初恋在你身边陪你，没有什么遗憾吧！”小莉接着说道，“那时候我很喜欢大北，可他是死脑筋，对画画儿全心投入。我问他要爱情，他都不能给我，我时常想，如果大北不是那样对我，我会等他的。”

“你现在不是很好吗？有儿有女，怎一个好字了得。”诗敏继续说，“小莉，你的婚姻虽然有点儿波折，但最后还是遇到对的人，幸福就好。”

“是呀，都过去了，幸好遇到我现在的老公，他对我真的好。”

“那时候你们考上大学就是端了铁饭碗，前途无量。我是多么羡慕你们。”诗敏开心地说着。

“准备吃饭了，你们俩聊什么这么开心？”

“你听到诗敏的笑声就很开心。”小莉酸溜溜地说汪建。

“诗敏受的苦比你多太多了。”汪建心疼诗敏。

“一路走来，什么苦都吃了，我现在终于实现了我小时候的梦想。”诗敏深深地吐了一口气。

“是呀，我最佩服诗敏，她的命运靠自己的努力改变了。”小莉欣赏诗敏能把自己变得这么完美，虽然青春的尾巴没有抓住，却始终被汪建深爱着。

“我们喝点儿红酒吧！”诗敏拿着一瓶红酒放到桌子上。

“来，我先敬你们两个。”汪建站起来举着酒杯。

“你多吃点儿，试试汪建的手艺。”诗敏夹菜给小莉。

“我还是第一次吃汪建做的菜，味道不错。”小莉吃着点了点头，并竖起大拇指给了一个赞。

一会儿，汪建说：“我有一个好消息要告诉你们。”

“快说。”小莉是个急性子。

“我和诗敏快成为一家人了。”

“去！以为什么好消息，你们早就是一家人了。”

“我是说金宝和我的女儿在谈恋爱。”汪建说出这一爆炸性的新闻。

诗敏瞪大眼睛望着汪建：“啊！怎么回事？”

“哇，这是什么缘呀！诗敏，真为你高兴，我们都成了一家人。”小莉情不自禁地高声呼喊。

诗敏现在才知道儿子找的对象是汪建的女儿，她突然说：“这门亲事我反对。”

“其实，我也反对！可我女儿说非金宝不嫁，我有什么办法！”

“这是好事儿，你们为什么不同意？”小莉完全赞同。

这时，诗敏的电话响了，元宝在电话里说：“妈妈，我们明天去领结婚证。”

诗敏放下电话就对小莉说：“我的儿子和你的女儿明天要去

领结婚证。”

“好事儿，好事儿，我女儿要结婚了。”小莉的心情特别好。

他们吃完饭后，汪建说他来收拾碗筷。诗敏从心里感激汪建对自己好，她在汪建肩膀上拍了拍：“今天辛苦你了。”

“我想给你幸福，你就嫁给我吧！”汪建轻轻地说。诗敏却快步走出厨房。

诗敏到客厅拿着挂历笑着对小莉说：“我们俩给小孩儿选好日子看哪天摆酒。”

“国庆节摆酒。”小莉指到十月一日。

“好，那就国庆节摆酒，幸好我早就买好了房子，小孩儿说结婚就结婚。”

这个周末，诗敏过得非常愉快。

时间悄悄地从指缝间溜走，元宝结婚的房子也装修好了，跟着买好了家具，摆喜酒的日子也临近，给亲友的请帖也写好了，一切都准备好了。

国庆节，也是元宝结婚的日子，这天亲朋好友从四面八方赶来见证元宝的幸福日子。

金宝带着她的女朋友——汪念敏回来了。汪念敏得知未来婆婆的名字时，就明白了她爸为什么给她起这个名字。她心痛爸爸这么多年的痴情，放弃国外优裕的生活环境来到这里。但她爸是幸福的，看她爸脸上的笑容，像是他娶媳妇。

元宝和小莉的女儿结婚典礼那天，新人入场时，音乐在大厅回响，礼花在空中绽放。在欢快的婚礼进行曲中，新郎和新娘肩并着肩，手牵着手，带着幸福的微笑，踏上红地毯，向人们款款走来……

主持人还没有说完，诗敏的心情就格外激动，泪水在她眼眶里转。她努力控制着情绪，今天是儿子的大喜日子，儿子这么幸福，她感到安慰。

一会儿，热气腾腾的饭菜陆续上来了，大家喝着美酒，吃着美味的菜肴，一切都浸润在幸福美满的气氛里。

此时，诗敏想起了陈子昂，她数次哽咽抹泪，儿子的婚礼隆重而大气。陈子昂没见证儿子这么幸福的时刻，多么遗憾！她轻轻地擦着泪水，婚宴热闹喜庆的气氛再次感染诗敏，她给元宝的奶奶敬茶，诗敏想给老人家一点儿安慰。

在笑声和祝福声中，婚礼圆满结束。亲朋好友陆续回家了。

诗敏看到她曾经的同事唐丽，她的腿脚行动不便，诗敏叫金宝帮忙送唐阿姨回去。她家住在市区，只有三四公里路而已。

诗敏和汪建把酒席的账结完，把亲戚送到酒店入住。

肖俊锋和汪建去诗敏家取东西，这次相聚有说不完的话，肖俊锋开玩笑："元宝结婚了，下一个，就轮到你们了。"

"诗敏还在考验我。"汪建和诗敏肩并肩跟在肖俊锋的后面。

诗敏却说：“我好累，可能是近期忙元宝结婚的事儿，身体透支了。”

这时，诗敏的手机响了，电话还没听完她就要晕倒。汪建连忙扶住她大声喊：“诗敏，诗敏！”

肖俊锋捡起手机听，对方说他们是市交警队，原来是陈金宝驾车在八达一路发生车祸，请家属速来。

“天呀，金宝出事了，你们送诗敏去医院，然后我去八达一路。”肖俊锋着急打车送诗敏去医院，然后他去处理金宝的事。

诗敏被送去人民医院急救室抢救，肖俊锋到八达一路处理金宝的事儿，他见金宝只是受了点儿轻伤，那个唐阿姨却伤得很重。

诗敏的亲妈和养母急得不行，她们都来医院看诗敏。诗敏两小时后就醒了。一大家人都围着诗敏，她醒来后谁也不认识，只认识汪建。

汪建问医生：“诗敏这是得了什么病？”

“她这是受了刺激，神经错乱，暂时性失忆。”

“那什么时候会好起来？”

“这要靠她自己恢复意识。”

诗敏住在医院，一个星期都是胡言乱语，问她什么，都答非所问。医生也没有办法，天天打针、吃药也不见好，诗敏整天疯癫、傻笑，住了半个多月就出院了。

诗敏的生母身体不好，不能照顾她。这时，汪建对诗敏的生母说："诗敏现在病成这样，需要人整天跟着她，要人照顾。我想和她结婚，这方便我照顾她。"

诗敏的生母说："这太委屈你了，我们都老了，照顾不了她。"她养母接着说道："你真是好人呀，诗敏遇到你真是她的福气。"

肖俊锋紧紧抱着汪建："太感谢你了，不知说什么好。"

"我们家有你就好！"雅丽难得赞美人，她是真觉得汪建好。自她和肖俊锋离婚后，汪建为他们俩做了很多工作，汪建又聘请肖俊锋来到公司投资部负责资金营运。

诗敏这一病，家里的事儿、公司的事儿全是汪建帮她处理。半年后，小莉来看她，她都不认识。小莉心痛得流下了泪水。

汪建带着诗敏去广州、北京、上海等大医院看名医，带着诗敏去旅游，回老家见同学，见她的同事，去她曾经工作的地方。功夫不负有心人，三年后，诗敏在生活上已经能够自理，她还开始看书学习了。

日月如梭，诗敏在汪建的细心照顾下，她的记忆零零碎碎地恢复了，神志清醒，她想起最爱的人是汪建。

一天早上，汪建给诗敏梳头。诗敏望着镜子里的汪建，一阵心酸，流着泪说道："你长了这么多白发，你瘦了、老了，都是我拖累了你，对不起！"

“你的身体能好，我这不算什么。那几年你多可怜，发起病来还把自己的衣服都脱掉。”

“谢谢你！在我病得那么严重时对我不离不弃，还娶我，这一世欠你太多了，你真是好人呀！”诗敏眼泪一直在眼眶里打转。

汪建拥抱着诗敏，帮她擦去泪水：“你能好就是我最大的安慰，能照顾你是我的幸福！”

“来世我一定要报答你。”诗敏感恩汪建多年的照顾。

“不行，不行。”汪建抱起诗敏，“别哭，别哭，一切都好起来了。”

诗敏在汪建的怀里笑了，笑得像幸福的花儿一样，汪建也笑了，笑得脸上的皱纹更深了。

“敏，你知道今天是几号？”汪建轻轻地问。

诗敏沉思了一下，她高兴地跑去看挂历，又流着泪：“我病了十年，这十年都是你照顾我，你对我的情我无以报答，下一世我做牛做马报答你，我一定要好好地爱你，狠狠地爱你。”

“你怎么又来了，说好了不提。”

诗敏深情地望着汪建，眼里是浓浓的爱。

下午，元宝夫妇带着双胞胎兄妹平平、安安来了，只听平平说：“奶奶，今天是你的生日，祝奶奶生日快乐！”

安安也抢着说：“奶奶，祝你生日快乐！”

一会儿，金宝牵着他妻子汪念敏来了。他们两人在公司干了八年，他们立下雄心壮志，说要把公司搞上市，一切准备工作正在进行中。

汪建早就退休了，他放手让金宝他们干。年轻人干得很好，青出于蓝而胜于蓝，长江后浪推前浪。

这时候，响起一阵敲门声。开门一看，原来是诗敏的妈妈、姐姐、哥哥全都来了，房间里一下子热火朝天。小孩一见面就追追打打，哭声、笑声连成一片，热热闹闹的。

“金宝，你看元宝的小孩都快上小学了，你们可要加油呀，大姨到时候帮你们带。”诗敏的姐姐催着外甥。

“姨妈，我们正准备着呢。”汪念敏充满信心地说道。

金宝看吃晚饭的时间快到了，就说道：“今天是妈妈和舅舅的生日，我们在华夏大酒店订好了位，准备出发。”

“等等，还有大舅和小姨没来。”元宝说着开了门。

“我们到了。祝哥哥、姐姐生日快乐！”诗书手捧鲜花送给诗敏。诗敏感动得热泪盈眶。

“我们人到齐了，准备出发。”

“哦，我们吃生日蛋糕。”

“来，我们先照张全家福就去吃饭。”诗敏的哥哥诗林拿起相机摆弄着，他在选站哪个位置拍照好。

“大家排好队站好，拍照的时候喊生日快乐！”诗书指挥大家。

诗林赶紧把这幸福的时刻捕捉在镜头里。诗敏脸上溢满了幸福，她发自内心地说道：“感谢亲人对我的爱，今生拥有你们是我最大的幸福！”

小馬过河

有 态 度 的 阅 读

微 博 小马BOOK
公众号 小马文艺
小红书 小马book

抖音 小马文化
淘宝 小马过河图书自营店
微店 小马过河图书自营店

全案营销 小马青橙工作室

投稿邮箱 xiaomatougao@163.com

图书在版编目（CIP）数据

小满 / 马晓平著. -- 北京：华龄出版社, 2023.6
ISBN 978-7-5169-2573-7

Ⅰ. ①小… Ⅱ. ①马… Ⅲ. ①长篇小说－中国－当代
Ⅳ. ① I247.5

中国国家版本馆CIP数据核字 (2023) 第 121582 号

责任编辑	梁玉刚	**责任印制**	李未圻
产品经理	小　北	**内文制作**	刘龄蔓

书　　名	小　满	**作　　者**	马晓平
出　　版 发　　行	华龄出版社 HUALING PRESS		
地　　址	北京市东城区安定门外大街甲57号	**邮　　编**	100011
发　　行	（010）58122255	**传　　真**	（010）84049572
承　　印	定州启航印刷有限公司		
版　　次	2023 年 8 月第 1 版	**印　　次**	2023 年 8 月第 1 次印刷
规　　格	880mm × 1230mm	**开　　本**	1/32
印　　张	13.75	**字　　数**	260 千字
书　　号	ISBN 978-7-5169-2573-7		
定　　价	58.00 元		

版权所有　翻印必究

本书如有破损、缺页、装订错误，请与本社联系调换